中國語言文字研究輯刊

十　編

許　錟　輝　主編

第3冊

許瀚之金文學研究

郭　妍　伶　著

花木蘭文化出版社

國家圖書館出版品預行編目資料

許瀚之金文學研究／郭妍伶 著 — 初版 — 新北市：花木蘭文
化出版社，2016〔民 105〕
目 2+190 面；21×29.7 公分
（中國語言文字研究輯刊 十編；第 3 冊）
ISBN 978-986-404-534-1（精裝）
1.（清）許瀚 2.金文 3.古文字學
802.08   105002063

中國語言文字研究輯刊
十 編　　第 三 冊　　　　　ISBN：978-986-404-534-1

許瀚之金文學研究

作　　者　郭妍伶
主　　編　許錟輝
總 編 輯　杜潔祥
副總編輯　楊嘉樂
編　　輯　許郁翎
出　　版　花木蘭文化出版社
社　　長　高小娟
聯絡地址　235 新北市中和區中安街七二號十三樓
　　　　　電話：02-2923-1455／傳眞：02-2923-1452
網　　址　http://www.huamulan.tw 信箱 hml810518@gmail.com
印　　刷　普羅文化出版廣告事業
初　　版　2016 年 3 月
全書字數　148427 字
定　　價　十編 12 冊（精裝）台幣 30,000 元　　　　版權所有‧請勿翻印

許瀚之金文學研究

郭妍伶　著

作者簡介

郭妍伶，一九八一年生，高雄人。成功大學中國文學系碩士、博士。專長是金文學、清代
學術史、華語文教學。曾任實踐大學博雅學部、實踐大學應用中文系、南台科技大學、屏東
科技大學、陸軍軍官學校、東方設計學院等校兼任講師，華語教學方面曾任成功大學語言中
心、臺北護理健康大學、崑山科技大學、東方設計學院、南榮技術學院等校華語課程教師、華
語師資培訓班講師。現爲實踐大學應用中文系專案助理教授。著作有《許瀚之金文學研究》（碩
論）、《道咸時期山左金文學》（博論），及單篇論文十餘篇。

提　要

　　許瀚（1797～1866），字印林，清道咸時期山左著名學者，文獻、目錄、方志、《說文》等
方面均有涉獵，尤長音韻訓詁、金石考訂。龔自珍嘗以「北方學者君第一」稱之，足見學識見
重當時。而許氏身處乾嘉、道咸之際，學風由精轉新，金文研究亦然。道咸學者根柢前賢，加
以新出器物及新傳拓技術支持，關注焦點遂由石轉金，於器類、銘文多所探論、修訂，亦爲晚
清繼起之甲骨研究奠基。惟許氏著作遭逢動亂，書版多毀於兵燹或祝融，存世者或散入民間家
藏及國家文物單位，睹見不易。今則幸有《山東文獻集成》蒐羅遺稿刊布，提供研究其人其學
之一大助益。許瀚考訂金石俱有足觀，本文擇其金文爲範疇，先概述生平、交游、著作，次撮
舉諸家稱引與金文相關者，據以分析許氏考釋材料之來源、要點，兼比較與前賢及今人說法
異同，辨明正訛。要言之，許瀚治金文自有其學術價值，而許氏與同游諸家，可視爲有清一代
金文學發展之先行者，影響不容忽視。

誌　謝

　　自大學而碩士，在熟悉的校園中欣賞幾度落英繽紛，倏忽已逾八載。系上師長春風化雨，同儕互助共勉，皆令人備感溫馨。撰寫論文過程中，幸得眾人幫助，終能順利完成。首先應當感謝的，是指導教授沈寶春老師。老師的諄諄教誨，對學生寬容鼓勵，更以「用志不紛，乃凝於神」勸勉，身教言教，點滴在心。口試委員陳鴻森、季旭昇教授對拙文多所斧正，使論證更趨縝密，尤其旁聽陳老師「文史資料研究法」、「年譜學專題」課程，時獲指點，遂得開啟清人學術視野。另外，東吳大學圖書館館長丁原基教授乃臺灣研究許瀚學術第一人，其《許瀚之文獻學研究》為筆者撰寫論文之入門書，後又蒙丁教授熱心點撥，方得獲悉許氏與王獻唐、丁惟汾諸家淵源；山東大學文史哲研究院杜澤遜教授惠賜資料，並提示相關學人生平傳記，皆有助於論文之撰寫。

　　除師長愛護提攜外，同門的惠茹學姐是每遇疑難首先求教的對象；慧賢學姐、佑仁學長時常關心進度，殷切叮嚀；摯友宇衛切磋砥礪，一綾、淑惠學妹互相打氣；同窗詩雯、雅欣、瑪琳、浩翔彼此扶持，淑蘋學姐風雨相伴。這些珍貴的情誼，均使筆者感懷不已。而家人體諒支持，方能化挫折為向前的動力，提起向學術之路不斷邁進的勇氣。

　　謹以此論文獻給所有陪伴走過這段學習旅程的師長親友，謹致上最誠摯的謝意。

2008 年 7 月 21 日

誌於臺南成大敬三舍

目 次

第壹章 緒 論

第一節 研究動機與目的

一、研究動機

　　清代學術集中國二千年文化之大成，王國維嘗以「大」、「精」、「新」三字指出清學各期特色。[註1] 清初顧炎武、黃宗羲等強調經世致用，兼擅史地考古，涉獵範圍甚廣，以「大」稱之，可謂名實相副。考據之學至乾嘉鼎盛，研治《說文》亦臻成熟，所謂「家家許鄭，人人班馬」。道咸以降，學者另闢蹊徑，轉求新變，上承乾嘉遺緒，兼重考據與《說文》，此外已頗留心金石，除供賞玩，亦藉以考正《說文》，訂補經史謬訛。當時學者無分貧富，率醉心於斯，傾力探訪摩挲，鑽研細繹，一時名家輩出，著述如林，成果燦然可觀。然而，道咸金石相關研究，僅少數學者較爲今人知悉外，仍有許多遺珠尚待關注闡揚，許瀚正是其一。

　　許瀚，字印林，一字元瀚。山東省沂州府日照縣人。生於嘉慶二年（1797），卒於同治五年（1866），享年七十。許氏雖生於嘉慶，學術生涯則主要活躍於

〔註1〕 王國維：〈沈乙庵先生七十壽序〉，《海寧王靜安先生遺書》（臺北：臺灣商務印書館，1976 年），頁 18。

道光、咸豐兩朝。同時名士龔自珍〈別許印林孝廉瀚〉詩云：「北方學者君第一，江左所聞君畢聞。土厚水深詞氣重，煩君他日定吾文。」〔註2〕推重許瀚於當時乃「北方學者第一人」，丁晏題〈說文統系圖〉，亦以「六經鈐鍵惟小學，印林吾友無與倫」稱許；陳用光〈贈許印林瀚〉則云：「印林治漢學，不披膩顏帢。……此士世所稀，此才吾幸接。」皆指明許瀚治學之態度與方向在「小學」與「漢學」。然近代學者於許氏評議者甚少，惟唐蘭云：「許瀚、王筠常用金文和《說文》裡的字體比較。」〔註3〕王輝《商周金文》云：「清代學者的金文考釋水平，遠遠超過宋代。徐同柏、許瀚的金文考釋，已能注意字形結構的內部聯係。如徐氏釋脊為臍，許氏釋✗為苟（敬之本字），皆有卓識。」〔註4〕許瀚於當世享有盛名，學問深厚紮實，時至今日卻未獲重視，究其原因，或緣以下兩點因素：

（一）著作多不傳，乏嗣承其學

昇平之世，乃知識流傳，圖書刊刻之重要條件。清朝歷經清初動盪、休養後，至乾隆朝，國勢與社會經濟達於極盛，文化事業上，既有敕編《四庫全書》、「四鑒」之舉在前，私人纂修亦蔚為風潮。惟當時刊刻圖書實非易事，所費不貲，寒士著作往往無力梓行。陳介祺便云：「刻書之事，不能不望有力而在都會者，無友無工，惟有浩嘆！」許瀚家境貧苦，未曾居高官要職，一生多於各地講學，或以替人校勘、刻書為業。著述繁夥，然生前皆未刊行，臨終時將批校之書、單篇零稿、金石跋尾等，託付陳介祺，後轉由吳重熹延丁艮善校整，訂名《攀古小廬雜著》，光緒年間刊版。孰料刊刻未竣，版旋焚毀，故今流傳之吳刻本篆文處多墨釘，實為未竟之作。自此，許瀚著作大多歸陳、吳兩家保存，後雖有刊刻之議，然皆未果。故其著作已刊者不易見，而未刊者則藏諸名山，鮮為人知。直至民國初年，王獻唐先生致力蒐羅山東鄉賢著作，方使其作重現於世。

許瀚於當時既未有專門著作刊行，其學問、見解又泰半散見替人批校之書

〔註2〕 龔自珍：〈別許印林孝廉瀚〉，《龔自珍己亥雜詩注》（北京：中華書局，1999 年 2 月），頁 53。

〔註3〕 唐蘭：《古文字學導論》增訂本（濟南：齊魯書社，1981 年 1 月），頁 64。

〔註4〕 王輝：《商周金文》（北京：文物出版社，2006 年 1 月），頁 14。按：苟當作苟。

中，或與友人往來之札函內，流傳誠屬不易，更難爲後世發掘。且許瀚雖有弟子承其學，惜未如高郵王氏父子，或汪中、汪喜荀父子般，得賢子弟以克紹箕裘，當爲其學未獲廣傳之主因。

（二）處新、舊學風轉變交替之際

許瀚生處乾嘉末期，乾嘉被視爲經學、考據之頂峰，然金石方面，學者則多主張肇始於宋，至清末方稱發達；或以爲有清一代，其說多半沿襲宋人，未能超越。胡樸安便云：

> 金文之注意，雖起於宋朝，直至清朝末葉，始爲發達，然究竟玩好古董之意多，研究學問之意少。近日運用至於經史與古社會之考證，亦受甲骨文之影響而然。〔註5〕

又云：

> 私家著述，乾嘉以降，作者朋興，大概視爲古董之玩好，考釋亦半沿宋人之舊。〔註6〕

胡氏論金文、甲骨文或未竟確，然謂清季考釋半沿宋人之舊，則誠然是也，許瀚本身亦持同調，〈與丁伯才書〉云：

> 瀚近收拾所藏金文，爲之跋釋，茫茫如行漆海。釋古文之書，不越宋人。今之釋者，又從宋釋翻出，轉轉沿訛，殆難爲力。〔註7〕

可見當時研究概況與考釋之難。惟任何學術皆有其發展進程，宋代開金石研究、著錄風氣之先，係文字學史上一大事；清人前有所承，踵繼爲之，以王國維《國朝金文著錄表》與《宋代金文著錄表》相較，所錄彝器及學人論著倍出，足見清儒治金文之盛，而此時金文學已由清初、乾嘉諸老用以考證經史，發展至以文字爲主角，取資辨僞、駁難《說文》。然而，金石研究在道、咸二朝雖得長足發展，私家著錄、成果頗有可觀，近人探究文字，仍聚焦當世盛極之《說文》學，及後出之甲骨文。此二學前有《說文》四大家（段玉裁、桂馥、王筠、朱駿聲），後有甲骨四堂（羅振玉、王國維、郭沫若、董作

〔註5〕胡樸安：《中國文字學史》（臺北：臺灣商務印書館，1988 年 8 月），下冊，頁 568。

〔註6〕胡樸安：《中國文字學史》，下冊，頁 601。

〔註7〕語見許瀚〈與丁伯才書〉第二札，收錄於王獻唐：《顧黃書寮雜錄》（濟南：齊魯書社，1984 年），頁 159。

賓），後人探論名家尙不能兼善，對著作流傳未廣之許瀚，自是更易忽略。

綜上所述，許瀚學術在當世即頗受肯定，其擅文字聲韻訓詁，於金文亦用力甚深，惜因種種緣故未被注意。綜觀近來金文學研究，有總論清代金文者，有以清初、清末爲分際者，或以專家爲題進行研究者，唯言及許瀚則甚鮮，沈寶春《王筠之金文學》嘗論及許瀚與王筠間學友相砥礪情況，及許氏《攀古小廬雜著》論列之彝器目錄。〔註8〕其他許瀚相關論述，則多散見文獻學論著。許瀚學說或多爲王筠、吳式芬等引用，或存於替人校勘書中；至於其他未刊或已刊卻罕爲流傳者，因前賢勤力蒐羅以彰明其學術價值，吾人今日尙得見部分，可藉以一窺堂奧，鉤勒許瀚學問之特點與規模。

二、研究目的

本文擬以許瀚爲對象，專論其金文學，研究目的有四：

（一）填補道咸山左金文研究之空白

道咸之際，金文研究已臻成熟，阮元《山左金石志》云當地庋藏三代吉金甲於天下，是以學者研究具天時地利之便。而山左自古學風鼎盛，治金石者，於宋有趙明誠、李清照夫婦，清初有名儒顧炎武，晚近則有劉喜海、吳式芬、李佐賢諸君，皆頗具成就。本論文以許瀚爲對象，乃鑑於其身處世局及學術風尙、研究方法轉變之際，上承乾嘉諸老餘緒，下開清末科學方法先路，雖因諸多緣故而不見聞於今時，成就卻不宜抹煞。故以金文學爲考察範疇，希冀釐清其學術內涵。

（二）整理許瀚著作及流傳情況

清儒於各學門均予廣而深、博而精之研究，後人歸納一代特色，認爲「喜專治一業，爲窄而深的研究」，故動輒可見耗時數十年而成之皇皇鉅作；或竭盡畢生心力，卻未衰成專著，僅遺存札冊、書函、文稿。許瀚著作初未廣爲流傳，遺稿多歸陳介祺、吳重熹、丁艮善三家，後或歸入公藏，或私藏民間，均不易睹見，遑論翻覽研究。迄至 2007 年《山東文獻集成》首輯出版，向來秘不宣人之山東省博物館藏許瀚手稿收入其間而得刊印，研究者始一覘原貌。惟部分著

〔註8〕 沈寶春：《王筠之金文學研究》（臺北：臺灣大學中國文學研究所博士論文，1990
　　　年6月），頁53～55。

作尚分藏於北京國家圖書館、臺灣中央研究院傅斯年圖書館、山東民間藏書家處，未曾刊布。筆者研究許瀚金文學，茲先就其著作稍加董理，使版本流傳情況益形明晰，亦有助他人參考。

（三）勾勒許瀚師友關係及交游網絡

清人治學，每有所得，必走相轉告，師友間互為切磋，凡遇疑難，輒共研議、同商定。故欲探究清人學問全貌，必不能忽略其師承與交游。除應就一般傳記、年譜中採集資料外，亦需檢核諸家今存之著作、詩文、書札等，梳理往來紀錄，方能還原當時交游，窺視治學面貌。許瀚一生家貧，未曾仕宦，惟以館課、游幕與家中薄田維持生計，幸結交張穆、汪喜孫、袁練、劉喜海、吳式芬、陳介祺、李佐賢諸友，往來唱和，相互贈拓或共賞所藏，使許瀚經眼日多，識見益廣。至其晚年遭逢戰亂，貧病交迫，身後遺留詩文手稿、金石題跋等多入陳、吳兩家，惟賴忘年交楊鐸、入室弟子吳重憙為之整理、刊刻，方存其說。簡言之，清人交游往來密切，構織成學術網絡，藉由探討此論題，期較全面勾勒許瀚與相關學者之關係。

（四）分析許瀚研治金文之方法與特色

前人論金文學，多將焦點集中於宋與晚清，以為宋代開金石研究之先，而至清末才有所謂科學研究。然就許瀚考校器物、銘文觀之，其立足宋人及時代相近學者基礎上，進一步針對器物本身真偽、形制、流傳、保存情況；銘文之行款、書寫風格、筆劃刻痕、文義、文例等，進行比較、推勘。除方法更趨細密外，博引經史、各式文字材料為證，或延伸探討其中反映之歷史或文化現象，涉及層面較廣，又開清末科學研究之先，可視為乾嘉晚期代表。其著作雖部分未經刊刻，然所論廣為同時學者如王筠、吳式芬、陳介祺引用，即被譽為「清代學術殿軍」之孫詒讓，其《古籀餘論》亦偶予稱引，可見影響。故本文擬分析許瀚研治金文成果，根據許氏現存考釋金文之著作進行分析，期能得其研治金文方法、特色及得失。

第二節　研究範圍與方法

一、研究範圍

本論文以許瀚之金文學為考察重點，乃肇因於山左所藏吉金冠天下，且名

家輩出，除阮元有《山左金石志》外，稍後學者亦廣著地方金石志，如《膠東金石志》、《諸城金石志》、《歷城金石志》等，許瀚躬逢道咸金石學鼎盛，又處山左人文薈萃之地，金文研究亦當頗受助益。今欲探究其金文學，則當先整理與考釋金文相關著作，惟因付梓者較少，欲窺全貌，仍須將其考釋文字為他書所存錄者一并列舉，以求賅備。茲略作整理臚列如下：

（一）許瀚考釋金文方面之著作

1、《攀古小廬文》一卷一冊，咸豐七年高均儒刊本。（已刊）

2、《攀古小廬文補遺》一卷一冊，光緒元年楊氏函青閣重刊本。（已刊）

3、《攀古小廬雜著》

　　（1）十二卷四冊，光緒年間吳重熹刊本。（已刊）

　　（2）不分卷四冊，書今藏於山東省博物館。（未刊）

　　（3）三卷一冊，稿本，今藏北京圖書館。（未刊）

4、《攀古小廬全集》（上）（已刊）

5、《攀古小廬古器物銘》不分卷一冊，山東省博物館藏王獻唐抄本（已刊）

6、《攀古小廬金文考釋》不分卷一冊，中國社會科學院考古研究所藏抄本（未刊）

7、《攀古小廬金文集釋》一冊，山東省博物館藏稿本（未刊）

8、《許印林先生吉金考釋》

　　（1）一冊，北京圖書館藏（未刊）

　　（2）一卷附友朋書札一卷，山東省博物館藏濰縣丁錫田家鈔本（已刊）

9、《許印林遺書二十種附一種》（一）、（二），《山東文獻集成》第1輯（已刊）

10、《攀古小廬遺集》六十冊，臺灣中研院史語所傅斯年圖書館藏稿本（光碟）

（二）其他學者著作見存許瀚考釋文字者

1、《攈古錄金文》，吳式芬著

2、《簠齋金文題跋》，陳介祺著

　　3、《古籀餘論》，孫詒讓著

上列僅列舉許瀚考釋金文之著作及存錄其說者，至若其全部著作存佚暨詳細刊布流傳情況，則留待第二章第二節論述之。

二、研究方法

　　本論文研究方法約可歸納爲下列四者：其一，收集許瀚考釋金文著作及相關文獻。其二，整理許瀚考釋金文器類及見載書籍，將之製表分列，標示出處，並於許瀚所訂器名下載明今作何器。其三，補錄其書墨釘處所缺圖版以資研究。其四，分析許瀚金文考釋之方法、特色及得失。

　　至於具體研究步驟，則依所訂章節分述如下：

　　第壹章「緒論」，首先說明研究動機、目的，確立研究方法，並作文獻回顧，明瞭前人有關本論題研究成果梗概。

　　清儒對許瀚之學問功力，雖推崇備至，卻未能詳蒐細討彰顯其價值；民國以來，識者漸多，有王獻唐、傅斯年、袁行雲、丁原基、崔巍五家對其生平、著述之研究投注相當心力，獲得一定的成果。王獻唐爲民國以來系統蒐集、整理許瀚資料之第一人；傅斯年執掌學壇牛耳，動員人力尋訪許瀚手稿，將之編目、繕寫存檔，這批手稿今仍藏傅斯年圖書館中，已有光碟提供檢索；袁行雲編纂《許瀚年譜》，考證許氏生平出處及其著述，資料堪稱詳備；丁原基《許瀚之文獻學研究》，在《許瀚年譜》基礎上，補充袁譜未備或未及見之資料；崔巍整理《許瀚日記》則據 1984 年山東省博物資料室搬遷時所發現海西閣抄錄許氏日記，雖爲殘卷，仍甚具價值。除五家外，尚有多篇論文涉及許瀚，包括文獻、目錄、校讎、方志、《說文》等方面之探討，然多係單篇論文，專著不多，更罕見探究其金文者，以許瀚學術規模而言，顯然仍有探討空間。

　　第貳章「許瀚之生平著作及師承交游」，本章先就許瀚生平進行論述，次則敘其師承與交游。

　　許瀚之學術成就，雖多得力於自身勤學不輟，然師友間往來，其影響亦不容小覷。故本章擇取與許氏有具體問學互動之師，如何凌漢、王引之二人；又據年譜、日記等文獻，列舉與其交游，如嚴可均、王筠、丁晏、吳式芬、何紹基、張穆、陳介祺、楊鐸等八人論述之，冀藉此聯繫起以許瀚爲中心之交游網絡，以探討師友對其金文學影響。

第參章「許瀚考釋金文材料來源與考釋面向」，分析許瀚考釋金文之材料來源與考釋面向。

欲探究許瀚研究金文之成果，必先釐清器物拓本來源，次論其考釋金文之主要依據，繼而分析其研究金文面向。故本章首先就許瀚經眼器物、拓本進行梳理，藉此釐清其考釋金文之材料來源，以稍補前論師友往來之不足；次則就其考釋銘文主要援引資料，歸納考釋銘文時參考資取之典籍，進而分析引用情況；復次取許瀚今存著作中與考釋金文相關者，以文字爲單位詳加析論，冀明其考釋金文之方法與特點。

第肆章「許瀚考釋銘文辨證」乃對許瀚考釋金文之成果進行辨證，以明其得失。

許瀚考釋金文，乃立足於前人基礎上，廣取同時各家見聞，參稽比較，一以徵實爲要，而欲探討許氏研究金文成果，當與其時諸家如阮元、張廷濟、朱爲弼、吳榮光、嚴可均、徐同柏、葉志詵、王筠、吳式芬、何紹基、吳雲、陳介祺、孫詒讓、吳大澂諸人相對照，復參考近人所釋，方得彰顯其說之正訛與價值。

末章「結論」，據前所探論者作總結，對本文作統整性回顧。

第三節　文獻回顧與探討

目前所見有關於許瀚之研究成果，可以「生平事略與著作輯錄」及「專門學術」兩大類分別敘述。

一、生平事略與著作輯錄之類

許瀚生平事略，《攀古小廬文補遺・許印林先生傳》〔註9〕、《山東省日照縣志・人物志》〔註10〕、《清史列傳・儒林傳》〔註11〕、《清儒學案》〔註12〕、《許

〔註9〕 楊鐸：〈許印林先生傳〉，《攀古小廬文補遺》（光緒元年〔1875〕楊鐸函青閣刊本）。

〔註10〕〔清〕陳懋修，張庭詩、李堉纂：《山東省日照縣志》（臺北：成文出版社，1976年），頁331。

〔註11〕詳見《清史列傳》下二〈桂馥〉附。〔清〕國史館原編，周駿富：《清史列傳》（臺北：明文書局，1985年）。

〔註12〕詳見徐世昌：〈桂馥案〉附，收入《清儒學案》（成都：四川大學出版社，2005年），

印林年譜》諸書有相關之記載。其中《許印林年譜》係近人趙錄綽所撰。趙錄綽，字孝孟，山東安邱人，民國初年史學、目錄版本學家。父名葵畦，清末金石家，因家學淵源之故，趙氏曾師事柯劭忞，並經其引薦，服務於北平圖書館，得見大量珍貴文獻、史料。著作有《北平圖書館善本書目》及《續編》、《書目答問校注》、《許印林年譜》、《禁燬書目人名便檢》等，而《許印林年譜》乃就其兄孝陸所藏資料纂集而成，史料保存實功不可沒，亦可視為研究許瀚先聲。至於其著作之整理、校刊，實始於咸豐七年（1857）高均儒刊刻《攀古小廬文》；光緒年間，復有楊鐸刻《攀古小廬文補遺》，吳重熹刻《攀古小廬雜著》，而陳介祺、吳大澂雖有刻許瀚《金文考釋》之議，王懿榮、丁惟祺亦有纂刻許書之約，然事皆未果。由是可知清人對許瀚學術，雖意識其重要性，卻仍乏專門深入之研究。

　　時至今日，則有王獻唐、傅斯年、袁行雲、丁原基、崔巍五家從事整理工作。茲就五家成果略述梗概如下：

　　王獻唐為民國以來有系統地蒐集、整理許瀚資料之第一人。〔註13〕民國十八年（1929），王氏擔任山東省圖書館館長，致力蒐羅鄉邦文獻，意欲保存文化，表彰學術，對許瀚遺著之蒐輯尤為重視。〔註14〕許瀚著作初多存於陳介祺、丁艮善、吳重熹後人處，王氏或多方訪求，或倩人抄錄，如《攀古小廬雜著》不分卷四冊，即因吳刻所收不全，又缺篆文，故倩人借濰縣陳氏藏許瀚原本迻錄。書前題識云：「《攀古小廬雜著》，海豐吳氏刻本畢，濰縣陳簠齋藏許氏原本，身後其長孫收存，囑安邱趙孝孟兄倩人錄一本。昨日稼民由平帶來，取刻本校閱，編次增減多不同。刻本篆文類缺，更可據此校補也。二十二年十一月廿一日。獻唐。」〔註15〕又博採山東名人函札七十餘通及題跋、

卷 92，頁 421～422。

〔註13〕王氏初名家駒，一名琯，山東日照人。父廷霖，素好金石，師承許瀚，於金石、文字、音韻等均有涉獵。王氏受家學與鄉邦學風影響，繼承乾嘉以來注重金石、小學、聲韻之傳統，更據以通經治史。

〔註14〕王獻唐〈復傅斯年書〉（民國十九年十月三日）：「去秋到館以來，曾與友人樂調甫先生相約，擬就鄉賢以往之破碎工作，整理之，補苴之。其整理步驟：先求先賢遺著無論已刻未刻，使俾藏館中。……獻唐所最注意者為牟陌人、許印林兩家。」詳見王獻唐：〈復傅斯年書〉，《山東圖書館季刊》1982 年第 1 期。

〔註15〕王獻唐：《雙行精舍書跋輯存》（濟南：齊魯書社，1986 年），頁 123。

考釋、音訓、雜著四十餘篇，匯編成《顧黃書寮雜錄》。是書原抄本分上、下、外三冊，因卷帙不多，齊魯書社遂將之合冊印行。書內所收，以清代山東籍學者為主，或與之有密切關聯者，「可從中窺見此一時期山東一地的學人風尚和學術動態，頗具史料價值」。〔註16〕其中與許瀚相關者，有許氏致友人書札二十五通，王筠、何紹基等友人致許瀚書札二十通，合計約占全書所收百分之六十，〔註17〕餘如序、跋、附錄等亦有二十二篇，故知蒐羅許瀚相關文獻實為編者尤用力所在。此外，除早年存於丁、吳、陳三家外，亦有不少庋藏山東省圖書館與山東省博物館，其間文獻流轉經過，參見屈萬里〈載書播遷記〉一文〔註18〕及其與王獻唐往來書札。〔註19〕

　　由於王獻唐致力訪求鄉邦前賢著作，方使相關文獻由民間私藏逐漸收歸入公家圖書館、博物館。而彼時學壇領袖傅斯年先生亦留心許瀚文獻，嘗託人代購求索，獲得一批許氏遺稿，今屬臺灣中央研究院傅斯年圖書館典藏，惟尚少為人知悉、關注。傅斯年圖書館藏許瀚手稿定名為《攀古小廬遺集》，溯其來源，據《攀古小廬遺集‧整理者前言》云：

> 許瀚遺稿自清同治九年庚午（1870）歸濰縣陳介祺後，即力謀清抄彙編傳刻，其婿吳重憙更主其事。吳氏奔走於考場與官場，十多年後始刻有《攀古小廬雜箸》十二卷，未完事遽燼於火。至民國二十三年初夏，傅斯年先生訪求其遺稿各一夾板，且極表重視，親自檢點題字，令當時手下工作人員繕具紅格目錄，今仍原樣附存於後。
>
> 原稿由陳氏倩人繕清批校，再任由吳氏編輯轉徙擱置，如此六十餘年後，始歸史言所，其龐雜凌亂散佚之狀，非可想像，茲有史言所

〔註16〕 王獻唐：《顧黃書寮雜錄》（濟南：齊魯書社，1984 年），〈出版說明〉。

〔註17〕 《顧黃書寮雜錄》收有許瀚致友人書札二十五封，友人致許瀚書札二十封，他人往來書札二十九封，全書所收書計七十四封，與許瀚相關者占 60.81%；餘如許氏題跋約有二十二則，他人作品十七則。是書所收許瀚資料十分豐富，頗具史料價值。

〔註18〕 屈萬里：〈載書播遷記〉，《屈萬里先生文存》（臺北：聯經出版社，1985 年），第 3 冊，頁 1205～1273。

〔註19〕 山東省圖書館、山東縣政協編：《屈萬里書信集、紀念文集》（濟南：齊魯書社，2002 年 9 月）。

清點紅格目錄可證。已歸史言所者，至今無缺，最可慶幸！〔註20〕

據此知許瀚手稿存陳介祺、吳重憙處，陳、吳雖皆嘗謀求刊刻，惜力有未逮，僅刻《攀古小廬雜著》十二卷，而書板旋毀於祝融，終未順利刊印，使廣流傳。如是秘藏民間，輾轉經歷六十餘載，至民國二十三年（1934）傅斯年訪求獲得，方歸中央研究院歷史語言研究所保存。傅氏對這批文獻極表關切，除親自檢點、題字外，復令工作人員整理，繕寫目錄。彼時正值北伐後與抗戰之際，文化教育與學術研究在甫得安定與潛藏騷亂間求發展，中研院史語所屢次遷徙，由北平、上海而南京，〔註21〕但於蒐集史料並未中輟，如楊維新〈致趙錄綽書〉云：

> 傅斯年先生囑購之書，弟以爲日人至少尚存有一部，頃往面商。彼已無書，竢下次寄到乃能應命云云。望轉致傅先生爲幸，如已購訂一部則大佳可也。專上。趙孝孟先生。弟楊維新頓首。廿八日。〔註22〕

內容乃楊維新透過趙錄綽轉達傅斯年囑託購書事務進度，夾存於《攀古小廬遺集》內，而《遺集》亦見趙錄綽與傅斯年信一通，趙書云：

> 孟眞先生撰席：連日少暇，未得趨聆教言，至歉。昨日聞先生尚未南行，不審行期改在何時？殊念。陳府事已辦理完畢，正式收據業交中舒先生矣。陳氏所編印林書籍目錄已尋得，茲遣人奉上。《支那銅器精華》〔註23〕，昨詢楊先生，據云北平方面業已售缺矣。另附上楊先生函請閱印林書稿，綽擬近中擬一編纂條例以便進行，俟先

〔註20〕〔清〕許瀚：《攀古小廬遺集》，頁1～2。

〔註21〕歷史語言研究所自於廣州籌設成立後，屢次遷徙，曾駐北平、上海、南京、長沙、昆明、四川，復歸南京，再至臺灣。其搬遷經過可參見王懋勤：〈中央研究院歷史語言研究所大事表〉，《中央研究院歷史語言研究所四十週年紀念特刊》（1968年）；李泉：《傅斯年學術思想評傳》（北京：北京圖書館出版社，2000年1月），頁110～111。

〔註22〕楊維新〈致趙錄綽書〉，《攀古小廬遺集》，頁29。原件本無題名，爲便識別，此係筆者所擬。

〔註23〕信中提及《支那銅器精華》，應即日人梅原末治編纂之《日本蒐儲支那古銅精華》（又名支那古銅精華）。

生回平再行呈致。再，先生至南京時，能否一探日人所謂藏印林手
稿之蘇州王氏？爲能探得則尤佳矣！今歲先生與許印林似有宿緣，
此行定有所獲，可預祝也。餘俟面罄。專此。敬頌。著祈。鄉後學
趙錄綽。〔註24〕

按趙錄綽任職北平圖書館善本書室〔註25〕，故能協助蒐羅圖籍文獻。上述信件
中，趙氏提及印林書籍目錄已得，請傅斯年閱覽印林書稿，復云其預擬編纂條
例已著手進行編列，待傅斯年返回北平再呈請檢閱，並詢問至南京時能否一訪
日人所言藏有許瀚手稿之蘇州王氏。由此信可知當時日本對於中國之善本、名
家手稿亦頗留意，而傅斯年、趙錄綽亦積極求訪許瀚相關文獻，且據信末所言，
當知傅斯年訪求許氏遺稿之舉非一偶然事件，而係長時間經營所得，恰可用其
名言「上窮碧落下黃泉，動手動腳找資料」形容。也正因傅氏積極訪求並令人
妥善整理，這批資料才能在輾轉流徙的歲月中保存至今。〔註26〕

　　而許瀚鄉里，先有王獻唐勤於蒐羅先賢文獻，輯得不少資料，袁行雲踵繼
其事，亦著力於此，並編成年譜，詳考生平著述。袁氏以平日累積、考察所得
之豐富材料，包括許瀚著作各種版本（含稿本、刊本、抄本），重新編排繫年，
始於嘉慶二年丁巳（1794，許氏生），終於同治十一年壬申（1872，許氏入祀鄉
賢祠），此厚達三百餘頁之《許瀚年譜》，初稿成於一九七八年，復經作者增刪
改寫，並訂出編例四項：（1）以考證譜主生平及其著述爲主，故於歷史背景資
料多不引用，或從簡錄之；（2）爲保存資料，全錄或摘錄佚文；（3）考證譜主
親朋師生，以有直接關係者爲限；（4）引用書籍初見除注書名、篇名外，並載
明卷數、資料來源等，其後則略。〔註27〕一九八三年由齊魯書社印行。《年譜》

〔註24〕〈趙錄綽致傅斯年書〉，《攀古小廬遺集》，頁30。

〔註25〕趙錄綽曾任職北平圖書館善本書室，並編有《北平圖書館善本書室目錄乙編》，撰
　　　　有《許印林撰校考略》一卷、《籀齋先生著述目錄》一卷，今《山東文獻集成》俱
　　　　附於所錄《許印林遺書二十種附一種》（二）之末，頗便參考。

〔註26〕這批遺稿在國民黨遷臺時，隨之入藏於中研院傅斯年圖書館，其內容多係手稿、
　　　　抄本，彌足珍貴。迄今雖未能影印出版，然已製成全文影像，提供讀者至該館檢
　　　　索。吾人如欲研究許氏學術，應據此與已刊行之文獻資料相較，當能有所補益。

〔註27〕袁行雲：《許瀚年譜》（濟南：齊魯書社，1983年11月），頁4～5。以下簡稱《年
　　　　譜》，若有引用則逐予標示頁碼。

外，袁氏另編〈許瀚著述知見錄〉、〈攀古小廬文篇目輯存〉二篇，前者分「自著、自校、自輯」、「助著、著校、著輯」、「待考」、「辨正」四類，羅列許瀚著作達一百四十三種；後者則自許氏各種著作中輯出篇目計五百零八條，依經傳說、諸子說、古文字聲韻訓詁說、金文考釋、泉鏡考釋、石刻考釋、磚印考釋、史籍考跋、雜文、詩、書札、書目十二類排列。除上述兩篇外，連同楊鐸〈許印林先生傳〉、《日照縣志》所收〈許瀚傳〉、《清史列傳》所收〈許瀚傳〉、《清儒學案》所收〈許先生瀚〉四文，併附書末，以作補充參考。由於此書係首見許瀚年譜，資料完備翔實，考證細緻精密，作者又費心從許氏著述中排比歸納，頗便研究資取，學術價值不言可喻。

　　1999 年，丁原基以《許瀚之文獻學研究》為題作教授升等論文。其於《許瀚年譜》基礎上，補充未詳備或未及見之資料。首章將許瀚生平分成「少承庭訓，入京應考」、「南北校書，中式舉人」、「講學書院，總纂州志」、「清江刻書，海豐校書」、「病廢家居，抑鬱而終」五時期，〔註28〕以論敘代替年譜條例，使許氏生平經歷能更完整、連貫地呈現。第二章論許瀚交游，以條列方式，舉王引之、何凌漢兩師，及許瀚友人：何紹基、何紹業、王筠、汪喜孫、俞正燮、苗夔、丁晏、張穆、吳式芬、魯一同、陳介祺、陳用光、陳慶鏞、楊鐸、高均儒等十五人，又列其及門弟子：吳重周、吳重熹、吳峋、丁楙五、丁艮善、丁以此等六人，均詳舉諸家傳記及與許氏往來書信為證，由此亦可明瞭許瀚師承與其對當世及後代之影響。第三章論許氏著述及所校著作，分自著、校刊、校訂三類，並對《許瀚年譜》補苴，如增其未列許氏校刊其父許致和《學庸總義》、《說詩循序》二書事，又於所輯得四十一種作品下，考述成書經過，或略論內容。〔註29〕第四章論許瀚之目錄版本學，分就「專書」

〔註28〕丁原基：《許瀚之文獻學研究》（臺北：華正書局，1999 年 3 月），頁 1～29。

〔註29〕丁原基〈十九世紀山左學者馬國翰與許瀚之文獻學〉中云：「考述許瀚之著述者，以袁行雲先生撰《許瀚年譜》所附〈許瀚著述知見錄〉為最備，於許瀚著述之存佚情形有考訂之功，惟仍有遺漏未收者。」試以丁文與《許瀚年譜》相核，所補遺漏惟許致和《學庸總義》、《說詩循序》二書。又《楊刻蔡中郎集校勘記》一書，《許瀚之文獻學研究》頁 134 注為「任迪善先生整理全稿，1985 年由齊魯書社出版，收入《山左名賢遺書》」，而其後發表之〈十九世紀山左學者馬國翰與許瀚之文獻學〉頁 186 則僅列「年祥農輯，一冊，稿本」，顯係失察。詳見丁原基：〈十九世紀山左學者馬國翰與許瀚之文獻學〉，《國家圖書館館刊》94 年第 2 期（2005 年 12 月）。

及「單篇題跋」析其體例、內容，並究其於文獻方面之價值與貢獻。第五章論許瀚之校讎學，先述許氏所校群集，次論其所校方法，例如據他書、古注、類書、本書前後文、金石資料等方法校改，而其校勘之重點，則有注意校改舊校之誤、校改他本之誤、古今字及俗字、假借字、避諱字、篇目眞僞及章節錯亂等六種，至於校讎態度，則有闕疑不忘、不輕改古書、博採眾說而後定三者。〔註30〕第六章論許瀚之金石學，分別考述許氏所釋之銅器與石刻，表列其所撰銅器方面著作，旨在探究許氏研究金石之方法與態度。第七章論許瀚之方志學，以所纂《濟寧直隸州志》爲主，考述內容、體例、特色，並與《濟州金石志》相較，以其明增損梗概。〔註31〕此書綜論許瀚文獻學，爲目前僅見許氏學術研究專著，對於後繼者實具開拓之功。至於此書不足處，蓋受限時空，部分許氏著作未得經眼，而崔巍整理《許瀚日記》所補訂者，亦未及參引，故僅能依《許瀚年譜》所記析論；在分類上，以自著、校刊、校訂略分三大類，似無法精確將所有資料類括；於許氏其他領域研究，則誠如〈緒論〉所言：「專就許氏在文獻學方面之成就從事探討，至於析論其詩文，及文字、聲韻方面之成就，俟諸來日。」〔註32〕可見本書側重所在。而第六章論許瀚金石學，於石刻有較詳盡之分析比對，金文部分則敘多於論，稍有不足。

　　至於 2001 年由河北教育出版社出版之崔巍《許瀚日記》（以下簡稱《日記》），其整理工作開始甚早，然因種種困難，出版反較丁書稍晚。《日記》原於 1984 年山東省博物資料室搬遷時發現，係海西閣所抄錄。〔註33〕十二冊毛邊抄本，均無前後次第，既乏書賿，亦未署著者名諱，詳讀其文方知爲許瀚遺著。《日記》內容共錄七段時間內許瀚生活札記，包括：（1）道光十五年十

〔註30〕關於此章內容，亦可參見丁原基：〈山左文獻學家許瀚之校讎學〉，《國家圖書館館刊》85 年第 2 期（1996 年 12 月），頁 147～176。

〔註31〕丁原基：〈許印林方志學研究〉，《應用語文學報》第 3 期（2001 年 6 月），頁 39～76。

〔註32〕丁原基：《許瀚之文獻學研究》，頁 2。

〔註33〕承蒙山東大學文史哲研究院杜澤遜教授告知，「海西閣」係山東黃縣王守訓堂號，許瀚遺書多賴其抄存。王守訓，字促彝，號松溪，黃縣城東逢鮑村（今蘭高鎮逢鮑村）人。光緒十二年（1886）進士，選爲翰林院庶吉士，繼授國史館協修、武英殿協修、纂修等職。光緒二十年（1894）奉旨協助王懿榮於山東興辦團練，頗見績效。撰有《詩毛傳補正》、《春秋地理補考》，二書原係稿本，今《山東文獻集成》第 1 輯（濟南：山東大學，2006 年）已收入印行。

二月二十六日起，至十六年十二月二十八日止。（2）道光十九年正月初六日起，至十二月二十八日止。（3）道光二十一年四月初十日起，至十二月二十五日止。（4）道光二十四年正月二十二日起，至十二月三十日止。（5）道光二十五年二月初八日起，至十一月二十二日止。（6）道光二十八年六月二十六日起，至十月三十日止。（7）咸豐二年十月十五日起，至咸豐三年四月二十四日病歸。

　　崔巍整理時，取《許瀚年譜》對照，校正錯誤脫漏處如：許瀚乃於嘉慶八年隨侍其父入學而非嘉慶七年、許瀚生母成氏卒於嘉慶十一年而非嘉慶十年等二十二處。〔註34〕透過二者比對結果，可補早期研究之不足，如申啓賢曾爲許瀚座師，即未見於《許瀚年譜》中；崔巍復以《日記》校正張繼文《張石州年譜》一處，指張穆妻卒於道光十八年冬十月二十五日，道光十九年九月二十日續娶趙氏，是時許瀚曾與陪娶，非如張繼文所謂於道光二十年娶趙氏。〔註35〕而崔氏將許瀚於道光十一、二年，採日記體例所作之《涉江采珍錄》、《錫朋錄》置於《日記》前〔註36〕；又列其父《許致和年譜》於後，作爲許瀚事蹟參照，以補《許瀚年譜》闕誤。諸如上述例證，皆顯示《許瀚日記》具保存、整理文獻之價值。惟書中年限及月日標示不甚明確，查找不易，又時見錯別字，或行文前後不一，不免大醇小疵。〔註37〕至於較值得探究者，如辨證「陶然亭聚會」一事，《許瀚年譜》云有道光十六年四月初四、五月初二兩次，〔註38〕《許瀚日記》卻指爲道光十六年三月二十三、四月初一兩天。〔註39〕孰是孰非，尙待考證。

　　以上三部專著，各具貢獻與優缺。近來山東大學出版《山東文獻集成》第

〔註34〕崔巍：《許瀚日記》（石家莊：河北教育出版社，2001年1月），頁3～6。

〔註35〕崔巍：《許瀚日記》，頁135。

〔註36〕此二者類似許瀚之購書及收藏清單，於書名或收藏器物下標明數量、來源、購買價格、時間等詳細資料。

〔註37〕如《許瀚日記》中「巳」、「已」、「己」三字時見誤用（頁13、18、123），「砅卷」則有「砅」、「珠」之別（頁67、70）；人名、字號亦見訛誤，如盧文「弨」誤作「紹」（頁19），何紹「基」誤作「墓」（頁97），丁「樸」齋誤作「扑」（頁123），翁方「綱」誤作「鋼」（頁27）等。

〔註38〕袁行雲：《許瀚年譜》，頁73、74。

〔註39〕崔巍：《許瀚日記》，頁62、66。

一輯，共計五十冊，刊布原珍藏於山東省博物館之重要文獻資料，其中便有許氏《積古齋釋文正義》、《許印林先生吉金考識一卷附友朋書札一卷》、《攀古小廬甎瓦文字》等難得之本。此套書既出，當可據補前人所未見或訛誤者；而傅斯年圖書館所藏善本《攀古小廬遺集》，除許瀚個人短篇著作、校記外，亦頗見與著名學者書信往來，更不乏書帖墨跡之屬，內容包羅甚富，據之亦可為已出版之許瀚著作拾遺補缺。二書所輯，容有不同，若能搭配參酌，則可掌握較全面之許瀚文獻，此誠為研究者之福音。惟許瀚著作仍有部分庋藏北京國家圖書館與中國社會科學院，異日如可印行於世，尤所企望。

至於單篇論文以許瀚為主題探討者，如：王仁舟〈許瀚佚事〉〔註40〕、趙孝孟《許印林年譜》、〈許印林先生撰校考略〉、柳向春〈許印林與陳碩甫交游研究〉〔註41〕、李士彪〈《續修四庫全書總目提要》所收許瀚著述〉〔註42〕、曹漢華〈許瀚家世考〉〔註43〕、秦洪河〈許瀚治學特點及思想發展淺議〉〔註44〕；亦有於文中論及許瀚者，如：田漢雲《清代山東名儒》、鄭時〈王箓友先生著述考〉、王獻唐〈亡友丁伯弢別傳〉、〈復傅斯年書〉、王紹曾〈日照王獻唐先生事略〉〔註45〕、王國華〈王獻唐生平事略〉、沙嘉孫〈山左著名學者王獻唐先生事略〉、〈王獻唐先生對圖書館事業和目錄學的貢獻〉、莊紅雨〈王獻唐先生與山東省圖書館〉、鐘春翔〈王獻唐與齊魯文化研究〉、謝國楨〈讀明清文史書籍題記〉等。〔註46〕

二、專門學術之類

首先意識到許瀚學術之價值者，有同時或稍後之陳介祺、吳大澂、丁艮

〔註40〕王仁舟：〈許瀚佚事〉，《日照今古》第 1、2 期合刊（1986 年）。

〔註41〕柳向春：〈許印林與陳碩甫交游研究〉，《嵐山文史》第 4 輯（2007 年 7 月），頁 126〜145。

〔註42〕李士彪：〈《續修四庫全書總目提要》所收許瀚著述〉，《嵐山文史》第 4 輯，頁 146〜154。

〔註43〕曹漢華：〈許瀚家世考〉，《嵐山文史》第 4 輯，頁 155〜161。

〔註44〕秦洪河：〈許瀚治學特點及思想發展淺議〉，《嵐山文史》第 4 輯，頁 161〜179。

〔註45〕王紹曾〈日照王獻唐先生事略〉，《山東省立圖書館季刊》1991 年第 1 期。

〔註46〕單篇論文中有兼及許瀚者，就其論述內容及與本題相關程度，擇取部分列舉。

善、吳重憙、王懿榮、丁惟祺、楊鐸等，皆嘗爲謀求保存著作，惟少置評，未作進一步析論。下迄近人研究許氏之學，雖門類廣泛，遍及文獻、目錄、校讎、方志、《說文》等方面，然多以單篇論文爲主，專著不多，以許瀚學術規模而言，仍有拓展空間。

研究許瀚文獻學方面，以丁原基《許瀚之文獻學研究》、〈十九世紀山左學者馬國翰與許瀚之文獻學〉爲代表。﹝註 47﹞前者於第四章論目錄版本中說明其文獻之價值，後者分論馬國翰、許瀚之文獻學，並以崔巍《許瀚日記》所見補充昔日撰寫許氏文獻時闕漏處。除丁氏著作外，謝國楨〈讀明清文史書籍題記〉﹝註 48﹞、《江浙訪書記》﹝註 49﹞以札記方式論及許瀚《攀古小廬雜著》及《攀古小廬文》二書，亦可資參考。

研究許瀚目錄學方面，有丁原基〈略論章學誠及許瀚於目錄學觀點之異同——以《史籍考》修纂爲例〉﹝註 50﹞，文中先敘《史籍考》修纂經過，該書爲清代目錄學專門之作，由章學誠倡議，得畢沅、謝啓昆、潘錫恩陸續贊助，復由許瀚校正，歷時凡六十餘年。章學誠纂修此書時，特撰〈論修《史籍考》要略〉、〈史考釋例〉、〈史籍考總目〉以明成書體例，而許瀚校此書時「補錄存佚之書，視原稿增四之一，詳審頓覺改觀。」﹝註 51﹞其分卷較章氏少，然內容卻增補近四分之一，且撰寫〈擬《史籍考》校例〉一文，是知無論編、校，二君均持審慎嚴謹態度，惟主張或有異同。二人相同處，其一在重視目錄書爲治學之津梁，其二爲均以嚴謹慎重態度編目；相異處則在於對互著與別裁見解不同，以及對當時學風、相關著述之注意與徵集。

研究許瀚金石學方面，石刻拓本有陳平、付幸、樓朋林〈許印林審訂趙氏

﹝註47﹞ 丁原基：《許瀚之文獻學研究》（臺北：華正書局，1999 年 3 月）；丁原基：〈十九世紀山左學者馬國翰與許瀚之文獻學〉，《國家圖書館館刊》94 年第 2 期。

﹝註48﹞ 謝國楨：〈讀明清文史書籍題記〉，《文史》第 7 輯（1979 年），頁 105～117。

﹝註49﹞ 謝國楨：《江浙訪書記》（上海：上海書店，2004 年），頁 225。

﹝註50﹞ 丁原基：〈略論章學誠及許瀚於目錄學觀點之異同——以《史籍考》修纂爲例〉，《章學誠研究論叢——第四屆中國文獻學學術研討會論文集》（臺北：臺灣學生書局，2005 年），頁 480～503。

﹝註51﹞ 潘駿文：〈校印乾坤正氣集序〉，收入潘錫恩：《乾坤正氣集》（臺北：環球書局，1966 年 9 月，清道光廿八年潘氏袁江節署求是齋刊本），第 40 冊，卷 574，頁 23105～23106。

十三磚硯拓本題跋墨跡〉一文，[註52] 主要詳敘許瀚、李聯榜、徐宗幹三家爲楊鐸所藏《吳興趙氏十三漢磚硯拓本》撰寫跋文之內容與經過，並評論其得失。如趙氏所藏磚拓，實爲西漢三、東漢四、吳五、晉一，而吳之寶鼎、建衡已入晉，不宜云漢，故許氏以爲所謂漢磚應僅十枚之數耳，趙氏取以顏其室，或不近於事實；然許瀚旋又爲之辯護，認爲以西漢隸書之難見，元鼎、五鳳、建平諸磚之難得，若宋歐陽脩、趙明誠等能得其一，亦不免愛而寶之，遑論聚數磚於一室之盛景，則趙氏以十三漢磚顏其室，固亦宜也。對於以「十三漢磚」爲名一事，李聯榜建議當撤晉替漢，以求名實相符，然許瀚於跋語中爲趙氏作解，實亦爲楊氏解套，作者稱此足見許瀚「世情之練達，才識之洞明，勝李聯榜多多矣！」至於十三磚下，許瀚均作跋語，或以歷史年代爲切入點，如第一、三硯；或以書法筆畫切入，如第四硯；或以存世多寡、能見度切入，如第五硯等，皆簡鍊切要，而部分磚硯下亦有李氏與許瀚商榷語，顯見當作於其後。綜觀全篇，除介紹楊氏藏書外，又臚列許、李、徐三家跋語，並就十三之數、以磚爲硯等問題予以探討，頗見整理之功。金文則有沈寶春《王筠之金文學研究》，文中論許瀚《攀古小廬雜著》所述之器，如：「周楚公鐘鐘」、「周楚公家二鐘」、「周君夫殷蓋」、「周距末」、「漢竟盆雁足鐙」、「明神鼎」、「父己甗」、「伯貞丁甗」、「周陳逆殷」、「齊陳曼簠」、「子爵」、「祖甲爵」等，但因此部分非該書探究焦點所在，故僅列舉篇目以資參考。[註53]

關於許瀚方志學方面，有丁原基〈許印林方志學研究〉、〈許印林之方志學述評〉[註54]。述評一文先按年分述許瀚生平，次取《濟寧直隸州志》及《濟州金石志》爲切入點，探討許氏修纂方志之精神與方法。誠如梁啓超《中國近三百年學術史》所言：「方志雖大半成於俗吏之手，然其間經名儒精心結撰或參訂商榷者亦甚多。」[註55] 推崇清儒參與修纂，提升方志水準之功。許瀚雖非

[註52] 陳平、付幸、樓朋林：〈許印林審訂趙氏十三磚硯拓本題跋墨跡〉，《考古與文物》1995 年第 4 期，頁 78～87。

[註53] 沈寶春：《王筠之金文學研究》（臺北：臺灣大學中國文學研究所博士論文，1990 年 6 月）。

[註54] 丁原基：〈許印林方志學研究〉，《應用語文學報》第 3 期（2001 年 6 月），頁 39～76；〈許印林之方志學述評〉，《嵐山文史》第 4 輯，頁 75～125。

[註55] 梁啓超：《中國近三百年學術史》（臺北：華正書局，1974 年 10 月），頁 329～333。

主編，然其功幾可「列著作之林」，故此文以《濟寧直隸州志》爲主，詳敘其在清代修纂情況與內容、體例，並推許該書具體制精善、考證精審、文獻多來自採訪、多存原始檔案、重視石刻資料諸項特點；復取許氏助編之《濟州金石志》與《濟寧直隸州志》相較，歸結二者在著作方式、著錄碑石多寡、考釋內容詳略方面，皆有所不同。

關於許瀚校讎學方面，有丁原基〈山左文獻學家許瀚之校讎學〉，該文先略述許瀚生平及其所校圖書，每部著作下皆有或詳或簡之介紹，說明校勘過程與要點，後復以《楊刻蔡中郎集校勘記》爲代表，論許瀚校讎方法、依據及重點，末則指出許瀚校讎態度，即闕疑不妄、不輕改古書等。惟此文較早發表，未及參考崔巍《許瀚日記》等相關資料。

關於許瀚文字學方面，則有郭子直〈王筠許瀚兩家校批祁刻《說文解字繫傳》讀後記〉、崔國光〈談《說文解字義證》許瀚校樣本的學術價值〉。〔註56〕郭氏之文先介紹祁刻本收藏情形，並簡述張穆、郭象升、王筠、許瀚等人題跋、批校。諸家說解中，又以許氏六十四條校語，時與王氏所校相互發明，綜觀其內容，約可分爲四類：（1）據祁刻本以補充、訂正王氏校語，（2）直指祁書之誤，（3）對王筠批駁顧氏改作提出解釋者，（4）有引桂馥校語以爲訂補者。而郭氏以陝西師範大學圖書館藏張穆原藏本與黃永年藏祁氏初刻本進行比對，發現許瀚指出遭剜改處，張氏藏本確見痕跡，且許瀚批校中，多有記錄初刻某字後改爲何字，足爲鑑定祁刻版本依據。至於崔氏所論許瀚校樣本，蓋其任職於山東圖書館，館內珍藏許瀚校桂馥《說文解字義證》刻本二校清樣，其文先略述此本流傳概況，復論桂馥撰《說文解字義證》及許瀚三次受託校書經過，末則言許瀚校書態度與對此書貢獻。藉由此文可知許瀚校刻桂書之梗概及手稿流傳經過，亦可知許氏校勘之原則，如訂正桂氏訛誤卻不輕易刪改，欲存其原貌等，惟文中引用部分資料或尚未刊行，故不知其出處爲何。

由前述可知，許瀚之生平、著作，經學者蒐集、整理後，研究成果已具相當規模，而其學術，如《說文》、校讎、方志、金文等，論者尚寡，猶待深入拓墾。如校讎學部分，雖有丁原基發表單篇論文，但僅以《楊刻蔡中郎集校勘記》

〔註56〕詳見郭子直：〈王筠許瀚兩家校批祁刻說文解字繫傳讀後記〉，《陝西師大學報（哲社版）》1989 年第 11 期，頁 132～136。崔國光：〈談《說文解字義證》許瀚校樣本的學術價值〉，《文獻》2001 年第 4 期（2001 年 4 月），頁 195～201。

爲主，整理其校讎依據及校勘重點，未取其他作品相比對，蓋許瀚校讎功力在當時直可與顧廣圻、黃丕烈匹敵，而許有《韓詩外傳校議》，顧亦有校《韓詩》之作，二者異同，尚待比較方能論述短長，此舉亦有助還原其校讎學之地位。在小學方面，許瀚受父啓蒙，一如傳統學者以《說文》、六書爲根柢，進而研究金石、音訓乃至經史、方志等，故其文字觀念亦不可忽視，而相關著作除《別雅訂》、《古今字詁疏證》、〈與王菉友論說文同部重文〉、〈與王菉友論異部重文〉外，亦散見與友人、弟子往來書信；加以許氏校桂馥《說文解字義證》，曾與汪喜孫等人爭執、失和，此一公案，顯示許瀚與當時學者主張不免相左，凡此皆值得進一步探討。而許瀚金文學，迄今未見以之爲對象深入研究之專論，誠屬藝林闕事。嘉、道以降，金石由經學附庸轉爲專門，許瀚身處此一轉變期，受時代風氣影響，濡染漸深。今日幸得見其大部分論著，可見許氏彝銘研究實當時箇中翹楚，斯學前沿。藉由許瀚金文研究，亦可窺知近代金文學發展之歷史進程。相信此一論題之展開，對了解清代中葉學風轉變，應具一定之意義。

第貳章　許瀚之生平著作及師承交游

　　如前所述，無論學問或歷史，皆有「漸」而無「頓」，凡探究一人之學、一時之事，自不能忽略所處時代背景、學術氛圍。因此，欲析論許瀚金文學，便需先觀察金文研究發展至道咸時期之情況，並以此為基礎，作橫向延伸，除探討許瀚主要活動時期——道光、咸豐二朝之金文研究外，對其師友往來相關文獻亦應予梳理，冀藉此勾勒出許瀚金文學形成背景。

第一節　道咸時期金文研究概況

　　王國維嘗言：「國初之學大，乾嘉之學精，道咸以降之學新。」〔註1〕可謂一語道出清代學術演變三進程。乾嘉學術由博大轉精，因其日趨極致，來學不得不另闢蹊徑。文字學方面，《說文》發展盛極一時，人人爭相鑽研精義，然箇中精華已為前人窮究殆盡。彼時研究景況如潘祖蔭所云：

> 逮我聖朝，敦尚經術，實事求是，不廢古訓，不務空言。乾嘉以後，
> 經師耆儒，如段氏玉裁、桂氏復（馥）、鈕氏樹玉、錢氏坫、嚴氏可
> 均、王氏玉樹、吳氏夌雲、王氏煦，篤信許書，咸有纂述，後之作

〔註1〕王國維：〈沈乙庵先生七十壽序〉，《海寧王靜安先生遺書》（臺北：臺灣商務印書館，1976 年），頁 18。

者，無能增損。〔註2〕

另如引《說文》證經史者，論說詳盡，考訂縝密，搜羅之廣，訓詁之精，莫逾高郵王念孫、引之父子。前人所爲，後人無從增損，故僅能補苴。因此，若欲轉相發明，便不得不於傳世文獻外求新材料之發現。於是學者漸將注意力轉移至金文，段玉裁云：

> 郡國往往於山川得鼎彝，其銘即前代之古文，皆自相似。是六經以古文傳，而所謂古文者，即如商周鼎彝之書，今世學者或未能知之也。許叔重之爲《說文解字》也，以小篆爲主，而以其所知之古文大篆附見。當許氏時，孔壁中《書》、《禮》未得立於學官，鼎彝之出於世者亦少，許氏所見有限，偶載一二，亦其甚也。許氏以後，三代器銘之見者日益多，學者摩挲研究，可以通古六書之條理，爲六經輔翼。〔註3〕

此時學者已注意金文與《說文》間之聯繫，加以視金文爲前代古文，與許愼《說文‧序》所言者正同，故蒐集鐘鼎彝器，利用銘文研究文字結構，以貫通六書條理，作六經旁證，此解讀法日漸普遍。然而，當時仍取銘文以證成許說，且清初至乾隆間所引用材料，尚多延續宋人餘論，石多於金，金文學用於考文證經在此階段猶屬萌芽期，卻爲後來發展開露先機。

運用金文習氣既已漸開，取證者有之，反詰許說者亦有之，如梁啓超云：「自金文學興而小學起一革命。前此尊《說文》若六經，袥孔子以許愼，至是援古文、籀文以難許者紛作。」〔註4〕許學受到強烈質疑。雷浚嘗論：

> 許學自唐李陽冰至故明趙氏宦光爲一派。趙氏《長箋》，於許意十不得一，趙本書家，非小學經學家也。本朝乾、嘉諸老爲一派。惠徵君提倡許學，江、段、桂踵起著書。此外諸家，有魯、衛、邾、莒之別，同爲許氏功臣。近又別出一派，用鐘鼎文校許書，其極意處幾欲駕許而上之。〔註5〕

〔註2〕〔清〕王筠：《說文釋例》（合肥：安徽教育出版社，2002年），頁371。

〔註3〕〔清〕段玉裁：〈薛尚功歷代鐘鼎彝器款識法帖二十卷寫本書後〉，《經韻樓集》（臺北：大化書局，1977年），卷7，頁5～6。

〔註4〕梁啓超：《清代學術概論》（上海：上海古籍出版社，2005年），頁50。

〔註5〕見楊鍾羲：〈說文疑疑二卷〉，《續修四庫全書提要》（臺北：臺灣商務印書館，1972

以乾嘉諸老爲一派，用鐘鼎文校許書者爲一派。實則乾嘉學者於金文亦有所徵引，二者既非判然對立，亦不易清楚劃分。而此處所指以鐘鼎文校許書乃新起之派別，其所據金石學在乾嘉尚爲初興，至道、咸、同、光始大盛，於是金石學便由初時附庸，躍居晚清文字研究主流。王國維著眼清代一朝學術發展演變，以「新」字標示道咸以降學風，洵不誣也。

清人留意金文研究，自乾隆年間修纂「四鑑」可視爲揭幕之舉，爾後名家備出，著錄、考釋、辨僞、詁經證史等皆卓然有成。而道咸學者紹承前人遺緒，雖未及目睹晚出甲骨材料，亦能在資料處理與研究方法上取得佳績，衡諸古文字研究史，確係扮演承先啓後之重要角色。以下試就金文研究之再興、金文之著錄與金文之應用三者分別論述，以明此期金文學發展梗概。

（一）金文研究之再興

清代學術乃總結前二千年文化縮影，而乾嘉尤爲其高峰，然勢達極盛必趨下，或須另闢蹊徑以創新高，此固萬物發展規律。道咸金文研究即在此種因素下興起，而金文傳拓亦爲不可忽視之助力。〔註6〕

1、器物蒐藏之助長

清初至乾嘉前，出土器物較少，金文研究多援引宋人成說，且多屬石刻資料；乾隆後，青銅器出土數量漸增，而社會上蒐藏之風亦興。乾隆十四年（1749）高宗命梁詩正等編纂《西清古鑑》四十卷；四十四年（1779）敕編《寧壽鑑古》十六卷；四十六年（1781）復敕命王杰等編《西清續鑑甲編》二十卷，同年又編成《西清續鑑乙編》無卷數。上述四書合稱「西清四鑑」，計收清內府所藏銅器四千零七十四件。〔註7〕官修「四鑑」雖收僞器甚多，且體例亦前承宋代，未脫《考古》、《博古》，文字則如梁啓超所言有「文字皆摹寫取姿媚，失原形，又無釋文，有亦臆舛」〔註8〕等缺失，然仍不失爲參考之資。潘祖蔭《攀古樓彝器款識‧序》謂：「鐘鼎彝器之學，萌芽於漢，昌於宋，

年），第 3 冊，頁 1694。

〔註6〕沈寶春：《王筠之金文學研究》（臺北：臺灣大學中國文學研究所博士論文，1990年），頁 43〜48。

〔註7〕劉雨：《乾隆四鑑綜理表》（北京：中華書局，1989 年），頁 7。

〔註8〕梁啓超：《清代學術概論》（上海：上海古籍出版社，2005 年），頁 49。

極盛於國朝乾隆中。」〔註9〕當即言此。而王國維云：「乾隆初，始命儒臣錄內府藏器，仿《宣和博古圖》爲《西清古鑑》，海內之士聞風承流，相與購置古器，蒐集拓本。」〔註10〕上有所好，下必甚焉，原已漸興之金文學，再添此一大事後，更是蔚爲風潮。雖然人們蒐集古器之目的不同，如：學者蒐集古器以累積研究材料，收藏家蒐羅典秘以純粹賞玩，甚至當時豪門鉅賈、淮南鹽商等，富極則思附庸風雅，躋身上流，於是乎廣羅金石書畫，邀集名家聚會鑑賞。梁啓超《清代學術概論》即言：「淮南鹽商，既窮極奢欲，亦趨時尚，思自附于風雅，競蓄書畫圖器，邀名士鑑定，潔亭舍、豐館穀以待。」〔註11〕凡此均間接促成金文學之蔚然勃興。

2、著錄傳拓之流行

除上行而下效之社會風潮使然外，著錄傳拓亦促使金文學獲得長足發展。「四鑑」成書雖早，然器物多藏內府，學者罕能睹見，所幸民間收藏較官方爲早，故私家著述方能勃興，如梁啓超云：「自阮元、吳榮光以封疆大吏，嗜古而力足以副之，於是收藏浸富，遂有著錄。阮有《積古齋鐘鼎彝器款識》，吳有《筠清館金石文字》，研究金文之端開矣。」〔註12〕而王國維云：「其著錄一家之藏器者，則始於錢坫之《十六長樂堂古器款識》。」〔註13〕錢坫《款識》共四卷，成書於嘉慶元年（1796），其以器物援經握史相證，著錄雖不多，精絕則更勝以往。繼此之後，嘉慶九年（1804），阮元撰《積古齋鐘鼎彝器款識》十卷；道光十八年（1838），劉喜海撰《清愛堂家藏鐘鼎彝器款識法帖》一卷；道光十九年（1839），曹載奎撰《懷米山房吉金圖》一卷；道光二十年（1840），吳榮光撰《筠清館金文》五卷，葉志詵撰《平安館金石文字》七種等。諸家金石藏器著錄日富，皆足見金文著錄傳拓盛況。

而金文著錄流傳所以興盛，拓墨技術進步可謂影響頗巨。彼時欲收藏古

〔註9〕潘祖蔭：《攀古樓彝器款識》（上海：上海古籍出版社，1995年，《續修四庫全書》第903冊），〈序〉，頁2。

〔註10〕王國維、羅福頤編撰：《三代秦漢兩宋（隋唐元附）金文著錄表》（北京：北京圖書館出版社，2003年9月），頁3。

〔註11〕梁啓超：《清代學術概論》，頁56。

〔註12〕梁啓超：《清代學術概論》，頁49。

〔註13〕王國維、羅福頤編撰：《三代秦漢兩宋（隋唐元附）金文著錄表》，頁3。

器與刊刻著錄，若非身居要職，多無力負擔，僅少數官宦如阮元、吳榮光等，或具財勢的藏書家，力方足以爲之。大部分學者窮究一生心力，亦未必能使其學流傳。惟隨拓墨技巧改進，如陳介祺、六舟禪師之全形、立體拓法，皆有助拓本流行，彌補器物不便攜帶、不輕示人等缺失。當時學者更屢以所得佳器拓本贈人，一則與友共享，二則藉此交換意見，此由許瀚詩文可窺知，如《攀古小廬雜著・周楚公鐸鐘》：「右楚公家鐸鐘陳壽卿所藏，僧六舟貽我拓本。」〔註14〕〈周子璋鐘〉：「右楊石卿所藏全形拓本，瀚手摹其文字存之。」（卷6，葉5）《錫朋錄・附錄一》：「葉東卿年伯寄散氏盤銘一紙。」又：「吳子苾送，許子簠文，延熹磚文。」〔註15〕上述皆許瀚得諸親友借拓或餽贈之記載。甚或胸懷大志者，廣邀友人，集數家所藏拓本，匯編成巨作，如阮元倩朱爲弼編定審釋《積古齋鐘鼎彝器款識》，除阮氏自藏器拓外，餘多出江德量、朱爲弼、孫星衍、趙秉沖、翁樹培、秦恩復、宋葆醇、錢坫、趙魏、何元錫、江藩、張廷濟等人拓本。故私家著錄與拓本，除使器物廣爲人知外，更便學者開拓視野，相互交流，討論所見及心得。

（二）金文之著錄

此時金文研究隆盛，學者如林，專著紛出，誠如王國維云：「其集諸家器爲專書者，則始於阮文達之《積古齋鐘鼎彝器款識》，而莫富於吳子苾閣學之《攟古錄金文》。其著錄一家藏器者，則始於錢獻之別駕之《十六長樂堂古器款識》，而訖於端忠敏之《陶齋吉金錄》。著錄之器，殆四倍於宋人焉。」〔註16〕而此期金文著作，除王國維《國朝金文著錄表》、容庚〈清代吉金書籍述評〉所舉之曹載奎《懷米山房吉金圖》、吳榮光《筠清館金文》、劉喜海《長安獲古編》和《清愛堂家藏鐘鼎彝器款識法帖》、徐同柏《從古堂款識學》、吳雲《兩罍軒彝器圖釋》、潘祖蔭《攀古樓彝器款識》、朱善旂《敬吾心室彝器款識》、呂調陽《商周彝器釋銘》、吳式芬《攟古錄金文》、方濬益《綴遺齋彝器款識考釋》、劉心源《古文審》和《奇觚室吉金文述》、吳大澂《恆軒所

〔註14〕〔清〕許瀚：《攀古小廬雜著》（上海：上海古籍出版社，2002年，《續修四庫全書》第193冊），卷6，葉1。爲免繁瑣，以下凡徵引本書，逕於文末標示頁碼，不再出注。

〔註15〕崔巍：《許瀚日記》（石家莊：河北教育出版社，2001年），頁44、45。以下簡稱「日記」，並於文末標示頁碼，不再出注。

〔註16〕王國維、羅福頤編撰：《三代秦漢兩宋（隋唐元附）金文著錄表》，頁3。

見所藏吉金錄》和《愙齋集古錄》、端方《陶齋吉金圖錄》外，尚有陳介祺《簠齋吉金錄》、張廷濟《清儀閣所藏古器物》、黃易《小蓬萊閣金文》等，足見當時研究、著錄風氣鼎盛。〔註17〕此外，目錄在道咸亦有發展，楚金〈道光學術〉云：「爾時風氣一變，專門之學頗有突過前人者，尤以金石目錄爲最。」〔註18〕私家收藏，率於所收漸豐之餘即行編目，或集結跋尾成書，如吳式芬便有《陶嘉書屋鐘鼎彝器款識目錄》、《雙虞壺齋藏器目》等。而此類目錄，非惟錄存器銘，並誌來歷、流傳過程，對後世研究極具助益。

上述著作，乃較具代表性或至今尚流傳易見者。然自乾嘉以降，國力漸衰，道咸時內憂外患紛擾，學者嘔心瀝血之作往往毀於兵燹，或緣其他因素未能妥善保存、流傳，如：許瀚所校桂馥《說文解字義證》，歷時二十載方告成，卻遭捻亂盡燬；又所校吳式芬《攈古錄》手稿，則逃難時不慎遺落，後幸購回；而高均儒刊刻許瀚《攀古小廬雜著》，尚未竣工，板片毀於祝融，今所見篆文多墨釘未補。蓋道咸金文成果雖多，猶不少倖存於今卻未被重視者，尚待後人發掘。

（三）金文之運用

對金文之運用，直至嘉慶末，道、咸、同之際，方見幡然一變，不再僅視金文爲輔證工具，而是漸成主角，研究本身，及其載體、及銅器之歷史背景與形制、紋飾等。胡樸安云：「金文之注意，雖起於宋朝，直至清朝末葉，始爲發達，然究竟玩好古董之意多，研究學問之意少。近日運用至於經史與古社會之考證，亦受甲骨文之影響而然。」〔註19〕其說恐未允洽。蓋宋人於金石器物，確有嗜好興趣成分在，而清代收藏家純事鑑賞者亦有之，然大部分學者仍持嚴肅態度看待金文，搜羅器物碑刻乃爲儲存更豐富研究材料；偶有所獲，輒狂喜不能自已，或墨拓以贈諸友，或召集宴會共賞。總體而言態度非止賞玩而已。又金文運用於考證經史及古代社會制度者，早在乾嘉前便有具體呈現，道、咸

〔註17〕參見王國維、羅福頤編撰：《三代秦漢兩宋（隋唐元附）金文著錄表》，頁8～10、471～473；容庚：〈清代吉金書籍述評〉，《頌齋述林》（香港：翰墨軒出版公司，1994年），頁44～79；朱劍心：《金石學》（上海：上海書店，1996年，《民國叢書》第5編第86冊），頁41～46。

〔註18〕楚金：〈道光學術〉，《中和月刊論文選集》（臺北：臺聯國風出版社，1974年），第3輯，頁8。

〔註19〕胡樸安：《中國文字學史》（臺北：臺灣商務印書館，1988年8月），下冊，頁568。

學者更進一步運用，亦非至甲骨文出土後才受其影響。

此時學者，上承乾嘉成果，又另闢新途，於金文之蒐集整理與考釋運用頗有不同。整理方面，著錄方法有所改進和提高，已開始注意器形和花紋，於器物尺寸、重量標記，及器物來源與流傳情形之介紹，靡不精細。同時，隨印刷傳拓技術提升，逐漸提高銘文之辨識度與可信度。釋文考證方面，亦日趨精審，尤其自覺體認古籍和歷史印證之重要性，避免宋人或乾嘉學者因過信典籍而誤釋。考釋字形則已非純以小篆作對比，而係較全面分析單一文字演變過程，且強調運用音韻知識爲輔證，留心通假、飾筆等問題，均是此時文字考釋重點所在。

而清代古器蒐羅風氣昌盛，作僞也隨之而興，甚至眞假難辨，特以山東、浙江等地，既出金石大家，亦以仿作器物知名。當時人日漸重視銘文，藉以鑒別器物，而作僞者亦深致苦心，或以無字之眞器刻字，或取蓋、器相類者配對，手法多樣，圖謀暴利。要之，此時辨僞較前代更趨精密，作僞亦更加專業，二者競逐無休矣。

總結前述，銅器銘文很早即被注意，至宋代方始大興，中歷元、明二朝並無特別發展，清初仍多延續宋代成果，乾嘉始見態度與方法之變新，道咸後金文運用與考訂方臻成熟。瞭解乾嘉以前金文學發展，及許瀚主要活動之道咸學術概況後，或可明白王國維所謂「道咸以降之學新」。而唐蘭曾言：「乾嘉以後，金文學雖極盛，但辨識文字方面，進步很少。陳慶鏞、龔自珍等所釋，往往穿鑿不經，只徐同柏、許瀚所識較有根柢。」〔註20〕對徐、許二人之考釋功力及學識，予以正面評價。然欲究一家之學形成背景，除針對外在環境，諸如時代、背景、社會、文化、學術風氣等分析外，被研究對象之生平、經歷、家學淵源及師承、交游等，皆不可忽略。下節先就許瀚生平際遇擇要論述，冀對其人有較詳盡之了解。

第二節　許瀚之生平及著作

梁啓超有云：「吾輩尤有一事當感謝清代學者，曰輯佚。」又云：「膚蕪之作，存亡固無足輕重，名著失墜，則國民之遺產損焉。」〔註21〕此語雖針對

〔註20〕唐蘭：《古文字學導論》（濟南：齊魯書社，1981 年），頁 378。

〔註21〕梁啓超：《清代學術概論》（上海：上海古籍出版社，2005 年 4 月），頁 51。

清儒於前人典籍、著作蒐羅之功而發，亦可用來說明文獻保存、整理對相關議題研究的重要性。許瀚被時人肯定為「山左學者君第一」，後有王獻唐、傅斯年、趙錄綽等關注，其流傳於世之著述，乃集合眾多學者投入心力而得保存，價值亦不可小覷。然在探論前，當須對其生平與著作存佚概況有所認識，以下茲先略述之。

一、生　平

關於許瀚生平，袁行雲《許瀚年譜》嘗詳加繫年，丁原基《許瀚之文獻學研究》則分「少承庭訓，入京應考」、「南北校書，中式舉人」、「講學書院，總纂州志」、「清江刻書，海豐校書」、「病廢家居，抑鬱而終」五期敘述。〔註22〕二書所論已詳，本節僅擇要略述，稍補不見於袁、丁二書之材料。

許瀚，字瀾若，一字印林，又字元瀚，號培西，山東省沂州府日照縣人。〔註23〕生於清仁宗嘉慶二年（1797），卒於清穆宗同治五年（1866），年七十。其父祖輩皆好學之士，曾祖重行為太學生，祖父賁為庠生。父致和，字廬堂，一字蕭齋，酷嗜讀書，雖畢生長處貧困憂患之中，猶能手不釋卷，孜孜矻矻於追求真知。許瀚〈家祭文〉云：「吾父壽八十有五，五子十孫一曾孫，人皆稱為全福。吾父亦每抑然自謙曰：『吾何德以堪此。』若真大享福也者。而自不孝歷數之，則畢生在憂患中，未嘗稍即安樂也。」又云：「不孝嘗問諸吾伯姑母，言吾父少時攻讀，比於懸梁刺股。隆冬深夜，忍飢達旦，事以為常。」（《顧黃書寮雜錄》，頁57）由是知治學刻苦，用力甚深，其學問與成就直可謂「皆自忧患中來也」。（《顧黃書寮雜錄》，頁57）致和嘗因父病家貧幾至廢學，後全力投入教育，聲譽斐隆，晚年撰《說詩循序》、《學庸總義》二書，由其子刊行問世，惜已亡佚。

許瀚於嘉慶十八年（1813）娶妻蘇氏，同年入縣學，次年得子逢吉，二十年（1815）補州學生員，以專精許、鄭，受知於學政王引之。此時許氏仍從父講學，隨侍親側，〈家祭文〉云：「不孝廿五，吾父乃挈之舌耕，或勸使就別館，

〔註22〕丁原基：《許瀚之文獻學研究》（臺北：華正書局，1999年3月），頁1～29。

〔註23〕柳向春〈許印林與陳碩甫交游述略〉云許瀚字瀾若、印林、元翰；曹漢華〈許瀚家世考〉則云字印林、元翰，號蘭若。今據《清代硃卷集成》所載，詳見顧廷龍主編：《清代硃卷集成》（臺北：成文書局，1992年），冊97，頁105～106。

父云恐不孝放佚自便也。又以吾祖老病，可更番歸省也。實則以不孝幼失恃，如慈母之保抱攜持，不忍遽去諸懷耳。」可見致和身兼嚴父慈母，影響許瀚極深，故魯一同〈許肅齋先生八十壽序〉云：「數十年來海內談者協然知有山左許氏瀚之學，而不知其得力於家庭之際蓋如此。」〔註24〕簡言之，許瀚由父啓蒙，秉承庭訓，又長期隨侍父側，家學浸深，故學術得力於乃父者多。

許瀚除淵源家學外，因交游廣闊，師友影響亦不可忽視。〔註25〕如湖南道州何凌漢、紹基、紹業父子三人，即影響甚深。道光五年（1825），何凌漢任山東學政，素服膺許、鄭，取士尤重根柢器識，因賞識許瀚才學，特拔擢貢生，並使子弟相結交，而紹基最爲投契。〔註26〕嗣後許瀚入京，時相拜訪，甚或借寓何氏宅邸四眼井。《許瀚日記》數見與何家往來紀錄，如：道光十六年（1837），許瀚在京，正月十五日「飯後到四眼井，晚住此看花，花甚佳」；十六日「同子貞、敬游廠」；四月初四「何老師招飯」；初七「公請仙槎師」；六月初三「看仙槎師」；初七「四眼井拜何師母壽，即到慈仁寺與子毅談」；七月十四「下午仙槎師叫吃」。道光十九年（1839）六月初七「何師母壽」；七月十三「四眼井問師母病」；九月初六「飯後到何老師處請安」等，〔註27〕凡此俱可見許瀚與何氏父子交誼之篤。

道光六年（1826），許瀚爲國子監生，六月朝考報罷，未授官。〔註28〕七年（1827），李璋煜邀校桂馥《說文解字義證》，同時分校者有王筠、袁練、許棟、陳宗彝等人；同年七月，王引之任武英殿總裁，奉詔重修《康熙字典》，許瀚考充校錄，〈家祭文〉云：「越歲，考充校錄，吾父喜志以詩，謂祿養之將逮也。」（《顧黃書寮雜錄》，頁58）自道光五年（1825）入京，迄道光十一年（1831）《字典》修成，歷時六載。在京期間，許瀚除得常謁師門，向王念孫、引之父

〔註24〕〔清〕魯一同：〈許肅齋先生八十壽序〉，《通甫類藁》（臺北：文海出版社，1969年，《近代中國史料叢刊》第37輯），續編上，頁25。

〔註25〕此處僅簡述生平概況，相關人物事蹟及師友往來、影響等，詳見本章第三節。

〔註26〕〔清〕張穆〈日照許肅齋先生壽序〉云：「文安公諸公子皆喜與印林游，而長君子貞與相契尤深。」

〔註27〕以上見《日記》，頁59、66、72、77、116、122、133。

〔註28〕〔清〕許瀚〈家祭文〉：「不孝瀚得選拔，朝考報罷，仍留京師，冀得一官，可資祿養。」此文收入《顧黃書寮雜錄》，頁58。

子請益外，又結識眾多同道，諸如李璋煜、葉志詵、徐松、汪喜孫、王筠、吳式芬、張穆、龔自珍、俞正燮、劉喜海、丁晏、許槤、沈垚輩，率皆當時名士。友朋間時邀宴聚會，同賞珍本秘籍、金石器拓，遂令許瀚眼界識見更形開闊。

　　道光十一年（1831），何凌漢任浙江學政，許瀚應命同往校文。道光十三年（1833），何氏返京，許瀚仍留杭為陳用光校文。居杭期間，曾隨何凌漢登文瀾閣覽《四庫全書》，復由何氏引見，獲接當地宿儒耆老；又登寧波天一閣，遍觀所藏善本圖籍。在杭時，除撰著《經傳考證》、《金石錄》、影宋本《說文解字》、抄校《五音韻校本》、《說文校本》諸書稿外，道光十四年（1834），曾出所藏器拓，佐嚴可均纂成《全上古三代秦漢三國六朝文》。杭州學署數年間，每趁公餘閒暇，偕友人流連湖光山色，或遍尋深山古刹，蒐訪斷石殘碑之跡，所獲亦多可寶，此階段或為許瀚一生最稱愜意之時光。

　　道光十四年（1834）秋，自杭州返鄉，旋應吳文鎔招，往赴順天校文。十五年（1835）正月起，接連隨試大名、廣平、順德、趙州、正定、定州、通州等七棚歲試，後又返京試八旗。奔波各地隨試之餘，輒苦無書可讀，遂取篋中《尚書》、《左傳》、《論語》、《孟子》、《孝經》、《管子》、《晏子春秋》、《荀子》、《六韜》《孫子》、《吳子》等書，抽繹文本，審定韻部，待返京與苗夔商榷。〔註29〕其《尚書韻》、《論語韻》、《孟子韻》、《左傳韻》、《孝經韻》、《弟子職音》諸作，即成於是時。〔註30〕

　　道光十六年（1836）八月，許瀚以拔貢應順天鄉試，中第五十六名舉人。雖才學滿腹，然心力所耗皆在校文、館課，疏於制藝，以致屢試不第，直至道光二十四年（1844）始大挑二等，例補學官，咸豐二年（1852）方獲選滕縣訓導，仕路坎坷顛簸。〔註31〕雖如此，其於友人事，往往挺身仗義，如道光十九年（1939）張穆考場蒙冤被逐，許瀚為奔走請命，又常邀張氏飲酒暢談以相寬慰，誠良朋益友也。〔註32〕

〔註29〕〔清〕許瀚：〈小學說〉，《攀古小廬雜著》，卷4，葉30、31。

〔註30〕《攀古小廬雜著・小學說》下《左傳韻》末署「道光乙未夏至前三日志於定武試院之秀擷文峯樓」，見《攀古小廬雜著》，卷4，葉30。

〔註31〕《許瀚日記》三月二十七日載：「晚陰，同叔梧赴內門大挑，予挑二等，叔梧落挑。」詳見崔巍：《許瀚日記》，頁205。

〔註32〕張穆試場蒙冤遭斥事，另見本章第二節。《許瀚日記》中有多處言及，可知許瀚對

　　道光二十年（1840），許瀚應山東濟寧州知州徐宗幹邀請，主講漁山書院，並任《濟寧直隸州志》纂修之職。《許印林手稿‧驪歌集‧序》云：「己亥冬，應公聘主講漁山書院。」主講書院期間，因徐氏重教育、禮賢達，故相處融洽，公餘常偕往探碑訪勝，亦頗見唱和詩作，如許瀚有〈和徐樹人刺史庚子秋闈紀事詩原韻〉四首。楊鐸〈許印林先生傳〉云：「濟寧修輯《州志》，刺史徐樹人中丞聘同膠州牧馮集軒為總纂，鐸亦與分纂。朝夕共硯几。」〔註33〕當時同纂修者，除許瀚、馮集軒、楊鐸，尚有李聯榜等，皆係雅好金石士，相處自甚投契。徐宗幹〈濟州金石志序〉云自道光十八年（1838）到任後，每週閒暇又適逢書院課期，便與山長許瀚同論金石，靡不知倦；又與諸友往來城內四鄉及金鄉、嘉祥、魚臺三縣，窮究深山幽谷，遍訪碑石。道光二十二年（1842），徐氏調四川，書院諸生作《驪歌集》，許瀚為之撰序；次年（1843）徐氏離濟，許瀚仍主講書院，並協助修成《濟寧直隸州志》，助編《濟州金石志》等書。

　　道光二十六年（1846），應南河總督潘錫恩之邀，赴清江浦主持校訂續補《史籍考》，於章學誠原稿多所訂正，其校訂方式見諸〈擬史籍考校例〉。校原稿「增四之一」〔註34〕，足見補苴之功。居清江期間，既有丁晏等舊交，亦新識高均儒、顧沄等，諸友往來過從甚是歡洽。二十八年（1848），許瀚歸里慶賀致和公八秩壽辰，後顧念父老多病，遂留鄉侍親，不復遠行。其於清江浦校書期間，亦受山西楊尚文之託校訂桂馥《說文解字義證》，但因無法兼善二事，故延請薛壽、田普實擔任分校，孰料薛、田二君錯謬頻出，且任意刪改，不得已重加收攬，抱病校書，勘正薛、田之誤，而前已付刻近三卷，則已無可如何矣。許瀚校訂桂書，耗力費時甚久，初在京時即應李璋煜之邀，後楊以增欲刊刻、推廣，惟多受人事紛擾牽絆，未能成事。直至居清江浦時，楊尚文出資禮聘，幾經波折，咸豐二年（1852）方於贛榆縣青口鎮刊成。

此事件之關注。

〔註33〕〔清〕楊鐸：〈許印林先生傳〉，《儒林碑傳》（成都：四川大學出版社，2005年，《儒藏》史部第50冊），第14冊，卷151，頁300。

〔註34〕潘駿文：〈校印乾坤正氣集跋〉，收入潘錫恩：《乾坤正氣集》（臺北：環球書局，1966年9月，清道光廿八年潘氏袁江節署求是齋刊本），冊40，卷574，頁23105～13106。

　　咸豐元年（1851），許瀚獲選山東滕縣訓導，旋因未能迎養老父求去，原擬作他計，復遭亂而屢生變故，許瀚〈與王菉友書〉不禁吐露親老家貧、造化弄人之無奈。咸豐四年（1854），致和公卒，許瀚悲慟不已，撰〈家祭文〉云：「不孝奔走四方，南客甌越，北歷燕幽，司講漁山，校書淮浦，遠或一二千里，近亦五六百里；或歲一再歸省，或數歲一歸省，晨昏滋疏矣。」（《顧黃書寮雜錄》，頁 59）為謀生計而不能隨侍親側克盡孝道，抱憾良深。咸豐五年（1855），應吳式芬邀前往杭州校文，途中繞道沂州訪丁守存議借川資，然吳式芬於是年因病引退；六年（1856），許瀚亦歸山東沂州；翌年，應式芬子重憙之邀，至海豐校訂乃父遺書，《攈古錄》、《攈古錄金文》、《陶嘉書屋鐘鼎彝器款識目錄》、《金石匯目分編》等均經許瀚手校，體現吳、許二家交誼之深厚。

　　咸豐八年（1858），許瀚因病自海豐返鄉。〈與隋九香書〉述在海豐罹患中風症，左側身體不遂，深恐即成廢人。《攀古小廬文補遺·與秀水高伯平書》亦提及散家財、試百方，奈何無一見效，深為病痛纏身所苦。咸豐十年（1860），捻軍攻克清江浦，《攀古小廬文》書板毀於火。十一年（1861）八月，捻軍穿越日照境內；同年十月，捻軍復至，家藏珍本及《說文解字義證》板片盡毀於燹劫。爾後，許瀚常處病痛之中，其致高均儒書札二通皆言及癱瘓如昔，已無法讀書等事。此外，珍藏遭劫、書稿被燹，創傷內心甚巨。既而愁懷難紓，抑鬱鎮日，身心淒苦，同治五年（1866）病歿於家，享年七十。

　　綜觀許瀚一生，雖未曾仕祿榮顯，屢為謀食營生而南北奔走校書、館課，然無論處於何種境地，皆勤蒐博覽，不改其志。故龔自珍詩云：「北方學者君第一，江左所聞君畢聞；土厚水深詞氣重，他日煩君定吾文。」〔註 35〕龔氏不輕許人，乃以許瀚為「北方學者第一人」，可謂推崇備至。許瀚刻苦勉成、求真務實之治學精神，亦著實影響鄉里學風，及門丁艮善、丁棨五、丁以此等，同屬山東人士，皆能紹繼其業，篤志立學，研經考文。簡言之，許瀚為清中葉著名之金石學家、文字學家、校勘學家，有「北方顧千里」之譽，惜布衣貧寒，著述多未刊行。民國以來，幸賴王獻唐等竭力搜求訪抄，一代名

〔註35〕龔自珍：〈別許印林孝廉瀚〉，《龔自珍己亥雜詩注》（北京：中華書局，1999 年 2
　　　　月），頁 53。

家著作不致亡佚湮滅，斯文不墜，實屬學界幸事。近年出版之《山東文獻集成》，裒集鄉里賢達著述，首輯即收許瀚書稿，罕見文獻公諸於世，洵為研究許氏及清代學術者莫大助益。

二、著 作

許瀚家貧，一生為張羅生計而奔走，講學校書，既無阮元、王筠官爵俸祿，又乏吳式芬、顧沅、陳介祺累世家資，加以生逢清朝由盛轉衰之際，變亂頻仍，著述完稿後，或因無力刊行，或因戰亂散佚，雖有後人、知交為之纂輯，仍不免有未見於世或流傳不廣之憾。〔註36〕所幸當代學者多有關注，例如王獻唐任山東省立圖書館館長，於先賢著述多事蒐羅，成績頗豐，其中許瀚未及刊行之著述，便有四十餘種。許瀚著作目錄，早期即有學者進行整理，惟以袁行雲《許瀚年譜》〔註37〕所附〈許瀚著述知見錄〉，及丁原基《許瀚之文獻學研究》〔註38〕二書較完備，然仍有闕略，今就聞見所及，臚列如下，並標示其刊行或典藏情況。

　　1、《攀古小廬文》一卷一冊，咸豐七年高均儒刊本。〔註39〕（已刊）

　　2、《攀古小廬文補遺》一卷一冊，光緒元年楊氏函青閣重刊本。（已刊）

　　3、《攀古小廬雜著》

　　　　（1）十二卷四冊，光緒年間吳重熹刊本。（已刊）

　　　　（2）不分卷四冊。民國十八年，王獻唐掌理山東圖書館，致力搜羅當地文獻史料，對許瀚著作尤為用心。〔註40〕王氏以吳刻闕略不

〔註36〕如《許瀚日記》書稿，便於咸豐捻軍戰火中流落溝壑間，散失大半。而許瀚遺稿，生前曾囑託於陳介祺，陳於光緒年間刊板，名為《攀古小廬雜著》，未及刻竣，板旋焚毀。

〔註37〕袁行雲：《許瀚年譜》（濟南：齊魯書社，1983年11月）。

〔註38〕丁原基：《許瀚之文獻學研究》（臺北：華正書局，1999年3月）。以下簡稱丁書，或逕予標示書名、頁碼，不另出注。

〔註39〕光緒元年，楊鐸又輯其遺文為《補遺》一卷，並取高氏本合刊，即楊氏函青閣重刊本；日本昭和七年，東京文求堂影印咸豐原刊本。上述版本皆不易得，惟中研院傅斯年圖書館有日本影印本，現亦有全文影像可供檢索。

〔註40〕王獻唐〈復傅斯年書〉（1930.10.3）中云：「去秋到館以來，曾與友人欒調甫先生相約，擬就鄉賢以往之破碎工作，整理之，補苴之。其整理步驟：先求先賢遺著

完，又欠篆文，故倩人抄錄許氏原本，書首有〈題識〉。〔註41〕
書稿今藏山東省博物館。〔註42〕（未刊）

（3）三卷一冊。見《北京圖書館善本書目》，此書雖與吳重憙刻本同
名，然內容迥異，卷一題〈許印林先生吉金考釋〉；卷二〈釋布
附記〉，由馬星璧、許瀚分撰〈釋布〉與〈附記〉；卷三〈東魏劉
懿墓誌跋附記〉，〈跋〉爲張穆撰，〈附記〉爲許瀚撰。此編係稿
本，今藏北京中國國家圖書館。（未刊）

6、《攀古小廬全集》（上）〔註43〕（已刊）

7、《攀古小廬古器物銘》不分卷一冊，山東省博物館藏王獻唐抄本
〔註44〕（已刊）

無論已刻未刻，使倂藏館中。……獻唐所最注意者爲牟陌人、許印林兩家。」詳
見王獻唐：〈復傅斯年書〉，《山東圖書館季刊》1982 年第 1 期。

〔註41〕王獻唐：《雙行精舍書跋輯存》（濟南：齊魯書社，1983 年），頁 123。

〔註42〕此編係抄本，《年譜》載於未刊之列，丁書云未得經眼。《年譜》論《攀古小廬遺
集》條下云：「王獻唐抄本《攀古小廬雜著》即據此本轉求，而略有增減不同。」
日前曾於傅斯年圖書館檢索得《攀古小廬遺集》，共六十冊，其中第五冊爲《攀
古小廬雜著》抄本，未分卷，疑爲是書所本，今列於此以待日後詳考 。又檢視
抄本與吳刻本篇目不同處，可知吳刻本有，抄本無者：經傳說五篇，諸子說一篇，
文字聲韻訓詁說十二篇，金文考釋六十五篇，石刻考釋二十篇，雜文四篇。抄本
有，吳刻本無者：經傳說一篇，文字聲韻訓詁說一篇，金文考釋二十二篇，雜文
四篇。

〔註43〕是書由袁行雲校編，齊魯書社印行。敘云：「全集擬分三冊：上冊以經學、古文聲
韻、古文字學著作爲主；中冊爲金文考釋；下冊包括石刻題跋、磚印考釋、讀書
札記、古籍校勘、詩、雜文、尺牘等。」今三冊僅出版上冊，收錄於《山左名賢
遺書》。

〔註44〕書收錄古器物銘文考釋共四十八篇，係王獻唐倩人自原拓抄錄。書中所載多見於
《攀古小廬雜著》及《攈古錄金文》。其中如：「漢富貴宜王侯泉文雙魚洗」、「漢
半兩泉莖」、「漢長宜子孫位至三公鏡」、「漢日光鏡」、「漢位至三公鏡」「漢長相思
鏡」、「漢尚方鏡」、「漢君宜高官鏡」、「方鏡」、「唐秦王鏡」、「日本國鏡」、「吳赤
烏鏡」、「嫦娥奔月鏡」、「凸」等器銘，未見於他本。此編係抄本，今藏山東省博
物館，又見於《山東文獻集成》第 44 冊。詳見山東大學山東文獻集成編纂處：《山
東文獻集成》（濟南：山東大學出版社，2006 年），頁 150〜326。筆者以《年譜》
與丁書相參照，補「漢富貴宜王侯泉文雙魚洗」。又傅圖藏《攀古小廬遺集》中，

8、《攀古小廬金文考釋》不分卷一冊，中國社會科學院考古研究所藏抄本〔註45〕（未刊）

9、《攀古小廬金文集釋》一冊，山東省博物館藏稿本〔註46〕（未刊）

10、《攀古小廬磚瓦文字》二函四冊，山東省博物館藏王獻唐鈔本〔註47〕（已刊）

11、《許印林遺著》一卷，光緒年間潘祖蔭《滂喜齋叢書》刊本第三函〔註48〕（已刊）

12、《許印林遺書》不分卷三冊，山東省博物館藏王獻唐抄本（未刊）

13、《許印林手稿》（黏貼本）一冊，北京中國國家圖書館藏稿本（未刊）

14、《許印林手稿》一冊，山東省博物館藏稿本（未刊）

15、《許印林先生遺稿》一冊，山東省博物館藏清光緒十四年直隸永清官廨抄本（已刊）

16、《許印林先生題跋》一冊，山東省博物館藏王獻唐抄本（已刊）

17、《許印林先生吉金考釋》

第六冊題爲〈攀古小廬古器物銘釋文初草〉，旁有手錄目錄，共計二十五篇，《山東文獻集成》則存其目一頁。《年譜》列〈攀古小廬古器物釋文〉於未見，下按：當即趙智如抄濰縣陳氏藏本。據按語及所見抄本，推論〈攀古小廬古器物銘釋文初草〉疑與田士懿《金石名著匯目》所錄〈攀古小廬古器物釋文〉同，此處暫列之待考。

〔註45〕本書收許瀚金文考釋之作，凡四十四篇，所列者不出《攀古小廬雜著》及《攈古錄金文》。惟因此本多附篆文，可補《攀古小廬雜著》墨釘缺字處。此稿本今藏中國社會科學院考古研究所。

〔註46〕丁原基云：「此書係搞本，收各方友人寄贈之拓本七紙，首爲吳大澂得於天津之『古王鈢』，有吳大澂題識。較晚爲明代『荊州指揮使司衣巡銅牌』拓片。多有許瀚考釋。書內夾貼錢治光、朱善旂致許瀚手書各一通。」（《許瀚之文獻學研究》，頁112、150）《年譜》云：「書收許瀚手跋原拓七紙，均已見刊本或抄本。」（《年譜》，頁320）與丁書所言小異。因此書未經眼，而丁書亦轉述山東大學古籍整理研究所杜澤遜語，姑存之俟考。

〔註47〕《山東文獻集成》，冊44，頁482～533。

〔註48〕本書即《某先先校桂著說文條辨》，先刊於光緒二年（1876），潘祖蔭《滂喜齋叢書》錄之，後又收入《攀古小廬雜著》及《攀古小廬全集》。《攀古小廬雜著》卷五亦見此篇，惟文字略異。

（1）一冊，北京中國國家圖書館藏（未刊）

（2）《許印林先生吉金考識》一卷附友朋書札一卷，山東省博物館藏
濰縣丁錫田家鈔本〔註49〕（已刊）

18、《印林文存》一冊，山東省博物館藏李繼瑄等抄本（已刊）

19、《印林文稿》一冊，杭洲大學圖書館藏玉海樓抄本（未刊）

20、《辨尹畹阶毛詩物名辨》不分卷一冊（已刊）

21、《古今字詁疏證》一卷（已刊）

22、《說文引詩字輯》不分卷，民間影印手稿本〔註50〕

23、《說文義證定本》不分卷一冊，山東省博物館藏王獻唐抄本（已刊）

24、《說文義證寫刻始末》一冊，山東省博物館藏稿本（未刊）

25、《管子弟子職篇韻說》一卷，道光二十三年《齊魯課士錄》刊本（已
刊）

26、《弟子職》一卷，道光二十九年張穆寫刻本（已刊）

27、《擬史籍考校例》一冊，山東省圖書館藏稿本（已刊）

28、《論語附錄》一卷，咸豐八年丁艮善刊本（已刊）

29、《韓詩外傳校議》一卷〔註51〕（已刊）

30、《六君子塼合本》一冊，一九三三年寧津李濬之石印《君子留眞譜》
本（已刊）

31、《濟寧直隸州志》十卷，咸豐九年尊經閣刊本（已刊）

32、《杜詩選注》不分卷，北京中國國家圖書館藏稿本（未刊）

33、《杜詩提要評校》一卷，山東省博物館藏日照王獻唐鈔本（已刊）

34、校《杜詩通解提要》十二卷，山東省博物館藏嘉慶五年在茲堂刊本
（未刊）

〔註49〕是書與北京中國國家圖書館藏《許印林先生吉金考釋》題名僅一字之異，檢校山
東圖書館藏本所錄許氏金文考釋有十篇，書信等亦有八通，並許瀚贈苗仙露秀才
詩稿殘頁，均與袁行雲所述北圖收藏相同，故推論二者內容相同。

〔註50〕《販書偶記》著錄，惟對作者身分存疑，而袁行雲以為是書內有「瀚案」云云，
當是許瀚手稿無誤，詳見《年譜》，頁316、339。

〔註51〕此編先收入《攀古小盧雜著》，民國三十一年（1942）抄出重刻，收入《敬躋堂叢
書》，近則收入《攀古小盧全集》中。

35、《楊刻蔡中郎集校勘記》（已刊）

36、 校桂馥《說文義證》

    （1）殘本一卷，山東省博物館藏手校本（未刊）

    （2）五十卷三十二冊，北京圖書館藏李璋煜抄本（未刊）

37、 校宋孫奭《孟子音義》不分卷一冊，道光二十三年許瀚刊本（已刊）

38、 許致和《說詩循序》不分卷（已刊，今佚）

39、 許致和《學庸總義》（已刊，今佚）

40、《別雅訂》五卷，潘祖蔭《滂喜齋叢書》刊本（已刊）

42、 校《攈古錄》二十卷，光緒間海豐吳重熹刊本（已刊）

42、 校《攈古錄金文》三卷，光緒二十一年序刊本（已刊）

43、《攈古錄金文考釋》三卷，日照王獻唐雙行精舍鈔本（已刊）

44、 校《金石匯目分編》二十卷，宣統間海豐吳重熹刊本（已刊）

上列乃據袁行雲、丁原基二家基礎，再參酌目前館藏現況及甫出版之《山東文獻集成》第一輯、傅斯年圖書館藏《攀古小廬遺集》所作整理。《山東文獻集成》第一輯結合山東省博物館、山東省立圖書館之力，將所藏許瀚文獻整理付梓，標為「《許印林遺書二十種附一種》（一）、（二）」，多係私家收藏手稿、鈔本，未嘗公諸於世。以杜詩相關著述為例，除北京國家圖書館典藏，迄今未刊行之《杜詩選注》外，由《杜詩提要評校》亦可探析許瀚觀點。然而，第一輯所收猶未盡出二館典藏，如前云杜詩著述，便有吳瞻泰評選、許氏手校之《杜詩通解提要》一書未見。餘如許瀚傾注心力校訂之《說文解字義證》，歷經幾度修改，檢視校稿清樣或可見其校書態度轉變之跡與研究文字主張，凡此文獻皆待公諸於世。而中研院史語所傅斯年圖書館藏許瀚手稿，前三冊均為目錄與原目，所存甚詳，如第一冊〈目錄〉中包含「整理者前言」、「各冊目錄提要」、「攀古小廬雜稿目錄」、「許印林先生遺稿目錄」、〈楊維新致趙錄綽箋〉、〈趙錄綽致傅斯年書〉及因趙錄綽借閱而造之「副目」二篇。〈整理者前言〉交代史語所獲此材料始末，〈各冊目錄提要〉則借用韓愈〈進學解〉「沉浸濃郁，含英咀華，作為文章，其書滿家。上窺姚姒」五句二十字標名二十冊之目，餘未編字號者八冊次於後，再附試帖二冊，詩文考為散稿共一包又次於後。凡三十冊為一包，共一夾板，均造清目，各條目下予簡要說明。

〔註52〕至於《遺集》所錄未見於他本者，有：《丙戌以下詩》、《天一閣存目錄備核》、《校書瞥記備采》、《落葉詩》、《敬齋先生遺稿》、《許印林先生詩艸書牘》、《許印林先生札附齊侯罍審定拓本》、《杭居金文稿》、《許印林先生剩稿》、《爾雅輯註未定本》等。

　　簡言之，許瀚乃山左名宿，其著作如任憑散佚湮滅，誠是學界損失。許瀚生前雖因生活窘困，無力將著作付刻流傳，幸得弟子、友人鈔傳，不致蕩爲雲煙。且自民國以來，王獻唐竭力訪求，執學壇牛耳之傅斯年亦費心蒐集、整理，這批遺稿在國民黨遷臺時隨之搬運，入藏中研院傅斯年圖書館，內容多係手稿、抄本，彌足珍貴，期盼這些遺稿異日能整理出版，以饗讀者。

第三節　許瀚之師承及交游

　　許瀚之學術成就，固多得力於自身勤學不輟，然師友往來影響亦不容小覷。許瀚治學方法，袁行雲以爲：「秉承高郵王念孫、王引之父子餘緒，以訓詁聲韻求義理，復由古文字以求本意及其通假。」（《許瀚年譜》，頁 1）考諸今日可見之許瀚作品，洵證此言非虛。而清代學者多重師友，研究或收藏偶有所得，即修書以告，相互討教，或宴會友朋，共賞摹拓。許瀚一生貧困，除縮衣節食搜羅所得藏書外，於金石力能致者甚少，經眼器物拓本多仰賴他人贈與或借覽，可知其學頗得於友朋相助。本節擬以許瀚之師承、交游兩方面爲切入點，冀透過分析、梳理其間關係，對許瀚金文學形成有更深入之認識。

一、師　承

　　就《許瀚年譜》、《許瀚日記》所載，其稱師而身分可考者，計有：王念孫、王引之、何凌漢、申啓賢、徐松、湯金釗、袁練、吳廷康、姚瑩、李宗昉、吳杰、胡達源、劉崑、修爥等人；另有身分未明者，如：孫、王、毛、郭、吳諸位老師及衡畦師。透過資料分析後可發現，許瀚稱師對象，除因科舉應試之「座師」，如王引之、何凌漢、申啓賢、徐松、湯金釗、袁練、姚瑩、李宗昉、吳杰、胡達源、劉崑外，對於同署校文、修纂而許氏曾向之問學者，

〔註52〕《攀古小廬遺集原目》，《攀古小廬遺集》，冊1，頁3。

如：徐松、吳廷康等，或於書院執教而年長於己者，如：郭、吳、修三位及衡畦，亦皆以師敬稱，由是繫聯成一繁複的關係網絡。然而，欲探究許瀚師承，須先釐清當時之「師」、「生」關係。清代雖亦講究師承，但與當時科舉「座師」〔註53〕有別，一爲較單純的學術傳承，一爲涉及官場文化，立足科舉制度上的關係。座師對門生不必然有實質指導，但後進士子得依循此因緣請學，如王引之、何凌漢除因身爲許瀚「座師」而結緣外，學術上亦有實際互動。故本文以身分區別師友，再以許瀚曾稱「師」者爲經，以學術交流爲緯，期能考索其師承關係。〔註54〕

（一）王引之（1766～1834）

王引之，字伯申，號曼卿。江蘇高郵人。清代著名學者王念孫之子，父子二人皆長於文字訓詁，爲揚州學派代表人物，有「高郵二王」之稱。王引之爲嘉慶四年（1799）進士，授編修，又擢侍講，累官至工部尚書，卒諡文簡。事蹟見於《清史列傳》卷三十四、《清史稿》卷四八一、《國朝耆獻類徵》卷七十六、《續碑傳集》卷十、《國朝先正事略》卷十六、《清代學者象傳》卷四及劉盼遂《王氏父子年譜》；著作書目，則可參舒懷《高郵王氏父子學術初探》。〔註55〕

引之少受庭訓，究心《爾雅》、《說文》、《音學五書》等聲音文字訓詁之學，所著甚豐，以《經義述聞》三十二卷、《經傳釋詞》十卷最爲人熟知。〔註56〕如

〔註53〕〔清〕顧炎武〈生員論〉云：「生員之在天下，近或數百千里，遠或萬里，語言不同，姓名不通，而一登科第，則有所謂主考官者，謂之座師；有所謂同考官者，謂之房師；同榜之士，謂之同年；同年之子，謂之年侄；座師、房師之子，謂之世兄；座師、房師之謂我，謂之門生；而門生之所取中者，謂之門孫；門孫之謂其師之師，謂之太老師。」詳見〔清〕顧炎武：〈生員論〉，《顧亭林詩文集》（臺北：漢京文化事業公司，1984年），卷1，頁23。

〔註54〕如《許瀚日記》考訂《許瀚年譜》之失，指出：「道光十九年，十月十二日，申啓賢卒於山西巡撫任所。《日記》云：『看邸抄，知敬汀師薨，照尚書賜恤。』以此知許氏師事申啓賢。」（頁5）就文獻史料及現存資料觀之，申啓賢與許氏關係實緣科考，問學則未見，又如前述論列諸家，大抵同申氏例，或僅爲同事敬稱，故未論敍。

〔註55〕舒懷：《高郵王氏父子學術初探》（武昌：華中理工大學出版社，1997年11月）。

〔註56〕陳鴻森撰〈《經傳釋詞》作者疑義〉一文（《中華文史論叢》第84輯，2007年4月），考訂此書實多出自王念孫手，而假託引之所著，分析至當，洵爲確論。惟本文暫

《經義述聞》，名曰「述聞」，乃自言聞於石臞者，故可謂父子合作成果。該書價值首在於校勘和訓詁方面，時人亦頗多稱述，阮元《經義述聞·序》便云：「《經義述聞》一書，凡古儒所誤解者，無不旁徵曲喻，而得其本義之所在，使古聖賢見之，必解頤曰：『吾言固如是！數千年誤解之，今得明矣。』」〔註 57〕湯金釗撰王引之墓誌銘云：「《經義述聞》三十二卷，不爲鑿空之談，不爲墨守之見。聚訟之說，則實事求是；假借之字，則正其解。」〔註 58〕稍晚之孫詒讓於《札迻·序》中則盛讚云：「乾嘉大師唯王氏父子至爲精博，凡舉一誼，皆確塙鑿不刊，其餘諸家，得失間出。」〔註 59〕而梁啓超認爲王氏父子「理解直湊單微，下判斷極矜愼」，故成一代儒宗，又云：「試留心嘉道以後著作，罕有能引《經義述聞》而駁之者。」〔註 60〕允爲的評。

嘉慶二十年乙亥（1815），許瀚爲當時山東學政王引之識拔，補州學生員，兩人遂有師生之誼。《日照縣志·人物志》稱「受知王文簡公」〔註61〕，當自是時始。後許瀚治學頗受王氏啓迪，時親謁師門問學，亦與引之子姪輩相善。故袁行雲謂：「許瀚之學，全得力於王門。」（《許瀚年譜》，頁 27）而汪喜孫云：「印林爲文簡公督山東時所取士。文簡爲武英殿總裁，印林考充校錄，以謂異於常人。印林得文簡師法，訓詁嚴密，校讎致密，人尤淵雅，氣誼直似古人。」〔註 62〕可知二人師生之誼非僅一般座主門生關係，而是確從其遊，頗得王氏父子治學精要。許瀚撰《古今字詁疏證》，仿王念孫《廣雅疏證》體例，每引師說，則避諱而稱「王文簡」。至於其考釋金石文字，必先廣事收集材料，或擇同時代之器，或擇同器主之器，或擇具同字形、相似字形之器作比較，間依聲韻，辨

從舊說，姑列於此。

〔註57〕〔清〕王引之：《經義述聞》（臺北：廣文書局，1979 年 2 月），頁 1。

〔註58〕〔清〕湯金釗：〈誥授光祿大夫經筵講官工部尚書加二級諡文簡伯申王公墓誌銘〉，《續碑傳集》（臺北：明文書局，1985 年），冊 1，頁 520。

〔註59〕孫詒讓：《札迻》（北京：學苑出版社，2005 年），頁 4。

〔註60〕梁啓超：《中國近三百年學術史》（臺北：華正書局，1984 年 8 月），頁 226。

〔註61〕〔清〕陳懋修，張庭詩、李堉纂：《日照縣志》（臺北：成文出版社，1976 年，清光緒十二年刊本），頁 331。

〔註62〕〔清〕汪喜孫：〈題經傳釋辭〉，《顧黃書寮雜錄》（濟南：齊魯書社，1984 年），頁 31。王獻唐跋其文稱「以謂」之「謂」疑是「爲」字之訛。

識通假；又引經說證字，復以考訂結果證經史及古代典章制度。若不得上述證據，不得已方採理校法，以銘文文例或經書上下文推論，亦不輕易改字，或遽己意改經，此皆上承王氏父子嚴謹態度與密理細緻之治學法。

阮元曾為王引之座師，故稱許瀚「小門生」，如〈題沂州畫像石〉云：「小門生許瀚從沂州拓一舊墓門石來，審是〈伏生傳尚書古文圖〉，此石置王右軍祠。」〔註63〕許瀚纂《濟寧直隸州志》、《濟州金石志》，多據阮元《山左金石志》；而考釋器物、金文，則多引《積古齋鐘鼎彝器款識》。〔註64〕許瀚引阮氏諸說，雖時見破立，然一以證據為要，雖師說亦可辨駁。即如《攀古小廬雜著·周趞尊》：「今《毛傳》、《說文》皆被後人竄亂，賴段氏《儀禮漢讀考》、吾師王文簡公《經義述聞》訂正乃可。然《述聞》必謂茅蒐為絑，與一入絑，二者各為一義，不可強同，則又不然。」（卷7，葉4）先申《經義述聞》匡正歷來竄亂之功，復指摘其中說法牽強處，可見許瀚不曲護師說。

王氏父子屬揚州學派，近人張舜徽曾以「精」稱美徽學，以「專」稱美吳學，對崛起於後之揚州學術則以不僅兼承二派之長，且「能創、能通」特色獨步清代學壇。〔註65〕揚州學派之「創、通」特質，既表現在聲韻訓詁、典章制度，又兼及金石銘文、戲曲謠諺等新學術領域，頗見創發，異於舊儒典守章句。王引之學承其父，許瀚又師事之，取效揚州學者治學方法及精神，故知其學術自有淵源。

（二）何凌漢（1772～1840）

何凌漢，字雲門，號仙槎，湖南道州人。幼時家貧，甚至「夜不能具燈，恆燃松枝自照」。〔註66〕嘉慶十年（1805）進士，授翰林院編修，累官至戶部、兵部尚書，道光二十年（1840）二月病逝京師，卒諡文安，有《雲腴山房文集》，

〔註63〕〔清〕阮元：《揅經室再續集》（咸豐間刻本），卷7。

〔註64〕許瀚纂《濟州金石志》屢次引用阮元《山左金石志》，如「商亞爵」、「周父己高鼎」、「周叔蒦父鬲」、「周郜太師戈」、「周從戌戈」、「齊之寶貨」，均見「《山左金石志》云」；文中亦頻見引阮元《積古齋鐘鼎彝器款識》。詳見〔清〕徐宗幹輯：《濟寧州金石等四種》，收入《石刻史料新編》（臺北：新文豐出版公司，1978年），第2輯，冊13。

〔註65〕張舜徽：《清代揚州學記》（武漢：華中師範大學出版社，2005年12月），頁6。

〔註66〕周駿富輯：《續碑傳集》（臺北：明文書局，1985年），冊10，頁487。

事蹟見《續碑傳集》。〔註67〕

　　許瀚與何凌漢之淵源，始於道光五年（1825），時何氏任山東學政，奇許瀚詩及古文，拔爲貢生，使入國子監。次年，許瀚赴京，寄寓何氏宅邸，與其子紹基、紹業兄弟游，相契甚深。何凌漢宗許、鄭，又不廢性理學，是兼採漢、宋，而文章道德聲望，爲時所重。其所選士「以根柢器識爲先」，〔註68〕且多能治樸學者，〔註69〕如车所、馬星壁，均與許瀚爲同年拔貢。〔註70〕由是可知，許瀚能獲何氏賞識，又令二子與之游，則其學識、人品必受肯定。許瀚在京數年，其間因何氏父子引薦，得與在京才俊俞正燮、苗夔、張穆、王筠、丁晏、龔自珍、魏源、劉喜海、陳介祺輩結識，相期會禊，共賞金石，論訂文字、聲韻、訓詁，學識大爲精進，眼界亦日以廣。道光十一年（1831），何凌漢視學浙江，許瀚應命赴杭爲幕僚，〔註71〕在學署佐之校文，因此得見所藏珍本異書，並時謁鴻儒問學，如其〈魏造像五種並大般涅盤經偈跋〉云：「道光十二年（1832），余從何文安師校藝台州，獲謁洪筠軒先生。」〔註72〕又曾隨何氏遍訪當地著名藏書樓，登杭州文瀾閣，檢閱官家祕藏；〔註73〕登寧波天一閣，見范氏所藏善本。〔註74〕居杭期間，堪稱許瀚一生中最爲愜意之時。

〔註67〕周駿富輯：《續碑傳集》，冊 10。

〔註68〕〔清〕何紹基：〈先考文安公墓表〉云：「所拔士以根柢器識爲先。」《東洲草堂文鈔》（臺北：臺灣學生書局，1971 年），頁 958。

〔註69〕〔清〕阮元：〈碑銘〉：「時通諭各屬生員，於來年科試貌冊中，自行填注通習何經，以便考核。故所取乙酉科拔貢生多治樸學者。」《續碑傳集》，頁 488～489。

〔註70〕《許瀚年譜》，頁 18。按：今檢索群籍，未見车所、馬星壁之專著，不知袁氏謂此二人能治樸學所本何據，姑存之待考。

〔註71〕許瀚跋《經傳攷證》云：「越辛卯臘，應仙查（槎）師命赴浙。過寶應，舟凍三日。」轉引自《許瀚年譜》，頁 42。

〔註72〕見〔清〕許瀚：《攀古小廬雜著》，卷 11，葉 15。洪頤煊，字旌賢，號筠軒，浙江臨海人。嘗爲阮元、孫星衍校勘書籍，著有《平津館讀碑記》、《台州金石略》、《禮經宮室答問》、《孔子三朝記》、《漢志水道疏證》、《讀書叢錄》等，爲浙中著名學者，事蹟見《清史列傳》卷 69。

〔註73〕《許瀚年譜》：「《攀古小廬雜著》卷三有〈讀四庫全書提要質疑〉，屢稱『閣本』，似許瀚曾入閣觀《四庫全書》。但以其身分揆之，不能入北京文淵閣觀書。度在杭曾隨何凌漢登文瀾閣。」（頁 43～44）

〔註74〕許瀚手跋《漢圉令趙君碑》拓本（張景栻藏）：「趙圉令碑眞本，予曩昔觀書鄞縣

許瀚因師從何氏，得以廣交同道，謁見名宿，對日後學問養成，影響甚鉅。故道光二十年（1840）何凌漢辭世，許瀚在濟寧漁山書院接凶耗，即於講堂爲位哭之，哀慟不已。〔註75〕

二、交　游

誠如梁啓超所言，清代金文研究，自道、咸以後日益興盛，名家輩出，佳作迭見，而其所以考證者，「多一時師友互相賞析所得，非必著者一人私言也」。〔註76〕故知清代學者除平日埋首典籍，勤於劄記外，亦時常宴邀友人，同賞書畫、善本、珍器；或書函往來，交換心得，相與論難。這些重要見解、心得或不見於專著，卻存在書信、題跋中，洵非一人創獲，實師友切磋所得。由是可知，欲論許瀚金文學之形成，交游實係重要線索。而許瀚一生南北校書、講學，交游頗多，難以枚舉，本文僅擇密切往來、且與金石研究較相關者述之。〔註77〕

（一）嚴可均（1762～1843）

嚴可均，初名萬里，字叔卿，後改字景文，號鐵橋。浙江烏程人。乾隆末曾游學京師。嘉慶五年（1800），順天府鄉試舉人。道光三年（1823）選授嚴州建德教諭，至十五年（1835）引疾歸里。嚴氏嘗應歸安姚文田、陽湖孫

范氏天一閣，見有數本，雖亦半就模黏，而精神渾穆，有蘊蓄於字畫之中而郁勃於楮墨之外者。曾幾何時，慘罹夷爐。小松先生宋拓本又不知流播何所。深恐世間此寶遂絕。撫茲追彼，曷勝憤惋。」此題於道光二十二年三月；而許瀚校顧藹吉之《隸辨》八卷，以紙條黏貼其上云：「小蓬萊閣有雙鉤刻本，余嘗於天一閣見眞拓本。」見陳先行等編著：《中國古籍稿鈔校本圖錄》（上海：上海古籍出版社，2000年9月），頁842～843。上述二者均可證許瀚曾登范氏天一閣觀書。

〔註75〕〔清〕許瀚：〈校汪氏學行記〉：「道光二十年庚子二月十有八日校讀一過。昨聞恩師何仙查（樨）夫子于初六日遞遺摺，今日即于講堂爲位而哭。孟慈先生來唁，具斗酒只雞，並屬亡友子穀位以配。古誼可感，並記于此。」文錄於《攀古小廬文補遺》，轉引自《許瀚年譜》，頁108。

〔註76〕梁啓超：《清代學術概論》，頁50。

〔註77〕依此標準，參考《許瀚年譜》、《許瀚日記》、《攀古小廬雜著·金石篇》所言及者，選列嚴可均、王筠、丁晏、吳式芬、何紹基、張穆、陳介祺、楊鐸等八家論述，並依其生卒先後排序。

星衍等校書之聘，爲收輯金石、佚書，足跡遍天下。而其一生博覽群籍，校輯撰著多達七十餘種，彙編爲《四錄堂類集》。關於嚴氏生平及著述，可參閱《四錄堂類集》所收十三卷本《鐵橋漫稿》，及今人《嚴可均事蹟著述編年》、《清嚴可均說文學研究》等。〔註78〕

　　道光十三年（1833），許瀚與沈垚留杭州隨陳用光校文，時杭州使院老宿有嚴可均、黃式三、吳德旋等人，後俞正燮、苗夔亦至。（《許瀚年譜》，頁48）嚴可均《鐵橋漫稿》卷三〈答徐星伯同年書〉有云：「去冬及今夏屢見俞理初、許印林。」〔註79〕此書乃作於十四年臘月八日，則二人相識當在十三年冬。而道光十四年（1834）夏，許瀚與俞正燮各出所攜金石拓本，助校《全上古三代秦漢三國六朝文》，與嚴氏甚相得，事見嚴可均〈答徐星伯同年書〉；俞正燮《癸巳存稿》亦云：「此嘉慶乙亥以前《全三古周秦八代文目錄》也，……。道光十四年春夏間，兩次見其本於嚴鐵橋官舍，嘆服其用心。日照許印林司馬出所攜金石打本，彼此相勘，或改補一兩字，相識大樂。」〔註80〕而王筠手校本《說文校議》跋與許瀚爲何紹基《張黑女墓誌銘》所作跋中均言及此。（《許瀚年譜》，頁60～61）可知許瀚居杭間曾與嚴可均考論金石文字，而辨敦、𣪘、簋之別，亦受其影響，如《攀古小廬雜著》論〈周太僕原父𣪘〉云：「𣪘、𣪘乃簋之異文，非敦也。此說余聞諸嚴銕橋（可均）。」（卷8，葉11）清代金文著錄多以「𣪘」爲「敦」，嚴可均謂「𣪘」同「簋」，實有見地。然此後之金文著作仍多作「敦」，是積習也，抑或此說尚未廣爲人知。〔註81〕許瀚考釋金文

〔註78〕陳韻珊、徐德明：《嚴可均事蹟著述編年》（臺北：藝文印書館，1995年12月）；陳韻珊：《清嚴可均說文學研究》（臺北：臺灣大學中國文學研究所博士論文，1996年1月）。

〔註79〕〔清〕嚴可均：《鐵橋漫稿》，（上海：上海古籍出版社，2002年，《續修四庫全書》第1488冊），卷3，頁659。

〔註80〕〔清〕俞正燮：《癸巳存稿》（北京：中華書局，1985年），卷12，〈全上古至隋文目錄不全本識語〉，頁351～352。

〔註81〕如吳式芬《攈古錄金文》雖多採「許印林說」，但在器物分類與訂名時，仍沿用舊法，如許瀚《攀古小廬雜著》作「周君夫𣪘蓋」、「周豐伯車父𣪘」、「周遣小子𣪘」，吳氏均作「敦」；又吳榮光《筠清館金石》將許名爲「簋」者，如「周格伯簋」、「周太樸原父𣪘」均名爲「敦」。此二人均晚於嚴可均而與許瀚同時，然定器物類別仍多以「敦」名，此或可反映當時學者對舊說已重新展開辨證，卻尚未產生一廣爲

中，遇「叚」不作敦，又使「叚」、「簋」並見，度應聞自嚴氏而別有見解，此容後詳敘。

（二）王筠（1784～1854）

王筠，字貫山，一字菉友，山東安丘人。道光元年（1821）舉人，曾任山西寧縣知縣，縣治在萬山中，民樸事簡，故暇則抱一編不去手。《續碑傳集》云：「博涉經史，尤深《說文》之學。」其著作所涉範圍甚廣，與文字相關者，如：《說文鈔》十五卷、《正字略》定本二卷、《說文韻校》五卷、《說文繫傳校錄》三十卷、《說文釋例》二十卷附《補例》二十卷、《說文句讀》三十卷附《補例》一冊等十七部；論及經史百家者，有：《禹貢正字》一卷、《十六國春秋教本》、《弟子職正音》一卷、《周髀算經箋註》，凡三十九種。據王獻唐稱：「身後遺著未刊行者，爲目尚繁。」今就傳世者觀之，謂王筠學識廣博深約，亦未爲過也。

清儒對許慎《說文》尊崇至極，乾嘉學者凡論文字，幾以《說文》爲據，甚謂「尊《說文》若六經，袝孔子以許慎」〔註82〕。然自金文學興，小學遂起革命，援據籀文、古文以駁難許說者紛作。段、桂書已見此例，惟屬流風之先，取證方法未臻成熟。而王筠前承惠、段、桂、嚴之緒，又得師友相助，後出轉精，沈家本云：「王氏筠承諸家之後，參以金石，義例益精。」〔註83〕是也。觀王氏《說文》相關著作援引金石，其較早出之《正字略定本》、《說文韻譜校》、《說文新附考校正》、《說文繫傳校錄》、《許學札記》等，由於屬早期撰著，故援引金文處仍少，五書總合不過廿六例，且所引金文，名稱、體例亦較籠統不一。〔註84〕而稍後所作《說文釋例》，便徵引富贍，徐珂謂：「筠之《釋例》，多引鐘鼎古籀，以證說文字。」〔註85〕約略記之，其援據金文者約一百五十處，較前述諸書，無論形式、論述或發明方面，皆更形完備，堪

眾人接受之定論。

〔註82〕梁啟超：《清代學術概論》，頁 50。

〔註83〕沈家本：〈說文校議議序〉，《說文解字詁林正補合編》（臺北：鼎文書局，1983 年），冊 1，頁 83。

〔註84〕沈寶春：《王筠之金文學研究》（臺北：臺灣大學中國文學研究所博士論文，1990 年 6 月），頁 109～110。

〔註85〕徐珂：《清稗類鈔》（臺北：臺灣商務印書館，1983 年），頁 58。

稱代表作。梁啓超稱云：「王菉友《釋例》，爲斯學最閎通之著作。」〔註 86〕
而王筠《說文釋例》之完成，除博聞強記、學養深厚外，其與友人勤於交流
討論亦頗值注意，尤其書中稱引許瀚說法甚多，足證兩人論學交誼之密。

　　許、王訂交，當在道光六年（1827）；〔註 87〕次年，許瀚客居京師，寄寓
何凌漢邸，朝考報罷，仍留京。道光九年（1829），李璋煜擬校刻桂馥《說文
解字義證》，邀許瀚出任總校，〔註 88〕同時分校者，尚有袁練、許槤、陳宗彝、
汪喜荀等，王筠亦參與其事。當時，其他參校者，包括許瀚在內，咸以桂書
內容蕪雜，主張應予刪節，獨王筠以爲未可輕議。繆荃孫《藝風堂文漫存‧
桂氏說文義證原刻跋》記：

> 乾嘉盛時，《說文》之學大行，南段北桂，最稱弁冕。段氏自刊其書
> 文行於世，桂書只有稿本流傳，亦未校正，字幾近二百萬，刊版正
> 復不易。諸城李方赤方伯得其稿，延許印林、許珊林、王菉友諸小
> 學家校訂，苦其繁雜，欲刪節之，菉友以爲不可。〔註 89〕

王筠或已見桂、段二書體例各異。段書當時甚通行，幾至家家案頭皆置一部之
境地，而桂書僅稿本流傳，且援引繁多，卷帙厚重，刊刻不易，影響遠不及段

〔註 86〕梁啓超：《中國近三百年學術史》，頁 233。

〔註 87〕丁原基謂二人訂交於道光六年（見頁 46），據《年譜》李氏聘許瀚、王筠校桂氏書
　　　　在嘉慶七年。然《雜著》卷五〈答楊至堂先生書〉：「丙戌、丁亥之閒，瀚在京師
　　　　爲李方赤觀察分校此書。」且《年譜》云「四月，與王筠合校《說文義證》訖。」
　　　　則二人結識在六年無疑。

〔註 88〕道光七年（1827）四月，許瀚與王筠合校《說文解字義證》訖，同時分校者有袁
　　　　練、許槤、陳宗彝、汪喜荀等。通校全書者爲許瀚，北京中國國家圖書館藏《說
　　　　文解字義證》抄本五十卷，跋云：「字全訛者，點去原字，改書行間。字是而筆畫
　　　　訛者，另書一字於本字之旁，不加點，或就字上稍改。兩本字同而可疑者，格式
　　　　不合者，條記於眉端。每字校三過，一校字畫，一校疑義，一校行款。丁亥四月
　　　　許瀚校訖因記。」又云：「底本有宜改正者三。從字似應改作从。引注家如《左》
　　　　之杜、《班》之顏、《爾雅》之郭、《淮南子》之高等，或稱「某注」，或稱『某云』，
　　　　或稱『注云』，未能劃一，似應並改作『某注』，如『杜注』、『顏注』之類。凡訓
　　　　釋與本書同者，引作『某書同』；亦間有不然者，似應改歸一例。」該抄本未見，
　　　　兩引文俱轉引自《許瀚年譜》，頁 23。

〔註 89〕〔清〕繆荃孫：《藝風堂文漫存》（臺北：文史哲出版社，1973 年），癸甲稿，卷 3，
　　　　頁 283～284。

書。面對眾人要求刪汰，王筠力排眾說，以爲不宜輕議。許瀚初亦主刪節，後始悟其用意。《攀古小廬雜著‧附荅楊至堂先生書略》云：

> 丙戌、丁亥之間，瀚在京師爲李方赤觀察分校此書。同人厭其蕪雜，
> 欲從事刪汰者甚眾，鄙意亦云然，獨安邱王菉友筠孝廉以爲未可輕
> 議。當時不甚解其意，展轉十餘年後，初見頓易。（卷5，葉15）

所言「展轉十餘年後」，即道光二十二年（1842），時聊城楊以增致書許瀚，議刻桂馥《說文解字義證》，以許瀚爲總校，汪喜孫、汪士鐸、管嗣復分校。汪仍力主刪汰，然許瀚撰〈擬桂氏說文校例二十條〉，以爲所刪亦無多，不主刪節；而汪氏則遣汪士鐸、管嗣復別作〈校例〉致楊以增，兩造各持己見。許瀚復撰〈桂注說文與某先生校語條辨〉、〈補例〉、〈改例〉及〈附答楊至堂先生書略〉等文，嚴加駁正。許、汪二人意見相左，終至交惡，往來書函或相譏評，汪喜孫更爲此半途求去，留許瀚獨任校刻。〔註90〕道光二十七年（1847），許瀚在清江浦，因校《史籍考》，未暇分身，乃聘薛壽、田普實二人分校，孰料待《史籍考》事畢，許瀚檢視各卷，發現二君隨意刪改，錯謬百出，至不能忍。〈與王菉友書〉痛陳：「先經江南諸名士校訂，醜謬百出，不可言狀。弟校桂書，復校校桂書者之謬，既勞且憤，殊難爲情。幸校不及半，未全遭屠戮耳。」〔註91〕故重校桂書，復校校書者之謬，然實已校過半，且付梓三卷。後許瀚移至他處重刻，諸多不便，書雖於咸豐二年（1852）刻成，卻致負累千金。咸豐十一年（1861），捻匪過日照縣境，書版不幸焚毀。

〔註90〕 〈許印林與王菉友書〉云：「所論桂書誠是。弟初意亦如此辦，而楊公爲眾說所撓，屢以書屬刪正，不得已乃定前例，如此則刪亦無多，仍是不欲刪之意也。不料大拂孟慈意，與南來二位朋友（自注：汪梅村、管小異）大翻云：『汝等本由我薦來，何以不依附我，而依附許印林？』遂奮筆批評桂書，以寄楊公。迨楊公以所批示者示弟，弟始知之。儒林、循吏、孝子傳中人，作事如此，一何可笑。」（引自《許瀚年譜》，頁146）今見二人當時往來書函及相關信件，方知刊刻不易，就二人於校桂書前，及道光二十七年（1847）汪氏〈致許印林書〉二札內容觀之，可知其私交匪淺，然因意見、立場相左，竟生嫌隙。惟此固因有清一代，學者善懷疑、求眞、不輕易妥協之精神所致。至於汪氏是否如許瀚言，抑或王筠所云：「孟慈意恐未谷奪茂堂之席也」，二說未見明證，姑存之待考。

〔註91〕 《顧黃書寮雜錄》，頁68。

促使許、王訂交之桂書刊刻工作，雖因時因人多遇波折，二人情誼卻始終深厚，張穆〈述懷感舊六十韻爲老友安丘王貫山先生壽〉云：

俞君黟大儒，精博蘭陵荀。客邸一邂逅，過從輒頻頻。跟踵偶別異，
相訪荒江濱。許君起日照，家法浚長遵。視我十年長，蛩巨兩相因。
此外尚二三，交際亦云醇。最後得安丘，投分俞許均。安丘與俞許，
誼亦昆季親。〔註92〕

許、王二人皆邃於《說文》，相交甚早，志趣相近。《續碑傳集》亦云：「遊京師三十年，與漢陽葉志詵、晉江陳慶鏞、日照許瀚商榷今古。」〔註93〕此云商榷者，遠自商周古文，近至經史子集，考訂文字，商量舊說，即便相隔路遠，書信往返未曾間斷。王書經許瀚校過者，如《說文釋例》、《說文句讀》等，皆更見精密。

王筠《說文釋例》成書於道光十七年（1837），〈題記〉載云：「陳念庭金城許《繫傳校錄》，而於《釋例》尚有不足，乃未正一事而去。日照許印林詳閱之。」〔註94〕而後許瀚〈說文答問〉、〈與王菉友論說文或體俗體〉、〈與菉友論說文異部重文〉諸篇，意見多爲王筠採入《說文釋例》。〔註95〕今檢《說文釋例》引及許瀚說者，均加注「印林曰」，凡五十四條，一至十卷多見，五、六卷猶多，第十卷以後幾無。該書引「印林曰」後，多有「筠案」或「案」，下以己意。其於許瀚說，有全引者，有並列而疑者，有引而贊之者，有引而駁之者。

全引許瀚說者，如卷一《六書總說》云：「印林曰：『物與屈，識與意，誼與撝，名與成，首與受，字與事皆韻，作見則非韻。』」〔註96〕卷三「緉」字下云：「印林曰：『郭景純《方言注》謂：履中絞也。《玉篇》：絿，履中絞。《廣韻》：絿，履中絞繩。《集韻》絿引《博雅》：緉、絿，絞也。又云：一曰

〔註92〕張穆：《月齋詩集》，卷3，頁374。

〔註93〕周駿富輯：《續碑傳集》（臺北：明文書局，1985年），冊5，頁290。

〔註94〕王筠：〈說文釋例・後序〉，《清詒堂文集》（濟南：齊魯書社，1987年），頁61。

〔註95〕王獻唐云：「先大人希澤公言，印林原著有《說文答問》一書，爲菉友借去，什九採入《釋例》。《釋例》既刻，印林曰：『書之菁英，已采撷無遺，予書亦不必刻矣。』」參見鄭時：〈王菉友先生著述考〉，《清詒堂文集》，頁310。

〔註96〕〔清〕王筠：《說文釋例》（合肥：安徽教育出版社，2002年），頁379。

履底繩。皆足證緉之非雙履。然所謂絞，曰履中，曰履底，則非合履幫也，與履緉頭之意亦別。』」〔註97〕卷五〈彣飾〉說「一、二、三」古字，引許瀚云：「一、二、三之從弋爲文飾，是也。至謂弍從弋聲，二、三相沿從之，未免太輕視古人。古人果如此淺率邪！瀚謂此等說，未必甚安於心，何不姑從蓋闕之義。」王筠案云：「筠聞此說，始覺不安，存之以志吾過。」〔註98〕

有並列而存疑者，如卷一論「口」部中字，許瀚云：「口古蓋作〇，讀若圓。圓從口聲，其證也。唐韻讀羽非切，乃以圍之音被之，不知圍韋聲，故羽非切，口何由得此聲乎？凡圜、圓、員，古蓋皆用此一字，後乃益孳益多耳。」又云：「囗讀若方，蓋即方字。其形正方，亦可證圓當作〇。」王筠案云：「韋下云，口聲。印林說似誤。然皮之古文𡏖及革，皆從〇。有毛曰皮，去毛曰革，柔之曰韋，三字同物，故所從亦同。〇只是象形，非口字也，殆口譌讀圍之後，始改韋字說解爲口聲，終恐印林說是，如其不然，則是〇本有圓圍兩音也。」〔註99〕卷二論「虫」，引許瀚云：「虫專爲蝮，象其臥形，指蝮言之，蓋昂其首而蟠曲者，蝮之臥也。非凡蟲之象。」王筠案云：「許說凡兩義，……我說太徑直，印林說又偏枯。……《說文》見存疑。」〔註100〕

有引而贊之者，如卷一論「鬥」，許瀚云：「疏解許義，祇得如此說，然吾未聞鬥者人在前而兵在後也。」王筠案云：「筠本懷此疑，印林乃發之。」〔註101〕卷二論「𤓯」，許瀚云：「鐘鼎文作𤓯，疑本作𤓉。象其奢也。屢改成𤓯耳。」王筠案云：「印林說是。……𤓉、𤓉皆可，點是彣飾，有無任意。」〔註102〕

有引其說而駁之者，如卷三論「省聲」，許瀚云：「此篇瀚多不安於心。鄙意以爲……後世雖有智者，無從考辨矣。」王筠案云：「印林所以不取者，蓋見筠所舉省聲，率如駁斥也，不知敘中已舉大例，則凡如例者，蓋所稟承，不如例者，始加辨難耳。……竊謂印林於會意、諧聲，尙不免畸重畸輕之見，不知

〔註97〕〔清〕王筠：《說文釋例》，頁430～431。

〔註98〕〔清〕王筠：《說文釋例》，頁493。

〔註99〕〔清〕王筠：《說文釋例》，頁391。

〔註100〕〔清〕王筠：《說文釋例》，頁410～411。

〔註101〕〔清〕王筠：《說文釋例》，頁389。

〔註102〕〔清〕王筠：《說文釋例》，頁415。

許君於其有義者，尚不肎強目爲省聲也。」〔註103〕又卷六〈同部重文〉云：「印林甚不取此篇，而甚取〈異部重文〉篇，不知吾又輯此篇，正爲彼篇而設。」〔註104〕

以上所舉諸例，皆足證二人往來切磋頻繁，藉由王筠書中所存許說，亦見對許說之贊同或質疑、批評，間或援引鐘鼎文爲證。而後，王筠作《說文句讀》、《弟子職正音》等書，仍欲商請許瀚質正，其〈致許印林書〉云：「大兄想久已康泰，侍福尤康彊，謹以十六金爲壽，并呈教《釋例》一部。……助此書者，惟大兄一人，不知肯再爲駁正否。弟覆閱，又有刪補，都錄之，得五十餘紙。……《句讀》凡四易稿，已有眉目，異於桂、段二家者千二百事。又不得大兄訂正之，……《正音》一書，則因大兄之成說，而間有改易，並舊注亦有改易，不知何時得呈教。」（《顧黃書寮雜錄》，頁16～17）亟請指教之意甚殷切。

學術方面，許瀚曾將張耕所著《古韻發明》轉贈王筠，〔註105〕欲以音韻之長補其不足，又與共論金石文字；處世方面，許、王兩人相識甚早，情誼亦篤，許瀚嘗作〈釋怪〉一文贈之，慨嘆王筠於彼時稍得怪名，並以中華之人和異域之人妙喻，以爲：「自小學之廢，俗師相傳，沿訛襲繆，變怪百出，日習焉而不自知也久矣。一旦有嗜古者出，窮頡籀之眞原，振漢唐之墜緒，以焰燿乎庸耳俗目，彼卒然遇之者，其何以遇於遐荒異域，忽睹夫中華人物哉！則其詫以爲怪也固宜。」（《許瀚年譜》，頁31）或有勸王筠應以摩兜鞬爲師，許瀚則舉孔子「先進於禮樂，野人也；後進於禮樂，君子也。如用之，則吾從於先進」（語出《論語·先進》）以明，並勸王筠不應因他人言而改其志。後王氏亦作〈自箴〉云：「言而不爲人所容，何其害也。爲人所容，何其悖也。不能容人，而與人角，何其隘也。忘躬行而騰口舌，何其怠也。摩兜鞬，愼莫言。」（《顧黃書寮雜錄》，頁121）此可視爲兩人處世態度相通。王

〔註103〕〔清〕王筠：《說文釋例》，頁442。

〔註104〕〔清〕王筠：《說文釋例》，頁527。

〔註105〕〔清〕王筠：〈致芸心先生書〉（道光九年乙丑）：「筠之友許印林瀚，夏初過訪，以大著《古韻發明》迻贈。且曰：『子讀《說文》而矇於古韻，不爲識其貌而昧其名乎？惡乎可！』筠受而讀之，雖未得其精微，而已覺導我先路矣。」見《清詒堂文集》，頁127。

筠臨終，囑其子持所遺《繫傳校錄》、《蛾術編》乞文於許瀚（《許瀚年譜》，頁244），可知倚重甚深，亦可見二人情誼之厚。

（三）丁晏（1794～1875）

丁晏，字儉卿，號柘堂，晚號石亭居士，江蘇山陽人。道光元年（1821）舉人，官內閣中書。早歲治經，復嫻熟《資治通鑑》，有經世之意。咸豐間治團練，以守城功獲拔擢。篤好鄭學，於《詩箋》、《禮注》用力尤深，治《易》則好程《傳》。爲學兼通漢、宋，以漢儒證其詁、宋儒析其理，二者不可偏廢。著《尚書餘論》二卷、《禹貢集釋》三卷、《毛鄭詩釋》四卷、《鄭氏詩譜考證》一卷、《詩考補注》二卷、《補遺》一卷、《三禮釋注》八卷、《周易述傳》二卷、《孝經述注》一卷、《金天德大鐘款識》、《說文舉隅》、《頤志齋文集》等四十七種，匯爲《頤志齋叢書》。《清史稿》卷四八二、《清史列傳》卷六十九、《續碑集傳》卷七十四有傳。

許瀚與丁晏爲金石文字交。丁晏《攀古小廬文·序》云：「晏與許君至契卅年。」〔註106〕而是序作於咸豐七年（1857），據以推測訂交約在道光七年（1827）前後。《頤志齋文集》所收丁氏題跋多處言及許瀚，如〈頤志齋碑帖敍錄自敍〉云：

> 夫金石之學，肇於歐、趙、洪氏，我朝名人輩出，則有亭林、錫鬯、覃溪、蘭泉、竹汀、阮文達暨力臣、山夫先生，搜羅益廣，講求益精。余之藏弆，不足以擬百一。然如《封龍》、《元象》諸碑得之寶應劉念樓；北朝造象諸碑得之日照許印林，頗有亭林諸先生所未見者。〔註107〕

又〈楊石卿大令金石圖跋〉云：

> 近日摹搨金石者，海內約有數。海昌許珊林太守，專門名家，藏弆豐富，嘗刻吾鄉吳山夫《金石存》，校訂極精。寶應劉念樓大令刻《漢

〔註106〕〔清〕許瀚：《攀古小廬文》（東京：文求堂影印原刊本，昭和七年（1932），《攀古小廬遺集》），冊26。按：此本今藏中央研究院傅斯年圖書館，已有全文影像供檢索。

〔註107〕〔清〕丁晏：〈頤志齋碑帖敍錄自敍〉，《頤志齋文集》（丁步坤排印本，1949年），卷5。

石例》，補潘止仲所不及。日照許印林廣文篤嗜碑拓，《攀古小廬文》
是其一臠之味也。三君皆余至契。余藏琅琊諸碑，則珊林同年所贈
也；元氏封龍碑，則念樓同年所贈也；印林又贈余張猛龍、弔惠公、
北魏諸碑，凡百餘紙。〔註108〕

據此二文，可知丁晏所見北朝碑拓，頗多得自許瀚，其中甚有前人未及見者。
是許瀚每獲佳拓，或自拓碑文，多慷慨相贈，可見交誼。丁氏又云：

吾鄉北門城樓，懸金天德年大鐘，鐫銘百餘字。余手拓其文，并加
考訂，刻《金天德大鐘款識》一帙。及檢《郡志》，乃稱為「北門靈
鐘」，自洪湖漂來，并不知其有字，直是瞽說。印林過淮，晌〔響〕
拓攜歸，以為人間奇祕。

許瀚嘗親校丁晏《淮安北門城樓金天德大鐘款識》，並於首頁題云：「丙午
（1846）四月十五，瀚親詣淮北門拓一分。時值風燥，器具不備，拓不能精。
第三段較此冊所記，亦當有出其外、正其誤者。他日精拓一分，當更有足資
校正者。許瀚識。」〔註109〕試與上述參照，可證其事不假。而〈伏生授經圖
贊〉記：

吾友許印林得〈伏生授經圖〉以貽余，爰辨明其說，而為之贊曰：
「伏勝博士，年九十餘。暴秦滅學，壁藏《尚書》。潁川口授，有
晁大夫。驪駒在路，太常之車。孫弗能定，賴有賢姑。馬融伏閣，
書傳大家。古學受讀，最重承徒。後來臆說，請示此圖。」〔註110〕

丁晏自許瀚處獲贈「伏生授經圖」，詳加考證，並撰贊語，顯示對此之重視。綜
觀前舉諸例，知二人於金石可謂志趣相投，相與切磋，往來頻繁。至若丁晏題
〈說文統系圖〉，直以「六經鈐鍵惟小學，印林吾友無與倫」稱道許瀚，對其學

〔註108〕〔清〕丁晏：〈楊石卿大令金石圖跋〉，《頤志齋文集》，卷7。

〔註109〕《中國古籍善本總目》（北京：線裝書局，2005年5月）載：「《淮安北門城樓金
天德大鐘款識一卷淮安府學元鑄祭器錄一卷淮安府城南宋古磚記一卷》　清/丁晏
編　清/道光遺忘齋刻本，許瀚校。」（頁740）按：此注「忘」應作「志」。又《許
瀚年譜》引《北平圖書館善本書目乙編》：「《淮南北門城樓金天德大鐘款識附元鑄
祭器錄南宋城磚記、高麗古鼎歌》　清丁晏編　清道光遺志齋刻本，許瀚校。」
兩目「遺忘」、「遺志」並誤，應是「頤志」。是書今藏北京國家圖書館。

〔註110〕〔清〕丁晏：〈伏生授經圖贊〉，《頤志齋文集》，卷11。

詣可謂推崇備至。

（四）吳式芬（1796～1856）

吳式芬，字子苾，號誦孫。山東海豐人。道光二年（1822）舉人，十五年（1835）進士，十八年（1838）由翰林院編修簡放江南南昌知府，旋擢廣西江右道，署按察使。爾後遷調頻繁，曾官鴻臚寺卿、內閣學士兼禮部侍郎，一生多居要職。咸豐五年（1855）因病致仕，翌年卒於家。事蹟參見《續碑傳集》卷十七。

式芬素好金石，力又足以副之，舉凡商周鼎彝、碑碣石刻、秦漢磚瓦、銅鏡、璽印、封泥等，無不竭力蒐羅。藏器可見《陶嘉書屋鐘鼎彝器款識目錄》、《雙虞壺齋藏器目》兩目，而以前者較詳盡，今並藏北京國家圖書館。〔註111〕吳氏除收藏古器物外，亦加整理考訂，計編纂《攈古錄》、《攈古錄金文》、《金石彙編分目》、《陶嘉書屋鐘鼎彝器款識目錄》、《雙虞壺齋藏器目》，及與陳介祺、翁大年合撰之《封泥考略》等。其中，《封泥考略》一書乃中國最早研究「封泥」之專著，計收吳、陳所藏封泥八百四十九方，多出自四川和西安，部分則山東臨淄所出。封泥時代，絕大部分屬秦漢，僅幾方為戰國之物。全書先列官印，後列私印與閑印，官印又分中朝官、王國、侯國和郡縣諸官等。每種封泥均有原大小拓片，後附文字考釋，主要由翁大年撰成。該書對研究古官制、地理，均有重要參考價值。〔註112〕

至於金石方面，吳氏最具盛名之作為《攈古錄》，是書乃據孫星衍《寰宇訪碑錄》，刪削其錯訛重複，並增補商周秦漢以來金石而成。支偉成撮其要云：「就《寰宇訪碑錄》補其未備，刪其訛複；增入三代秦漢以來吉金，各注姓氏家藏，如孫《錄》收甎瓦之例；惟不載璽印泉幣鏡銘，只載有年月者；孫錄未詳碑額，亦並補之。」〔註113〕全書共著錄商周至元朝之金、石、磚瓦文一萬八千餘種，甚為豐富。〔註114〕而《攈古錄金文》乃吳式芬歿後，子重憙

〔註111〕《北京圖書館藏善本書目》卷3著錄：「《陶嘉書屋鐘鼎彝器款識目錄》，8卷。清許瀚撰，稿本。」丁原基謂：「此篇非許瀚所撰，乃經其朱筆手校，並對古器真偽、著錄、釋文、稱謂多所考證。」語見丁書，頁63。

〔註112〕鄭華主編：《清代大收藏家陳介祺》（北京：文物出版社，2005年2月），頁2。

〔註113〕支偉成：《清代樸學大師列傳》（臺北：明文書局，1985年），頁510。

〔註114〕杜澤遜、程遠芬：《山東著名藏書家》（濟南：山東文藝出版社，2004年10月），

延許瀚爲之校訂後刊行，刻工極精，光緒二十一年（1841），王懿榮更向朝廷進呈初印本十部。〔註115〕書中銘文、釋文大抵清晰，所收各家考釋，尤以「許印林說」爲最多，凡一百一十二條，〔註116〕餘如「徐籀莊說」四十七條，「翁祖庚說」十六條，「陳壽卿說」、「朱建卿說」各四條，「張石匏說」二條，「張石舟說」、「呂堯先說」、「何子毅說」、「翁叔均說」、「吳冠英說」各一條。（《許瀚年譜》，頁 255～256）吳氏匯集諸說，並撰案語七十餘條。初稿成於咸豐六年（1856），時許瀚應曾與參訂。

許瀚與吳式芬相交甚早，〔註117〕在京時，以同好金石漸成莫逆。吳氏子重周、重憙皆受業許瀚，爲及門弟子。許瀚偶至京師，或寄寓宅邸。吳式芬雅好金石，家富業豐，足以廣蒐，而許瀚家貧無力收藏，惟在京時，得時見葉志詵、劉喜海、徐松、李璋煜、許槤、吳式芬諸家所藏，眼界大開。（《許瀚年譜》，頁37）蓋吳氏每有所得，多拓以相贈，如《攀古小廬雜著》論及之「周明我鼎」、「周拍尊」、「周拍尊」〔註118〕、「周兄日壬卣」、「周仲伯壺」（器）、「周安父彝」、「父戊彝」、「周杞伯盨」、「漢成山官渠斜」、「新莽侯錡鉦」等器，均註明爲吳式芬所藏，或云吳式贈拓。〔註119〕而許瀚《攀古小廬雜著》卷六〈周受鐘〉云：「七年四月校訂吳子苾閣部遺書《攗古錄》，載此鐘云廿三字，與拙釋全同，惟嗣字仍舊釋作穌小異耳。」〔註120〕加以前述《攗古錄金文》所見，可知二人相互切磋，金石研究相輔相成。

頁 148。

〔註115〕〔清〕吳式芬：《攗古錄金文》（臺北：樂天出版社，1974 年 5 月），頁 3。此據王懿榮所獻初刻本書前王氏進表。

〔註116〕《許瀚年譜》稱一百零五篇，丁書稱一百零八篇，今檢索《攗古錄金文》各篇引許瀚說者，凡一百一十二篇。

〔註117〕吳式芬與許瀚訂交，袁行雲推測應在嘉慶二十四年（1819），然未有確證，故僅以目前所能掌握、確有實據之道光十九年（1839）爲二人訂交時間。

〔註118〕即「周喜宮尊」，阮元《積古齋鐘鼎彝器款識》名曰「拍盤」。許瀚〈周喜宮尊蓋跋〉記道光二十四年（1844），吳式芬得之於維揚，審其制則斷爲尊蓋，非盤。許瀚案：「喜宮乃祭祀平姬宮名；拍爲作器人名。」後署：「咸豐七年九月望日瀚識。」是文收於王獻唐：《顧黃書寮雜錄》，頁 51～52。

〔註119〕〔清〕許瀚：《攀古小廬雜著》，卷 6 至 9。

〔註120〕〔清〕許瀚：《攀古小廬雜著》，卷 6，葉 2。

式芬歿後，書稿猶未編成，子重憙親至沂州邀許瀚校訂父書。許瀚被延往海豐，先後校訂《攈古錄》、《攈古錄金文》、《金石匯編分目》、《陶嘉書屋鐘鼎彝器款識目錄》諸書。吳氏之作得以傳世，許瀚實功不可沒。其〈哭吳子苾閣部聯〉云：

> 平生金石盟心，才幾時，江城剪燭，沂驛傳書，那期白馬素車，酹
> 酒爲君訂遺稿；世時雲煙過眼，從今後，拔劍歌哀，街碑語苦，縱
> 復高山流水，抱琴何處覓知音。〔註121〕

二人以金石締交逾半生，晚年遽聞摯友棄世，而有知音難再之嘆，故勉力讎校遺稿，不負死生，可謂摯友矣。

（五）何紹基（1799～1873）

何凌漢諸子「皆喜與印林游，而長君子貞與相契尤深」。〔註122〕子貞即紹基，凌漢長子，號東洲，又號猨叟，一作蝯叟。事蹟見《清史列傳》卷七十三，《續碑傳集》卷十八、《清史稿》卷四八六、《國朝書畫家筆錄》卷三、《國朝書人輯略》卷十、《清儒學案》卷一七八。今人多著眼其書法成就，然何氏「生平於諸經、《說文》、考訂之學，嗜之最深。旁及金石、圖畫、篆刻、曆算、博綜覃思，識解超邁，能補前人所未逮。」〔註123〕何氏通經史、小學，旁及地理、金石、書畫、篆刻，學識廣博，無不精到。又藏書十餘萬卷，曾云：「藏書不解讀，如兒嬉戲得珠玉；讀書不能藏，如千里行無糧糧。」〔註124〕兼擅蒐藏、考據，非僅止一般玩賞而已。何氏亦善校書，莫氏《藏目》跋其批讀之《孟東野詩集》云：「其批校於書眉之上者頗不鮮，字甚工，語亦諦也。……又其批校本《積古齋鐘鼎款識》，眉端字如攢蟻，細若牛毛，考證校補，識解過於原著，尤足珍也。」〔註125〕甚表推崇。

〔註121〕丁寶潭、于長鑾主編：《金石學家吳式芬》（北京：中國文史出版社，2005年9月），頁95。

〔註122〕〔清〕張穆：〈日照許蕭齋先生壽序〉，《𪊴齋文集》（上海：上海古籍出版社，2002年，《續修四庫全書》第1532冊），卷2，頁265。

〔註123〕周駿富輯：《清史列傳》（臺北：明文書局，1985年），冊10，頁31。

〔註124〕鄭偉章：《文獻家通考》（北京：中華書局，1999年6月），中冊，頁809。

〔註125〕莫友芝：《郘亭知見傳本書目》（臺北：廣文書局，1996年），卷15。

　　何紹基著作，計有：《說文段注駁正》、《惜道味齋經說》、《東洲草堂文鈔》、《水經注刊誤》、《東洲草堂詩文集》、《東洲草堂金石跋》；書目類有：《東洲草堂藏書目》稿本一冊、《東洲草堂書目》抄本一冊、《何道州手鈔家藏書目表》稿本一冊、《東洲草堂藏書畫目錄》〔註126〕；方志類有：同治間主纂《山陽縣志》，及光緒年間刊刻重修《安徽通志》，皆可稱清代方志佳作。而通小學，更及於金石碑刻，雅愛研究，亦反映在爲人稱道之書法藝術中。其書要以顏眞卿筆法爲基，間有篆籀、隸書筆意，成一古奧奇特風格，爲清中後期金石派書法頗具代表之名家。〔註127〕

　　何氏自道光六年（1826）與許瀚訂交後，二人過從甚密，時相偕尋幽訪勝，覽碑觀拓。〔註128〕姚燮有〈何紹基、紹毅昆季招同沈垚、許瀚江亭飲酒〉，詠客居杭州學署時文友之酬酢；何紹基則作〈詠吳康甫景定專次許印林韻〉，記何、許共賞吳氏藏弄。〔註129〕就詩作內容觀之，可知二人對金石雅愛甚深。

〔註126〕《東洲草堂藏書目》葉啓發題云是書所記非何紹基收藏全貌，今書度藏於湘圖；北圖藏《東洲草堂書目》所記約六百種；《何道州手鈔家藏書目表》見倫明《續書樓藏書目》第 155 箱。詳見鄭偉章：《文獻家通考》，中冊，頁 811。

〔註127〕何紹基書法，以顏眞卿筆法爲基礎，結合金石文字產生變化，如其隸書源於《石門頌》、《禮器碑》、《張遷碑》；行書結構看似流動，細賞筆意，又似銘文、石刻文字，略具古拙之趣。

〔註128〕〔清〕許瀚：〈禹陵宭石漢刻殘字攷釋〉：「道光壬辰四月，瀚從學使仙查（楂）師校文紹興，事竣，同子貞詣宭亭摩挲此石。」《攀古小廬雜著》，卷 10，葉 6。

〔註129〕姚燮〈何紹基、紹毅昆季招，同沈垚、許瀚江亭飲酒〉：「入窗明翠劃烟波，靜閣高莚謝綺羅。對酒山川芳草闊，入關風雨亂雲多。幾人早遂彈冠願，有客能爲拊缶歌。晚磬聲中吾醉矣，醉看歸鳥下林阿。」按：何紹業，字子毅，詩題「紹毅」應作「紹業」。何紹基〈詠吳康甫景定專次許印林韻〉：「振奇眈古索古專，永初五鳳稽遂年。泥鈞眞贋苦難辨，往往尙雜煙沙痕。九鼎沉淪不復興，但逢康瓠固足珍。吳君甄錄侈隆富，百數十覽斑麟麟。大都唐前滪秦後，趙程孫阮臨睹聞。連宵春雨勤洗氣，出乍脫本罼可捫。景定元年字如新，稽諏建置諦流源。修築巨役賴是傳，烏乎！汴京肇造神謨存，屈曲計詒萬禩安。政和改更失樸堅，胡馬蹴踏如平原。南渡創列十三門，宮宇偪陋固可人。百三年來遂陵落，想見初制非奢煩。何不遂留此鈌刊，鈌中眺見幽燕雲。而顧范覽事補飾，坐令汴土生棘榛。吪哉此專未云古，令我作詩嘆詫硯水昏。」詳見〔清〕姚燮：《復莊詩問》（上海：上海古籍出版社，2002 年，《續修四庫全書》第 1533 冊），〈大梅山館集〉，卷 10，頁

其他何、許討論金石之資料，亦可見於往來書信中。〔註130〕

（六）張穆（1805～1849）

張穆，字碩洲，後字石舟，亦作石洲，號殳齋。山西平定人。道光十一年（1831）貢生。幼孤，依母族而居，喜觀先儒學案諸書，及長，銳意著述，初有志科舉，應順天鄉試時，被誣懷挾，於是絕意場屋，閉門苦讀。其閒熟經史，通小學、篆籀文字，以經濟之學自許，精輿地，頗留心邊疆情勢，曾被延校大學士祁寯藻所刻《皇朝藩部要略》，因之而著《蒙古游牧記》，徵引考訂，博贍精詳。又有《魏延昌地形志》、《俄羅斯事補輯》、《元裔志》、《殳齋詩文集》、《顧亭林年譜》、《閻百詩年譜》等。事可見於《清儒學案》卷一六六、《續碑傳集》卷七十三、張繼文《先伯石州公年譜》、張立中《石州年譜》及汪宗衍、黃莉莉《張穆年譜》等。而後世將石洲列爲地理學家，統觀其著作及研究領域，可謂允當。〔註131〕

許、張於道光六年（1826）訂交，時許瀚赴京寓何凌漢邸，日從紹基、紹業兄弟游，並因此與俞正燮、苗夔、張穆等結識。〔註132〕道光十一年（1831），二人曾一同編排俞正燮《米鹽錄》（即《癸巳類稿》）。道光十九年（1839），張穆應順天鄉試，因得罪有司被誣，許瀚目擊，代爲奔訴。〔註133〕《許瀚日記》於己亥年八月初八日至二十三日間，記錄此事經過與結果。（《日記》，頁 125～131）爾後，二人情誼彌堅，是年許瀚返日照，張穆〈己亥十二月送許印林歸日照〉甚有「君歸亦增我心悲」句，全詩不僅稱彼此交誼篤厚，更慨歎日後切磋問學之不易。張穆與許瀚各自以校書、講學爲

5。〔清〕何紹基：《東洲草堂詩鈔》（上海：上海古籍出版社，2002 年，《續修四庫全書》第 1528 冊），卷 5，頁 615。

〔註130〕例如何紹基〈致許印林書〉，今皆收錄於《顧黃書寮雜錄》。

〔註131〕例如支偉成《清代樸學大師列傳》列傳第十七將張氏列於地理學家（頁 47）。

〔註132〕楊鐸〈許印林先生傳〉：「次年入都，主文安公寓邸，得與公子子貞太史交。互相考訂，於訓詁尤深，……平定張石舟、河間苗仙麓、新安俞理初，皆昕夕過從，以學問相切磋。」（詳見《攀古小廬文補遺》，轉引自《許瀚年譜》，頁 381）若此，則許、張應於道光六年訂交，非如丁書所言：「張穆、苗夔、何紹基並爲道光十一年優貢生，瀚因與張穆訂交。」（詳見丁書，頁 60）

〔註133〕〔清〕張穆：〈述懷感舊六十韻爲老友安丘王貫山先生壽〉言及此事，收錄於《殳齋詩集》，卷 3，頁 374。

業，許瀚更南北奔走，兩人每藉書信商討刊刻著述及金石碑刻研究所得。《顧黃書寮雜錄》收張穆致許瀚札二通，多敘校勘情況，或請協助釋疑。（《顧黃書寮雜錄》，頁 22～23）許瀚曾校訂《弟子職》，據張穆寫刻本《弟子職》扉頁牌記：「篇凡六百四十六字，◎爲韻，●爲部，□爲句中韻及隔句韻。日照許瀚所訂也。太歲箸雍灘春正月己卯，平定張穆寫梓家塾。」〔註134〕時爲道光二十八年（1848），張穆繕寫完此作，隔年即病卒。就前述二人交往情形及往來書信、日記等觀之，可知張、許二人不僅論學頗相投契，私交亦甚篤。

今檢張穆《年譜》甚少論及許瀚，原因大抵有二：一是許瀚《日記》係其親撰，而張氏《年譜》乃後人所編，材料已經選汰；二則二人治學方法及關注焦點不同，張穆擅輿地學，留心經世，與徐松、沈垚等相善，常共食，聚談西北邊徼地理以爲笑樂，〔註135〕有別於許瀚克承「文簡師法」，長於文字、音韻、訓詁，留心金石、經史，故今存張氏論學資料中與許瀚相關者少。此二點或可解釋張、許二人在彼此《年譜》、《日記》中出現比例懸殊之情況。

（七）陳介祺（1813～1884）

陳介祺，字壽卿，一字受卿，號簠齋，又號齊東陶父。山東濰縣人。父官俊，嘉慶十三年（1808）進士，歷任工部、兵部、禮部、吏部尚書及協辦大學士等要職，故介祺自幼便隨父於京師生活。道光十五年（1835）舉於鄉，二十五年（1845）中進士，授翰林院編修、國史館協修、方略館分校。其久遊京師，目睹乃父浮沉宦海，加以咸豐二年（1852）經歷一場強迫認捐，幾使破家敗身，使其深刻體會人情冷暖，官場難覓知心。咸豐四年（1854）母歿丁憂回籍，自號海濱病史、林下田間大夫，從此不復出仕，甚至訂下家訓，要求子孫：一不做官，二不經商，三與僧道無緣。三者皆人生體會，垂示後輩，誠然用心良苦。

陳介祺爲當時著名學者、藏書家，尤篤好金石文字，有「南潘北陳」（潘即潘祖蔭）之譽。弱冠即見稱阮元，又與外舅李璋煜，友人吳式芬、何紹基、李佐賢、許瀚及一時好古人士共賞珍奇，交流切磋。舉凡三代、秦漢、六朝金石與片瓦殘碑，莫不竭力尋訪。曾築簠齋藏弄之，所得彝器數百件，以「毛

〔註134〕許瀚：《弟子職》（道光二十九年張穆寫刻本），此書後收入王懿榮《天壤閣重刊本》。
〔註135〕張舜徽：《清人文集別錄》（北京：中華書局，1980年），〈落帆樓文集〉，頁408。

公鼎」最著。亦喜古印，收藏甚多，嘗以「萬印」名其齋。〔註136〕先是編成
《簠齋印集》，同治十一年（1872），以自藏古印並匯集吳雲、吳式芬、吳大
澂、李佐賢、鮑康等人收藏，鈐拓印集十部，每部五十冊，定名爲《十鐘山
房印舉》。〔註137〕稍後，又與吳式芬、翁大年合撰《封泥考略》，所藏益富。
晚年留心陶文，對古陶文字研究具開創之功，所謂「陶文齊魯四千種，印篆
周秦一萬方」，即作於此時，題記曰：「余歸來不能治古鼎鐘，今老矣，忽於
齊魯得三代文古陶數十器，暨陶文四千種。舊藏秦漢印七千紐，尚可增益，
尤肆力於三代古璽印，皆前人所未及也。」〔註138〕自言當時研究、收藏情況。
而其一生著作，計有：《毛公鼎釋文》、《南公盉鼎釋文》、《虢季子白盤考釋》、
《聘簠釋說》、《區銀考記》、《器侯馭方鼎考釋》、《邿鐘考釋》、《齊侯餅考釋》、
《龍姑簠考釋》、《鑄子器考釋》、《簠齋金石文考釋》、《十鐘山房印舉》、《簠
齋尺牘》、《東武劉氏款識》、《簠齋藏古目》、《簠齋傳古別錄》、《封泥考略》
等三十餘種，〔註139〕惜多未刊行，如《考古小啓》之類或已失傳，至其部分
未刊遺稿，今由後人捐贈文化單位收藏。

　　陳介祺與許瀚同爲道光十五年（1835）舉人，故稱同年。許瀚曩於京師
參校桂馥《說文解字義證》，乃應陳氏外舅李璋煜之邀，而陳氏所撰《日照許
氏諸城李氏金文拓本釋》，即據許瀚與李璋煜兩家所藏金文拓本爲之考釋。其
後吳式芬子重熹爲陳氏婿，而重熹爲許瀚及門弟子，故知彼此淵源頗深。二
人同喜金石古文，往來切磋不斷，許瀚所見金石器物中，許多乃陳氏珍藏，
如《攀古小廬雜著》論及之「周楚公鑄鐘」、「兩子舁缶鼎」、「周犀伯魚父鼎」、

〔註136〕「萬印」是以其自藏七千多方印璽，加上親家吳式芬所藏二千餘方所得之數。陳
　　　　介祺自有印一枚，文曰「萬印樓主」，然實際並無此樓，今濰縣故居稱「萬印樓」
　　　　者，實其故居祠堂旁之東樓，後爲人誤認，加以劉海粟題寫「萬印樓」匾額後，
　　　　遂致約定俗成，漸爲世所接受。事見鄭華：〈陳介祺紀事〉，《清代大收藏家陳介祺》，
　　　　頁 14～15。

〔註137〕陳氏書房名曰「十鐘山房」，乃就其收藏之十一件商周古鐘中，取整數命名，非僅
　　　　藏十器。事見鄭華主編：《清代大收藏家陳介祺》，頁 2。按：《簠齋尺牘》云：「吉
　　　　金以鐘鼎爲重器，敝藏有十鐘，因名齋爲十鐘山房。」（頁 998）由是知鄭說疑誤。

〔註138〕陳繼揆：〈前言〉，《秦前文字之語》（濟南：齊魯書社，1991 年），頁 3。

〔註139〕劉祖幹纂，常之英修：《民國濰縣志稿》（南京：鳳凰出版社，2004 年，據 1941
　　　　年鉛印本影印），卷 37，頁 120～121。

「周季娟妣鼎」、「矢伯隻卣」、「周仲伯壺（蓋）」、「晉姬殷」、「伯貞丁甗」、「漢臨虞宮鐙」、「漢萬歲宮鐙」等，均爲陳氏所藏器。道光十五年（1835）許瀚喜得「君子博」，集成《六君子博合本》，向同好索題，陳介祺題云：「大道誰爲倡，河間尙好賢。嶔崎六君子，湮沒幾千年。斷甓今猶在，斯人古已傳。願言從許子，相與試磨博。」二人平生所嗜相同，所好相仿，陳氏題詩，可爲一證。而許瀚每有所得，便邀其題記，如跋《漢王氏鏡拓本》云：「王氏佳竟（鏡）眞大好，上有仙人不知老，渴飲玉泉飢食棗。浮游天下敖四海，壽如金石，國保左龍右虎。許印林同年所藏。壽卿。」於鏡背文飾描述甚詳；又，跋《漢袁氏鏡拓本》云：「袁氏竟（鏡）極多，然皆有官字、呂字、筥字、伯字等鈐記者，是後人翻沙。惟印林所藏兩鏡，眞漢鏡耳。」陳介祺精於器物鑑賞，觀其跋「袁氏鏡」拓本跋語，則見對許瀚鑑別功力之讚許。

此外，許、陳往來書札，除交換平日讀書心得、古物流傳新知外，亦時見閒話生活瑣事，情誼可見一斑。許瀚謝世後，陳介祺輓云：「經訓古康成，更釋邁薛阮，韻訂顧王，文而又儒眞不愧；字學今叔重，惜桂版燹焚，吳編病輟，人猶有憾竟云亡。」〔註140〕上聯推崇許瀚於經訓、考釋、音韻、字學成就堪比鄭玄、薛尙功、阮元、顧炎武、王念孫之功，下聯則慨歎世事難料，天不假年，所校桂書至付刻，歷時長達二十餘年方刻成，板旋毀於戰亂；又校編吳氏著作，事未竟而力不堪任之，二事皆許瀚深以爲憾者。陳氏之聯足以點出許瀚畢生學行大要。而許瀚著作，生前多未刊刻，臨終時將遺稿囑託於陳介祺，後由吳重熹延丁艮善校勘，名《攀古小盧雜著》，光緒年間刊行。〔註141〕相關記載，可見吳重熹〈謁印林師墓〉，及陳介祺《簠齋尺牘》收〈致吳平齋書〉、〈致王廉生書〉等。據上所述，加以王獻唐跋《雙行精舍書跋輯存續編》所言，可知許瀚遺稿後多存陳、吳、丁三家。

（八）楊鐸（？～？）

楊鐸，字石卿，自號石道人，河南商邱人。天資穎異，酷嗜金石之學。少即遍游齊、魯、燕、趙、吳越、漢江，尋訪碑石，不遺餘力。所交多名士，

〔註140〕陳介祺：〈輓日照許瀚〉，見陳繼揆藏《簠齋稿》，轉引自《許瀚年譜》，頁307。
〔註141〕該書未及刻竣而版旋焚毀，詳見王獻唐：《山左先喆遺書提要》，《王獻唐先生遺稿四十三種，附錄三種》（濟南：山東大學出版社，2011年，《山東文獻集成》第4輯）。

高談雄辯，頗具魏晉名士風流。畫善花卉，下筆俊爽，迅掃疾馳，有李復堂（鱓）、黃癭瓢（愼）逸趣。著有《函青閣金石記》、《中州金石目錄》八卷，事見蔣茝生《墨林今話續編》。〔註 142〕

　　許瀚與楊鐸訂交於道光二十年（1840），時許瀚應濟寧知州徐宗幹之聘，主講漁山書院，並參與修纂《濟寧直隸州志》，楊鐸則任分校。〔註 143〕閒暇之餘，徐宗幹、汪喜孫及許、楊等人，便於濟寧城及金鄉、嘉祥、魚臺等地學宮與寺觀間尋訪碑碣。如《濟州金石志》載：

> 前《州志》云：「畫象石刻在州西北普照寺大殿階砌中，今在漁山書院西偏」，題曰「漢畫室」。附新刻字：「道光二十年庚子九月，通州徐宗幹由普照寺移至漁山書院，甘泉汪喜孫、商城楊鐸、日照許瀚同觀。」〔註 144〕

此記許瀚等將石碑由原處遷至書院西事。又著錄「漢永建五年石刻」云：「許瀚釋文，楊鐸跋。道光二十一年移至州學。」〔註 145〕此事《濟寧直隸州志・例言》及徐宗幹《濟寧州金石志・序》皆提及。而《攀古小廬文補遺・瑞麥圖記》有云：「樹人公祖治濟一載，⋯⋯今年夏，瑞麥又生，倩商城楊鐸作圖刻諸石，與『嘉禾圖』並置太白樓。」署曰「道光二十一年七月七日日照許瀚記」，由前述可知二人在濟州，因所嗜相同而時相往來。

　　除石刻外，許瀚《攀古小廬雜著》所考釋銅器，如「周子璋鐘」、「周扶鼎」等，均爲楊鐸藏拓以遺許瀚。〈周子璋鐘〉云：「右楊石卿所藏全形拓本，瀚手摹其文字存之。」文末署「道光廿年」（卷 6，葉 8），可知受贈於講學漁山書院期間。〈周扶鼎〉云：「右楊石卿鐸藏器，得之祥符，攜如濟寧，予手拓之。」又云：「《濟寧州金石志》著錄題云『商父庚鬲』，蓋石卿自爲跋，定爲『鬲』，又釋其文云：『父庚作旅鼎』。爲其名庚，定爲商器，實皆不然。」（卷 6，葉 21）此器楊鐸以爲「鬲」，且是商器，而許瀚作周器，並改稱爲「鼎」。

〔註 142〕蔣茝生：《墨林今話續編》（臺北：明文書局，1985 年），頁 557。

〔註 143〕〔清〕楊鐸：〈許印林先生傳〉：「濟寧修輯《州志》，刺史徐樹人中丞聘同膠州牧馮集軒爲總纂，鐸亦與分纂。朝夕共硯几。」

〔註 144〕〔清〕徐宗幹輯：《濟寧州金石等四種》，收入《石刻史料新編》（臺北：新文豐出版公司，1978 年），第 2 輯，冊 13，頁 9492。

〔註 145〕〔清〕徐宗幹輯：《濟寧州金石等四種》，卷 2。

（卷6，葉21～22）由是可知二人非但同好金石，更能相互交流，襄助所學。《攀古小廬文補遺》錄許瀚〈與楊石卿書〉，信中提及兩人相交廿餘載，其間闊別十年，復得音訊，實爲難得；又敘自己縮衣節食，訪碑購書，甚至招致妻孥怨恨癡愚，不無感慨。而許瀚卒後，楊鐸就高均儒咸豐七年（1857）所刊《攀古小廬文》補苴，光緒元年（1875）復刻《攀古小廬文補遺》，使許瀚著述得以更完整流傳，誠爲益友矣。

　　本節乃就許瀚金文學形成背景進行論述，其師承及所交游者自不可不詳加探究，然清代人物關係網絡甚爲繁複，故僅取於文獻有據、確相與論學者略述之。本節所舉十人均係當時名家，惟如此尚未足以完整檢視許瀚師友對其影響，他如顧沄、六舟禪師、錢有山、朱建卿、高均儒，雖非以小學考據聞名，而實於許瀚金石研究多有助益，此留待第參章第一節論敘。蓋行文互有詳略，實欲使之更明故也。

第參章　許瀚考釋金文材料來源及方法

欲探許瀚研究金文成果，必先釐清器物拓本來源，次論其考釋金文之主要依據，如此方能一窺許瀚治金文之態度與方法。以下就今日尚存許氏著作進行整理，冀能申明其考釋金文方法。

第一節　許瀚考釋金文之材料來源

本文第二章曾列舉許瀚師友，鑒賞析疑，對許瀚治金文頗多助益。然上文所論，大抵據現有書信及年譜資料揀擇而得，疏漏難免。欲究許瀚金文學形成背景，其考釋銘文與參引資料來源便是一重要線索。許瀚終生雖不曾得意官場，家中亦無恆產，猶竭力蒐藏，觀《許瀚日記》載採購圖書、金石及友人贈與諸事，紀錄甚詳；而《攀古小廬雜著》、《攀古小廬古器物銘》、《攀古小廬金文考釋》論金石者，多記所見器銘來源；曾為人校刊之作，亦多有跡可循。故本節擬就許瀚經眼器物、拓本進行梳理，藉此釐清考釋材料來源，以稍補前論師友往來之不足。

許瀚金文研究，除少數自藏器、拓外，主要得力友人交流與餽贈。本節擬透過其自著或見諸他人著述之資料，予以分類整理，約為三端：一、自家藏器或藏拓；二、友人藏器與拓贈者；三、徵引自他書。其中，以第二項得自友人者最多。至於部分人物已見前章，重出者僅略及之。

一、自家藏器或藏拓

許瀚雖家境不甚寬裕，仍勤蒐圖籍善本、金石碑拓及泉鏡等，甚至校書閒暇，遍訪山林古剎，尋訪殘碑遺址。統觀《許瀚日記》所收〈涉江采珍錄〉（上、下）、〈錫朋錄〉（上、下）、〈燕臺買書記〉、〈附錄一〉、〈附錄三〉，及《攀古小廬雜著》、《攀古小廬古器物銘》、《攀古小廬金文考釋》、《顧黃書寮雜錄》諸文獻，知其自藏銅器、拓本有：鼎拓一、錢五、鏡十一（器十拓一）、鐘拓四、尊拓一、戈拓一。其中，錢為「建炎錢」、「至正錢」、「大順錢」〔註1〕；鏡為「漢君宜官秩鏡」、「漢袁氏鏡」、「漢王氏鏡」、「漢驪氏鏡」、「唐玉篆鏡」、「唐清華鏡」、「元准提背相畫像鏡」、「元准提鏡」「元秉直鏡」、「明萬曆丁亥四字鏡」與不知名古鏡一面；鐘為「兮中鐘」、「叔氏寶林鐘」、「虢叔大林鐘」、「唐景龍觀鐘銘」；鼎為「周太保鼎」；尊為「周趩尊」；戈為「瑂戈」。

由是可知，許瀚力能致之者甚少，且多拓本，然其善用所有，樂於交流，屢與他人藏拓互校以求精證。如《攀古小廬雜著》中論「周叔氏寶林鐘」，以家藏拓（葉志詵藏器）校吳氏陶嘉書屋藏拓（瞿世瑛藏器）（卷6，葉10～13）；論「周虢叔大林鐘」，以自藏舊拓與阮元、瞿世英、方可中諸家贈拓相校等（卷6，葉14～20）。

二、友人藏器與贈拓

許瀚所考金文明確載記得自於友人藏器與贈拓者，約有六十九件，而提供者計有：陳介祺、吳式芬、楊鐸、釋達受、顧沅、翁大年、錢治光、葉志詵、張廷濟、朱善旂、孫式曾、高均儒、金傳聲、袁振渭、孫翰卿、文鼎、曹載奎、吳儁、王鴻、張調、鍾養田、江曉塘、汪士驤、徐楙、吳廷康等人。試臚列許瀚考釋器物時確載來源者如下表：〔註2〕

〔註1〕〈涉江采珍錄〉（下）記載許瀚藏有「建炎錢」一、「至正錢」一、「大順錢」三，「大順錢」下自云：「辛卯臘月，淮安買二板，鎮江買一板。」詳見《許瀚日記》，頁26。

〔註2〕表列先人名後器名。器名中「藏」、「拓」僅表示物主收藏狀態；「贈／示拓」為物主贈許瀚拓本或對其展示者；「收」則表示器拓被收錄於某書。表格出處僅就《攀古小廬雜著》（《續修四庫全書》本）及《山東文獻集成》、《許瀚日記》、《許瀚年譜》、《小校經閣金文》標明，詳見「附錄一」。

人　名	器　名	出　處
陳介祺	漢萬歲宮鐙（藏）、漢臨虞宮鐙（藏）、周仲伯壺（藏蓋）、矢伯隻卣（藏）、晉姬段（藏）、伯貞丁甗（藏）、周季�鼎（贈）、周犀伯魚父鼎（贈）、兩子异缶鼎（藏）、周楚公鐸鐘（藏）	《攀古小廬雜著》，卷9葉26、卷7葉11、卷7葉9、卷8葉10、卷9葉10、卷6葉27～30、卷6葉26、卷6葉20、卷6葉1。
吳式芬	新莽侯錡鉦（贈）、周拍尊（示拓）、周仲伯壺（藏器）、父戊彝（贈）、周杞伯盨（藏）、漢成山宮渠斜（贈）、許子匜（贈）〔註3〕	《攀古小廬雜著》，卷9葉26～27、卷7葉2～3、卷7葉11～12、卷7葉20、卷9葉6～7、卷9葉25；《許瀚日記》，頁45。
楊　鐸	周子璋鐘（拓）	《攀古小廬雜著》，卷6葉5～8。
釋達受	周楚公鐸鐘（贈）、周楚公家二鍾（贈）、周君夫段蓋（輯拓）、周距末（贈）、漢竟寍雁足鐙（贈）、明神鼎（輯拓）	《攀古小廬雜著》，卷6葉1、卷6葉1～2、卷8葉15～16、卷9葉22、卷9葉25～26、卷6葉24～25。
顧　沅	邾束朋鼎（贈）、周幽中段（贈）、周兄日壬卣（藏／吳氏芬藏器）	《攀古小廬雜著》，卷6葉25、卷8葉5、卷7葉10。
翁大年	周中自父鼎（贈）、周兄段（贈）、父丁爵（贈）	《攀古小廬雜著》，卷6葉22、卷8葉1～3；《山東文獻集成》44冊，頁270。
錢治光	周中自父鼎（贈）、周本鼎（贈）、周遣小子段（贈／文後山藏器）、周邿遣段（贈／祝恂藏器）、周格伯簋（贈／方廷瑚藏器）、商子孫父乙角（藏）、周魯侯角（贈）、克楚戈（藏／收《濟甯金石志》）	《攀古小廬雜著》，卷6葉22、卷6葉23、卷8葉4、卷8葉11、卷9葉4～6、卷7葉14、卷7葉15～16、卷9葉22～23。
葉志詵	散氏盤銘（贈）〔註4〕、周父丁方鼎（拓）、伯貞丁甗（拓）、周陳逆段（藏）、齊陳曼簠（藏）、子爵（藏）、祖甲爵（藏）、父己甗（藏）、己卣（藏）	《許瀚日記》，頁44；《攀古小廬雜著》，卷6葉23～24、卷9葉10、卷8葉12～13、卷9葉2～3、卷7葉12、卷7葉13、卷9葉9～10、卷7葉8。
張廷濟	周中隹父段（藏）	《攀古小廬雜著》，卷8葉1。
朱善旂	周鑄叔皮父段（贈）、商囧屮父己卣（贈）、商龍鋗（贈）、漢宜子孫洗（贈）、漢日光鏡（贈）	《攀古小廬雜著》，卷8葉14～15、卷7葉8～9、卷7葉17～18、卷9葉29；《山東文獻集成》44冊，頁265。

〔註3〕　〈附錄一〉：「吳子苾送許子匜文、延熹磚文。」詳見崔巍：《許瀚日記》（石家莊：河北教育出版社，2001年1月），頁45。

〔註4〕　〈附錄一〉：「葉東卿年伯，賜散氏盤銘一紙。」詳見崔巍：《許瀚日記》，頁44。

孫式曾	商父己尊、周宰德氏壺、君錫彝、商祖癸彝、周般仲盤（五器皆爲孫式曾贈／李東琪藏冊）	《攀古小廬雜著》，卷 7 葉 1、卷 7 葉 10～11、卷 7 葉 18、卷 7 葉 19、卷 9 葉 13。
高均儒	周集咨彝（贈／郭止亭藏器）	《攀古小廬雜著》，卷 7 葉 19。
金傳聲	周𢾼叔朕鼎（藏）	《攀古小廬雜著》，卷 6 葉 27。
袁振渭	周杞白每段（示拓）	《攀古小廬雜著》，卷 8 葉 5～10。
孫翰卿	周豐伯車父段（藏）	《攀古小廬雜著》，卷 8 葉 13～14。
文　鼎	漢鋗（藏）	《攀古小廬雜著》，卷 9 葉 30～32。
曹載奎	叔多父盤（藏）	《攀古小廬雜著》，卷 9 葉 14～15。
吳　儁	周柙盉（示拓）	《攀古小廬雜著》，卷 9 葉 7～9。
王　鴻	周安父彝（吳式芬藏器）	《攀古小廬雜著》，卷 7 葉 18。
徐　楙	中殷父敦（贈）	《小校經閣金文》卷八
汪士驤	漢吉羊洗（藏）	《攀古小廬雜著》，卷 9 葉 29。
鍾養田	周魯侯角（藏）、周召伯彝（藏）	《攀古小廬雜著》，卷 7 葉 15～16。《攀古小廬雜著》（抄本）
江曉塘	漢伏地洗（贈）	《攀古小廬雜著》，卷 9 葉 29。
張　調	羕姬彝（藏）	《攀古小廬雜著》，卷 7 葉 20。
吳廷康	周不嬰敦蓋（藏）	《許瀚年譜》，頁 175。

　　表中羅列二十五人，或爲藏書家、詩人、書畫家、篆刻家、僧人等，所長雖不同，共通點則皆雅好金石，雖非學者，亦不可輕忽。故除前節已論及之陳介祺、吳式芬、楊鐸等不再贅述外，其餘背景及與許瀚往來梗概，茲擇要介紹如下。

（一）葉志詵（1779～1842）

　　葉志詵，字東卿，湖北漢陽人。官戶部郎中。著有《湖北金石錄》、《平安館金石文字》、《金山鼎考》等書，事見田士懿輯《金石著述名家考略》〔註5〕。許瀚在京期間，嘗與葉志詵、徐松、劉喜海、李璋煜、許槤、吳式芬等共賞器拓，〔註6〕故知二人素有交。葉氏曾以「散氏盤銘」一紙相贈；許瀚考釋「父己甗」、「伯貞丁甗」、「周陳逆段」、「齊陳曼簠」、「子爵」、「祖甲爵」等，均據葉氏所藏器、拓。

〔註 5〕 田士懿：《金石著述名家考略》（臺北：新文豐出版公司，2006 年，《石刻史料新編》第 4 輯第 10 冊）。

〔註 6〕 《許瀚年譜》，頁 37。

（二）釋達受（1791～1858）

釋達受，俗姓姚，法號達受，字六舟、秋檝，自號萬峰退叟，浙江海寧人。初時祝髮海昌白馬廟，然不僅專於禪修，又工書法、繪畫、竹雕、鐫印，尤嗜金石，收藏彝器碑版甚富，且擅拓彝器全形，所拓莫不精妙，[註7] 阮元甚以「金石僧」呼之。六舟上人一生行腳半天下，與何紹基、戴熙最為交契，曾先後主持杭州南屏淨慈寺、蘇州滄浪亭，著《祖庭數典錄》、《六書廣通》、《兩浙金石志補遺》、《白馬廟志》、《天竺山志》、《雲林寺志》、《小綠天庵吟草》、《山野紀事詩》、《寶素室金石書畫編年錄》等。許瀚與六舟訂交於道光十三年（1833），[註8] 時許瀚在杭州何凌漢校文學使幕，公暇不忘蒐羅金石，又與何紹基相善，或因此與六舟結緣。[註9] 許瀚考釋「周楚公鐘」、「周楚公家二鐘」、「周君夫殷蓋」、「周距末」、「漢竟盌雁足鐙」、「明神鼎」等器，均據其所贈拓本。

（三）張廷濟（1768～1848）

張廷濟，字叔未，號眉壽老人，浙江海鹽人。嘉慶三年（1798）舉人。著有《清儀閣題跋》、《桂馨堂集》等。事見《清史列傳》卷七十三《清儒學傳》卷九十有傳。《光緒嘉興縣志》記曰：「少親炙海鹽吳懋政，學有根柢。領嘉慶三年省解，屢躓禮闈，遂結廬高隱，以圖書金石自娛，建清儀閣藏之。晚年眉長徑寸，與儀徵阮太傅元合摹《眉壽圖》勒石。」[註10] 道光十七年（1837），許瀚在京時曾與之同觀文鼎家藏漢銅，並手拓數紙，疑二人結識於此時。又《攀古小廬雜著》論「周中偁父殷」拓本，即張氏所贈。

[註7] 〔清〕吳式芬〈題六舟金石書畫年表〉云：「其於摹拓鐘鼎，則肖形繪影，無弗工也。其於蒐羅古刻，則山陬海澨，無弗及也。其於書，則篆草飛白，畫則潑墨傳彩，無弗精也。」詳見桑惜：《歷代金石考古要籍序跋集錄》（江蘇：浙江古籍出版社，2010年），頁378。

[註8] 《許瀚年譜》，頁50。

[註9] 〔清〕何紹基〈僧六舟金石書畫編年錄敘〉云：「今年銜恤南歸，憩暑於淨慈寺，六公適主方丈，晨夕譚藝者，五六十餘日矣。」（見《東洲草堂文鈔》，臺北：臺灣學生書局，1971年，第1冊，頁76）蓋紹基父凌漢時任浙江學政，紹基、許瀚皆隨同在杭州，而其既共六舟晨夕論道，則與許瀚結識，亦屬合理推測。

[註10] 〔清〕石中玉、吳受福纂，趙惟崳修：《光緒嘉興縣志》（上海：上海書店，1993年，據1908年刻印本影印），卷21，頁504。

（四）翁大年（1811～1890）

翁大年，原名鴻，字叔鈞、叔均，號陶齋。江蘇吳江人。廣平之子。篤嗜金石考據，書工行、楷，取法翁方綱；篆刻宗兩周、秦漢，致力於鑄印一路，又參宋、元朱文。著有《古官印志》、《古兵符考》、《封泥考》、《陶齋印譜》、《陶齋金石考》、《舊館壇碑考》、《瞿氏印考辨證》、《秦漢印型》等。道光十八年（1838）許瀚在京，二人往來，共論金石。《攀古小廬雜著》考釋論「周中自父鼎」、「周兄殷」，均據翁氏所贈拓；而如《攀古小廬古器物銘》論「父丁爵」則云：「道光二十七年六月二十四日蘇州翁大年呈印林先生鑒。」〔註11〕三器拓本皆得自翁大年。

（五）朱善旂（？～？）

朱善旂，字建卿，浙江平湖人，著有《敬吾心室識篆圖》、《敬吾心室彝器款識》。〔註12〕父為弼，嘉慶十年（1805）進士，官至兵部侍郎，出為漕運總督。為諸生時，為朱珪、阮元所賞。阮氏《積古齋鐘鼎彝器款識》十卷，即出為弼手。道光十八年（1838）許瀚在京，與為弼、吳榮光、龔自珍、許瀚、徐同柏、張開福、翁大年等時共論金石拓本。〔註13〕蓋為弼父子俱與許瀚相交，《攀古小廬金文集釋》附朱善旂手札一通，內云：「印林尊兄大人同年閣下，頃讀悉手校，並承惠書壽聯，感滌無已。《款識》拓本正在搜求，預擬晚間奉詣面呈，藉求指教。而俗冗紛繁，且聞駕尚有半月之留，故遲遲。今奉去鼎、殷、卣各一紙，洗七紙，竟五紙，統希察納。敬請行安。年愚弟朱善旂頓首。」〔註14〕其中所附洗、鏡等拓本，皆許瀚考釋之主要依據。

（六）錢治光（？～？）

錢治光，字有山，浙江秀水人。許瀚與之訂交於道光二十年（1840），《攀古小廬金文集釋》夾有錢治光致許印林手書云：「光於道光丙申孟夏之月，在

〔註11〕〔清〕許瀚：《攀古小廬古器物銘》（濟南：山東大學出版社，2007年，《山東文獻集成》第1輯），頁270。

〔註12〕《許瀚年譜》，頁93。

〔註13〕《許瀚年譜》，頁91。

〔註14〕〔清〕許瀚：《攀古小廬金文集釋》，是書今藏北京中國社會科學院，轉引自《許瀚年譜》，頁92。

濟寧市上得一角鋻，內有『子孫子乙』四字，張叔未先生定爲商器。」〔註15〕
而張廷濟《桂馨堂集》有〈三月十日錢有山治光又趁糧艘北行，過篁里用前
詩韻〉一首，似指錢氏在山東糧道任官時。〔註16〕道光二十一年（1841）七月，
許瀚與汪喜孫、錢治光、楊鐸等人觀碑題名，暇則搜訪殘石。〔註17〕次年
（1842），許瀚爲錢治光跋「商子孫父乙角」，事見錢治光致許印林手書云：「是
歲五月，濟肆中又有壽張梁山新出土鼎、甗、尊、壺周器七件，皆有款識。
今刺史徐樹人先生重修《濟寧州志》，博收金石，惟吾先生學超歐、趙，纂撰
鴻文，如蒙將光藏角再入志乘，得附名於著作之末，誠幸事也。印林先生大
人史席。」〔註18〕《攀古小廬雜著》卷七〈商子孫父乙角〉云：「有山於道光
十六年得此器於濟寧，廿年馮集軒雲鶴纂《濟南金石志》，見其器，遂錄入。
二十三年纂《濟甯金石志》，又錄入，云：『有山得於濟南，攜至任城。』以
解其濫入《濟南志》之失，實非也。《濟甯志》中載余跋，據有山拓本。」（卷
7，葉 14）由是知道光二十年（1840），許瀚應徐宗幹之邀，返日照主講漁山
書院，遂與錢氏相識，並曾共訪金石，而許瀚編纂州志亦獲提供己藏相助。

　　除前述者外，許瀚考釋金文得諸錢氏者，尚有「周中自父敦」、「周本鼎」、
「周遣小子殷」、「周邾遣殷」、「周格伯簋」、「周魯侯角」、「克楚戈」等，其
中多收入《濟甯金石志》，如《攀古小廬雜著》卷九〈克楚戈〉云：「道光辛
丑、壬寅間，余方輯《濟甯金石志》，有山先生適得此戈，亟采入《志》。」
〔註19〕

（七）王鴻（？～？）

　　王鴻初名鵠，字子梅，江蘇長洲人。與父、叔三人皆工詩，龔自珍於道
光十七年（1837）有〈題王子梅盜詩圖〉，而《己亥雜詩》云：「江左吟壇百
輩狂，誰知闕里是詞場。我從宅壁低徊聽，絲竹千秋尚繞樑。」下有注：「時

〔註15〕　〔清〕許瀚：《攀古小廬金文集釋》，轉引自《許瀚年譜》，頁 110。
〔註16〕　〔清〕張廷濟：《桂馨堂集》（上海：上海古籍出版社，2002 年），頁 717。
〔註17〕　《許瀚年譜》，頁 123～124。
〔註18〕　〔清〕許瀚：《攀古小廬金文集釋》，轉引自《許瀚年譜》，頁 133。
〔註19〕　《攀古小廬雜著》作「辛亥壬寅間」，應爲「辛丑壬寅間」。詳見〔清〕許瀚：《攀
　　　　　古小廬雜著》，卷 9，葉 22；《許瀚年譜》，頁 134。

曲阜令王君大淮，其弟大埻，其子鴻，皆工詩。」〔註20〕是王鴻乃以詩名家者。《攀古小廬雜著·周安父彝》云：「右器銘六字，篆文秀美，蓋周器也。道光廿四年吳子苾廉訪於揚州，得古器五種，此其一也。前二年王子梅寄我拓本，與此銘同而器異，篆文較樸古。」（卷7，葉18）則知許瀚除得吳式芬藏器拓本外，稍早亦由王鴻處獲觀同銘器拓。又，道光二十六年（1846），王鴻致函，屬許瀚代書〈龍洞詩〉，事見《許印林先生吉金考釋一卷附友朋書札一卷》。〔註21〕

（八）高均儒（1812～1869）

高均儒，字伯平，號鄭齋，諡號孝靖先生。浙江秀水人。幼嗜學，於小學致力尤勤，治經則專攻三禮，主鄭說，自號鄭齋。善校書，咸豐間客游江淮，為楊以增、吳棠、丁丙校刻書籍，甚為精細。高、許二人訂交於道光二十六年（1846），時兩人皆應潘錫恩之邀幕游清江，參與增訂《史籍考》事。吳昆田均儒謂「好古文，主於簡質，與攻《說文》之日照許印林最相契。」（見〈續東軒集序〉）故離清江後，兩人雖不常聚，仍保持書信相通。咸豐七年（1857），高均儒據所存許瀚手稿，在清江浦匯刻成冊，定名《攀古小廬文》，是許瀚著作最先刊行者。丁晏為之序云：「秀水高君伯平，與日照許君印林友善，據所見印林手稿，匯刻一帙，以晏與許君至契卅年，屬為之敘，晏受而讀之。」〔註22〕對許瀚著作之保存與流傳，卓有貢獻。《攀古小廬雜著·周集咎彝》云：「右拓本高伯平贈，郭止亭藏器。」（卷7，葉19）則知許瀚考釋金文所據有高均儒詒見者。

（九）顧沅（1800～1855）

顧沅，字灃蘭，號湘舟，別署滄浪漁父。江蘇吳縣人。生於嘉慶五年（1800），卒於咸豐五年（1855）。顧蒓從子。顧沅不事科舉，著作頗豐，計

〔註20〕〔清〕龔自珍：《龔自珍編年詩注》（杭州：浙江古籍出版社，1995年12月），頁759。

〔註21〕〔清〕許瀚：《許印林先生吉金考釋一卷附友朋書札一卷》（濟南：山東大學出版社，2006年，《山東文獻集成》第1輯第44冊），頁402～403。

〔註22〕〔清〕丁晏：〈攀古小廬文序〉，《攀古小廬遺集》（臺北：傅圖善本古籍影像檢索系統，第6冊），頁1。

有《聽漏吟》、《游山小草》、《燃松書屋詩鈔》、《古聖賢傳略》、《昆山志》、《焦山志》、《滄浪亭志》；輯有《吳郡文編》、《賜硯樓叢書》、《吳郡名賢圖贊》、《昭代名人尺牘》等。事蹟見自輯有朋贈答詩文之《今雨集》。〔註23〕

　　顧氏自父祖輩即好藏書，自幼浸淫書畫金石，既長，更多方購藏，凡數萬卷。蔣寶齡〈題藏書圖〉云：「湘翁總角時即好購書，迄今二十載，得數萬卷。宋人舊刻，名人鈔錄，靡不兼備。目批手校，寢食忘倦。」〔註24〕又有詩云：「平生性癖爲此耽，入手縹函輒心醉。連床接架發古香，十萬餘卷何煌煌！丹鉛手錄掇精粹，閉戶不知歲月長。吳郡藏書誰推首？如君所蓄近未有。即看纂述亦等身，肯負山林志不朽。」〔註25〕顧氏居蘇州城甫橋西街，築辟疆園〔註26〕、藝海樓，收藏舊籍及金石文字，所藏「甲於三吳」，〔註27〕一時名公巨卿、碩彥通儒均與之往來。而顧氏除係藏書名家外，亦雅好金石，收藏研究之餘，亦能仿器。蘇州自明朝便以鑄造銅器聞名，是爲南派；乾隆後此風愈興，《宣鑪彙釋》云：「自乾隆後，……蘇州僞造起，花樣翻新，多無所本。」〔註28〕當時除北平、山東濰縣、陝西外，蘇州則以顧沅爲代表。由是可知，研究與仿作、辨僞，非必然對立，有時或可相輔相成。顧氏數代皆好藏書，遭逢咸豐十年（1860）之變，嗣孫匆忙避禍，無暇顧及；同治二年（1863）蘇州克復，丁日昌入城招撫，竟將藝海樓所藏，強佔收歸持靜齋，顧氏所藏遂蕩然無存。

　　道光二十六年（1846），顧沅與許瀚相識於袁浦，時顧氏在清江浦爲潘錫恩編校《乾坤正氣集》，《攀古小廬雜著》卷十二〈藝海樓臺墨妙跋〉云：「顧

〔註23〕《今雨集》二十四卷，今藏北京大學圖書館古籍善本室。

〔註24〕收入《今雨集》中，轉引自《許瀚年譜》，頁205。

〔註25〕葉昌熾：《藏書紀事詩（附補正）》（上海：上海古籍出版社，1999年12月），頁680。

〔註26〕葉昌熾詩云：「吳下名園顧辟疆，蛾眉列屋爲添香。慌攤散紙難收拾，竟使遺聞傳夢梁。」見《藏書紀事詩（附補正）》，頁678。

〔註27〕〔清〕錢泰吉：《可讀書齋詩集》：「吳山遇吳門顧湘舟沅，知其收藏舊籍及金石文字，甲於三吳。」詳見〔清〕錢泰吉：《可讀書齋詩集》（臺北：文史哲出版社，1973年2月，《甘泉鄉人稿》第3冊），頁1211。

〔註28〕朱劍心：《金石學》（上海：上海書店，1996年，《民國叢書》第5編第86冊），頁170。

氏爲吳中舊家，收藏之富，鑒賞之精，代不乏人，今湘舟先生其一也。道光廿有六年相識於袁浦。」（卷 12，葉 20）知二人訂交此年，許瀚考釋「邾束朋鼎」、「周幽中毁」、「周兄日壬卣」等拓本，均係顧沅提供。

（十）袁振渭（？～？）

袁振渭，字竹侯山東沂水人，或疑當爲袁練後人。〔註29〕道光七年（1827），許瀚與王筠合校《說文解字義證》，同時分校者有袁練、許槤、陳宗彞等。袁練，字冶池，山東沂水人。《沂水縣志》卷六載：「袁練，嘉慶十三年戊辰舉人，字冶池。玉基子。辛未蔣立庸榜。現任國子監助教。」〔註30〕山東省博物館藏抄本《攀古小廬雜著》許瀚佚文〈哭冶池師聯〉（年月未詳）云：「猶父恩深，緬善誘傳經，頻聞傳禮過庭訓；哲人望斷，恨遲來負疚，不及消搖曳杖歌。」〔註31〕許瀚曾入國子監肄業，袁練任助教，故尊之爲師，則與袁振渭交誼，度因其父故。《攀古小廬雜著‧周杞白每毁》云：「咸豐四年，袁竹侯振渭司訓拓此寄示，屬爲考釋。」（卷 8，葉 5）則許瀚考訂此器所據，即袁氏提供。

（十一）吳儁（？～？）

吳儁，一作雋，字子重，號冠英，江蘇江陰人。蔣茝生《墨林今話續編》稱儁：「品醇性敏，以三絕擅長，寫眞尤得古法。嘗游京華，名動王公，自西園主人以下，如戴醇士、何子貞、張石舟諸先生深相器重。」〔註32〕吳氏善繪畫，頗見重於戴熙、何紹基、張穆，事又見《廣印人傳》、《虞山畫志續編》等，知亦工篆刻。《攀古小廬雜著‧周�併盃》云：「右江陰吳冠英儁拓本。」又云：「咸豐五年十有一月識冠英先生於武林，出□瑞邸所贈盃全形拓本屬題。」自署「咸豐五年十一月初七日三鼓草。」（卷 9，頁 7～8）則知二人咸豐五年（1855）識於杭州，吳儁以所得拓本屬許瀚題識，許瀚亦就該器銘文作考釋。

〔註29〕《許瀚年譜》，頁 239。

〔註30〕〔清〕張燮修，〔清〕劉遵和纂：《沂水縣志》（臺北：文行出版社，1980 年 12 月，據道光七年版本影印），葉9。

〔註31〕《許瀚年譜》，頁 23～24。

〔註32〕〔清〕蔣茝生：《墨林今話續編》，頁 544。

（十二）汪士驤（？～？）

汪士驤，字鐵樵，浙江錢塘人。擅長書法，以曾祖功授世襲恩騎尉。咸豐十一年（1861）太平軍兵圍杭州，汪士驤時因老休致，竟率全家投水殉國。許、汪二人相識稍晚，當於咸豐年間，如咸豐五年（1855）許瀚跋「唐襄邑王李神符碑」，《攀古小廬雜著》卷十云：「杭州汪君鍒樵得此拓本，徧考宋以來金石箸錄家皆未之及。惟《墨池編》有『王神府碑』，殷仲容八分書，疑即此碑。……汪君手寫釋文，予假讀累日，補正廿餘字。」（卷 10，葉 30）而《攀古小廬雜著·漢吉羊洗》云：「此拓本杭州汪鐵樵藏，題云杭人陳秋堂手拓。」（卷 9，葉 29）

（十三）文鼎（1766～1852）

文鼎，字學匡，號後山、後翁，浙江嘉興秀水人。蔣寶齡《墨林今話》卷十四云：「精於鑑別，收儲金石書畫，多上品。所居曰『停雲舊築』，尊彝卷軸，輝映屏几。……平生所藏有漢延元三年鋗及漢玉印一，文曰『倢伃妾趙』，並稀世珍寶。漢印後為人購去，漢鋗尚存。」〔註33〕道光十七年（1837）四月，許瀚在京與張廷濟同觀文鼎家藏漢鋗，《攀古小廬雜著·漢鋗》：「是器為吾友文後山鼎家弄，歲丁酉四月與張叔未翁同觀，並拓數本。」（卷 9，葉32）

（十四）徐楙（？～？）

徐楙，字仲縪、問蘧，浙江錢塘人。嗜金石書畫，精篆刻，工詩詞，又富收藏，有商父癸爵、周鷹公鐘等器。與許瀚訂交於道光十四年（1834），《小校經閣金文》卷八〈中殷父敦〉許瀚手跋云：「道光甲午六月徐問蘧贈。辛丑午月識於濟寧，忽忽八年於茲矣。」〔註34〕除銅器銘文外，《攀古小廬雜著》卷十一、《攀古小廬磚瓦文字》均見徐問蘧贈拓紀錄。

上述十四人乃金石研究上相互往來，且有較明確紀錄者；此外，尚有曹載奎〔註35〕、吳廷康、張調、孫翰卿、江曉塘、金鑾坡、孫式曾、鍾養田等。諸

〔註33〕〔清〕蔣寶齡：《墨林今話》（臺北：明文書局，1985 年，《清代傳記叢刊》本），頁 392。

〔註34〕《許瀚年譜》，頁 61。

〔註35〕曹載奎，字秋舫，江蘇吳縣人，著有《懷米山房吉金圖》，事見《金石學錄補》。

人雖於《許瀚年譜》或其他書札、文獻資料，未見與許瀚確切訂交時間或往來紀錄，著作中所存金石考釋資料來源，可知彼等與許瀚互動梗概。如《攀古小廬雜著·叔多父盤》即云：「右盤銘七十七字，蘇州曹秋舫得之關中。攜歸及揚，余即得一拓本，爲之釋文。今覆閱之，尚多未安。重爲審正。」（卷9，葉14）《許印林遺書·許印林先生題跋一卷》有王獻唐抄、邢仲采藏「周召伯彝」拓本，許瀚手跋云：「養田兄得古器五種，此其一也。」〔註36〕許瀚校《陶家書屋鐘鼎彝器款識目錄》云：「道光二十五年桐城吳康輔廷康得不娸尊在於新昌，拓以見寄。瀚據尵敦互證，定爲召字。」〔註37〕

第二節　許瀚考釋金文主要徵引依據

　　許瀚一生除受聘爲當時著名學者、朝廷要員衡文外，又曾三度講學書院，授業課徒，與友朋間更時相往來論道，在當世已享「北方學者第一」之譽，其鑒賞器物、考釋功力甚受肯定。本章首節乃以許瀚所見器物、拓本爲據，推考來源，亦可補第二章論交游之不足。本節就其考釋銘文主要援引資料，歸納考釋銘文時參考資取之典籍，進而分析引用情形，藉以推論許瀚考釋銘文之特點與方法。

　　綜觀許瀚考釋內容，實採擷諸說，既廣採四部，又汲取同時學者成果，徵引間頗見論斷得失，並無貴古賤今之偏。援引時，有稱書名者，亦有逕稱人名者，如「阮釋」、「阮云」、「阮氏《積古齋鐘鼎彝器款識》作」，皆用阮元《積古齋鐘鼎彝器款識》，此情形亦見於所引薛尚功、阮元、吳榮光、吳式芬諸家，蓋隨手撮舉，故省簡不一耳。茲擇較多者爲例，以明其採擷梗概。

　　許瀚考釋銘文，於前賢及時人研究金石成果頗多採擷，所引以宋、清兩代金石圖錄爲主，計十餘家，包括：宋代薛尚功《歷代鐘鼎彝器款識法帖》、呂大臨《考古圖》、王黼《宣和博古圖》、王俅《嘯堂集古錄》、王厚之《鐘鼎款識》、洪适《隸釋》、《隸續》；清代錢坫《十六長樂堂古器款識》、阮元《積

袁行雲度其與許瀚早年在京即有交，見《許瀚年譜》，頁238。

〔註36〕〔清〕許瀚：〈周召伯彝〉，《許印林遺書》（濟南：山東大學出版社，2007年，《山東文獻集成》第1輯），頁417。

〔註37〕《許瀚年譜》，頁175。

古齋鐘鼎彝器款識》、武億《金石文字續跋》、孫星衍《續古文苑》、吳榮光《筠清館金石錄》、葉志詵《平安館金石文字》、馮雲鵬《金石索》、《濟甯州金石志》、吳式芬《攈古錄》、《陶嘉書屋鐘鼎彝器款識目錄》、張燕昌《金石契》等書。如就數量言，又以薛尚功、阮元、吳榮光三家徵引較多，如《攀古小廬雜著‧周許子鐘銘釋文》云：「右許子鐘銘見薛氏《鐘鼎彝器款識法帖》。二器銘同，鐘兩面皆有字，鉦閒各二行，鼓左右各二行。」（卷6，葉8）；《攀古小廬雜著‧周虢叔大林鐘》云：「右阮太師藏器拓本，《積古齋鐘鼎彝器款識》釋文。鉦閒四行，鼓左六行。」（卷6，葉15）；《攀古小廬雜著‧宰虤角》云：「右阮太師藏器，攷釋詳《積古齋款識》卷二。」（卷7，葉15）；《攀古小廬雜著‧周兮中鐘》：「右《筠清館金石錄》摹本銘。鉦閒二行，鼓左三行，字畫亦未完美，較瀚所藏拓本則大段清晰，可資補證。」（卷6，葉4）；《攀古小廬雜著‧友父鬲》：「『陶嘉書屋』收藏金文有此拓本。」（卷9，葉11）。

一、薛尚功《歷代鐘鼎彝器款識法帖》

　　薛尚功《歷代鐘鼎彝器款識法帖》乃以銘文考釋爲主之款識類著作代表，王國維《宋代金文著錄表‧序》論宋代金文著作云：

> 　　與叔考古之圖，宣和博古之錄，既寫其形，復摹其款，此一類也。
> 　　嘯堂集錄、薛氏法帖，但以錄文爲主，不以圖譜爲名，此二類也。
> 　　歐、趙金石之目、才甫古器之評、長睿東觀之論、彥遠廣川之跋，
> 　　雖無關圖譜，而頗存名目，此第三類也。[註38]

是書集錄商、周、秦、漢銅器銘文五百零四篇，另石鼓、石磬、璽印等十四件，全以研究銘文爲主，除摹寫原銘外，並附釋文和考證，即王國維所稱「但以錄文爲主，不以圖譜爲名」者。

　　薛書爲宋代金石要籍，許瀚援引甚繁，其意多在訂訛補闕。如釋「周子璋鐘」云：

> 　　「用匽以歡」見薛書〈許子鐘〉。「匽」，薛誤釋「匜」，瀚始正之，
> 　　說詳「許子鐘」跋，得此彌足證薛釋之誤。（卷6，葉7）

〔註38〕王國維、羅福頤編撰：《三代秦漢兩宋（隋唐元附）金文著錄表》（北京：北京圖書館出版社，2003年9月），頁627～628。

薛氏釋文頗見舛訛，如上所論「匜」字，薛釋爲「匜」，錢坫、阮元、吳榮光諸人未收此器，張廷濟《清儀閣所藏古器物文》云：「世从㔹，匜通宴。」〔註39〕徐同柏《從古堂款識學》云：「匜讀爲宴飲之宴，古文匜、晏同字，晏又與宴同義。」〔註40〕是薛氏誤釋爲匜，清儒始加辨證並指摘其誤。

又如釋〈周許子鐘銘釋文〉云：

> 薛書屢經寫刻，篆文筆畫譌誤滋多，故不復摹其篆文。薛跋僅考一
> 許字，餘不贊一辭，其釋亦不盡確，隨文訂正，質我友朋。……「元
> 鳴孔煌」，煌左旁从夾下人，即光字，光从火在人上，此火作夾，疑炎
> 之變體，炎从大从火，仍即火意。光之古文作羹，炎之古文作燊，其
> 意可見，非从臂夾字也。薛釋：「煌煌，煇也。」義未協，蓋以煌爲
> 鍠之假借也。鍠，鐘聲也，又通喤。《詩‧執競》：「鐘鼓喤喤。」《說
> 文》「鍠」字下、《漢書‧禮樂志》引《詩》並作鍠鍠是也。（卷6，
> 葉8～9）

指出薛書存有「筆畫譌誤」、「僅考一字」、「釋不盡確」及「義未協」諸問題，蓋爲許瀚研讀薛書歸納所得也。

二、阮元《積古齋鐘鼎彝器款識》

金文學啓於宋，盛於清，許瀚既援古，亦不廢今，頗甄採時人學說，尤以阮元《積古齋鐘鼎彝器款識》、吳榮光《筠清館金石錄》、吳式芬《攈古錄》三家爲夥。阮元、吳榮光乃師長輩，吳式芬則其摯友，故知師友影響之深。

阮元爲嘉道名宦，雅好經術文章，尤以封疆大吏之能，廣事蒐羅器物，委朱爲弼纂成《積古齋鐘鼎彝器款識》，卓然匯萃一編。唐蘭《中國文字學》云：「從阮元作《積古齋鐘鼎彝器款識》，並且刻入《皇清經解》以後，款識學盛行一時，成爲漢學的一部分。」〔註41〕洵見此書影響。許瀚受業王引之，乃阮元

〔註39〕〔清〕張廷濟：《清儀閣所藏古器物文》（臺北：臺聯國風出版社，1980年5月，涵芬樓本），第1冊，葉21。

〔註40〕〔清〕徐同柏：《從古堂款識學》（北京：北京圖書館出版社，2004年），頁326～327。

〔註41〕唐蘭：《中國文字學》（上海：上海書店，1991年12月），頁24。

小門生，考釋銘文頗稽其說，一則見是書重要，一則見尊師雅意。

惟許瀚引用阮書，不因崇師尊長而盲從曲護，間為訂譌補正，如釋「周楚公鎛鐘」云：

> 右楚公家鎛鐘，陳壽卿所藏，僧六舟貽我拓本。案：《積古款識》有〈楚公鐘〉，「公」下字作「圖」，阮云不可識，或釋為「守」、為「宁」，皆未確。以此鐘校之，當亦「家」字，阮據摹失真耳。顧「家」字反書，其肩上有「ㄟ」形，不解何故。六舟又有一鐘，拓本文與《積古》所錄同，而字體與此鐘類，其「家」字正書，上亦有「彡」，下文「永寶」之間又有「ㄟ」，疑字外紋飾，別有取意，非其正也。「圖」總為一「鑄」字，加木者，木所以火也。■見薛書「師毀敦」，乃「鎛」字作「圖」，特筆迹小異。彼亦言「鎛鐘」，「鎛鐘」蓋鐘之似鎛于者也，姑志於此，俟就壽卿訪其形制焉。（卷6，葉1）

此鐘銘文有不易辨識處，故阮元逕稱「不可識」，或別作「守」、「宁」，許瀚以為皆誤，應釋作「家」，指出阮氏因摹寫拓本失真而誤判。

又如釋「周楚公家二鐘」云：

> 二鐘皆據六舟禪師所輯拓本摹入。案：《積古齋款識》卷三有「楚公鎛鐘」銘十四字「圖」與此二鐘同為一人器。阮云公下一字是楚公名，不可識，或釋作「守」，亦未可定，姑闕疑。今審此二鐘，「公」下是「家」字甚明瞭，疑阮所據本字體小異，傳摹失真，遂不可識。惟此二鐘家字上皆有「彡」形，一反一正，不知何意？其弟（第）一鐘「圖」字下亦有「ㄟ」，當是字外紋飾，非筆畫所應有也。大下字阮疑是「鎛」，此弟（第）一鐘（鐘）「圖」又加月旁，弟二鐘「鑄」下字似从米从倒予，二乃■下加一，又似有一「圖」字，益不可識，恐「圖」釋「鎛」未必當也。（卷6，葉2）

此二鐘銘文，阮元有未考出者，姑稱「不可識」，然許瀚法眼直斷，甚謂「字甚明瞭」，與阮說迥異。蓋因二人所見摹本不同，阮據之本或不甚清晰，故不得從而辨識。

三、吳榮光《筠清館金石錄》

吳榮光從學阮元、翁方綱，亦精金石，工書畫，官至湖廣總督。既爲封疆大吏，又出身鹽商世家，故能廣蒐博采，收藏豐富，尤擅碑帖鑒賞。所著《筠清館金石錄》，論者稱可與阮元《積古齋鐘鼎彝器款識》相頡頏。故嘉道金文學，阮、吳並稱二家。

其引吳榮光之例，如釋「周虢叔大林鐘」云：

> 《筠清館金石錄》摹此鐘而釋之，以爲嘉興張叔未藏，蓋誤記，張氏自有鐘，與此文同而行列小異。此鐘鼓右七行，張氏鐘則六行。（卷6，葉20）

因文同行異，頗爲近似，吳榮光誤記爲張叔未所藏器，許瀚則指出二者行列不同，筠清館所摹，與張廷濟所藏者非一器。吳榮光雖爲許瀚師長，此直書其誤，不爲迴護。

四、吳式芬《攈古錄金文》

吳式芬出身海豐名門望族，官至內閣學士兼禮部侍郎，喜金石碑拓，乃許瀚摯友。吳氏生前，許瀚嘗助編《攈古錄金文》；歿後，又受次子重憙請託，精心校訂遺文，可見二人交情深摯。

其引吳式芬之例，如釋「羔姬彝」云：

> 右高苑張畫船調藏器，吳子苾閣部云「與羔姬壺是一人之器」，是也。（卷7，葉20）

又如釋「甲午簋」云：

> 吳子苾閣部云「此類皆宋器也」，瀚詳核他器，良是。（卷9，葉4）

凡此皆贊同吳式芬言。綜觀《攀古小廬雜著》，於吳氏說往往是多而非少，顯見許瀚對其金石學甚爲推重。

由上可知，許瀚主要參引金文著作計有：薛尚功《歷代鐘鼎彝器款識法帖》、阮元《積古齋鐘鼎彝器款識》、吳榮光《筠清館金石錄》、吳式芬《陶嘉書屋鐘鼎彝器款識目錄》等。其中，薛尚功屬宋代，餘皆與許瀚同時，所引數量亦較多。此說明除卻時代愈近之著述愈易得外，許瀚也注意到宋人所論雖佳，仍不免拓本、摹本或見模糊、訛誤。如其論「許子鐘」銘文云：「薛書屢經刻寫，篆

文筆畫譌誤滋多，故不復摹其篆文。」（卷6，葉8）而其他四家書中，許瀚曾親校《積古齋鐘鼎彝器款識》、《筠清館金石錄》與《陶嘉書屋鐘鼎彝器款識目錄》三部〔註42〕，均係咸豐七年（1857）在海豐校訂《攈古錄》時從事。

第三節　許瀚考釋金文之方法

　　對如何辨識古文字，今人如唐蘭、楊樹達、高明、龍宇純、裘錫圭等皆曾提出主張，如唐蘭《古文字學導論》中提出「對照法──或比較法」、「推勘法」、「偏旁的分析」、「歷史的考證」四種方法，指示如何認識古文字，如何辨明古文字形體；〔註43〕楊樹達《積微居金文說》中歸納其方法爲十四項，分別爲：「據《說文》釋字」、「據甲文釋字」、「據甲文定偏旁釋字」、「據銘文釋字」、「據形體釋字」、「據文義釋字」、「據古禮俗釋字」、「義近形旁任作」、「音近形旁任作」、「古文形繁」、「古文形簡」、「古文象形會意字加聲旁」、「古文位置與篆文不同」、「二字形近混用」；〔註44〕高明《中國古文字學通論》中列舉「因襲比較法」、「辭例推勘法」、「偏旁分析法」、「據禮俗制度釋字」四種方法；〔註45〕龍宇純《中國文字學》中提出「基因爲主，最早形式爲輔」、「約定與別嫌」、「位置經營」、「偏旁分析與利用」、「分化與同化」、「亦聲」、「省形與省聲」七種方式；〔註46〕沈寶春《商周金文錄遺考釋》列舉「歸納法」、「比較法」、「推勘法」、「分析法」、「綜合法」五種方式。〔註47〕此皆今人據文字分析、歸納之成果。

　　惟若據論清人研究，似不免以今律古，削足適履之嫌。清儒治學，以徵實不誣爲要，於考釋則據實推求，不願泥古，是以對前賢或並時學者既有成說，

〔註42〕前此許瀚於道光十八年（1838），曾與陳慶鏞同觀吳式芬《陶嘉書屋鐘鼎彝器款識目錄》。北京國家圖書館藏《陶嘉書屋鐘鼎彝器款識目錄》第一冊〈觀款〉云：「道光十八年歲次戊戌仲春下澣，毘陵丁嘉葆、吳企寬同觀於京師宣南坊寓齋。晉江陳慶鏞頌南、日照許印林瀚同觀。」引自《許瀚年譜》，頁90。

〔註43〕唐蘭：《古文字學導論》（濟南：齊魯書社，1981年1月），頁156～259。

〔註44〕楊樹達：《積微居金文說》（增訂本）（北京：中華書局，2004年1月），頁1～15。

〔註45〕高明：《中國古文字學通論》（北京：北京大學出版社，1997年6月），頁167～172。

〔註46〕龍宇純：《中國文字學》（臺北：五四書店，1996年9月），頁168～379。

〔註47〕沈寶春：《〈商周金文錄遺〉考釋》（臺北：花木蘭文化工作坊，2005年12月，《古典文獻研究輯刊》第30冊），上冊，頁25～29。

莫不加以檢驗、核察，碻鑿無誤，始採信之。乾嘉以來，青銅器物出土日繁，學者除雅愛蒐藏外，亦留心銘文研究，間或因沿襲舊說、僞刻文字、鏽蝕器銘等諸多因素，致銘文辨識不易，屢見舛誤，許瀚意識到此部分問題，引以爲鑒，力求復踵其謬。論其治學，不僅對宋人研究嚴加審定，即親如師友亦不輕信。故本文取許瀚今存著作中與考釋金文相關者，以文字爲單位詳加析論，冀能藉以明其考釋金文方法。

鑑於當時摹拓技術已臻，器拓流傳方便且快速，研者日多，許瀚考釋金文，往往先廣蒐前人研究成果與時人見解加以審度，如考釋〈周太保鼎〉「」〔註48〕字云：

> 弟一字阮釋予，案：薛書〈伯姬鼎〉■（）釋恭，阮書〈寰盤〉■（）釋共，共亦恭也。此字右畔與〈伯姬鼎〉、〈寰盤〉同，左畔加彳而釋爲予，定非是，然亦非共非恭。薛書〈乙酉父丁彝〉有■（）字釋遘，與此特筆畫小異當即一字，〈伯姬鼎〉、〈寰盤〉亦冓字，冓與減皆史名，冓受書又呼減冊錫也。（卷6，葉23）

許瀚論〈太保鼎〉之「」字，因其所得拓本文字與阮元〈太保彝〉同，故首舉阮說相較。阮氏〈太保彝〉云：「予，自稱也。或釋作共，元所藏〈寰盤〉共字與此相類，大保，官名也。」〔註49〕阮氏自釋予，並云與〈寰盤〉「」相似，然許瀚以爲該字阮元釋「予」非確，「予」小篆作「」，於甲金文中不見其字；釋「共」金文作、、、、、，〔註50〕則字形有異，且此銘左側加「彳」，則益不可解。薛尚功釋〈伯姬鼎〉「」爲恭。恭字小篆作「」，其形不類，是以許瀚認爲此字非共亦非恭字。復取薛書〈乙酉父丁彝〉「」字釋遘爲例，指該字與「」之右部相類，而〈伯姬鼎〉、〈寰盤〉所載與之形似，應爲「冓」字。今檢視他器，「共」字銘文有〈亞且乙父己

〔註48〕此字原文處爲墨釘，今據阮書「太保彝」增補。現存《續修四庫全書》本所收刻本《攀古小廬雜著》中，許瀚考釋金文部分多見墨釘，故以《山東文獻集成》所收「許印林遺書」（二十種附一種）、《頤黃書寮雜錄》，及其言引自他書，或曾考校者加以訂補。爲免繁瑣，以下僅於墨釘後逕加括號隨文說明。

〔註49〕〔清〕阮元：《積古齋鐘鼎彝器款識》（北京：北京圖書館出版社，2004年3月，《國家圖書館藏金文研究資料叢刊》第21冊），卷5，頁357。

〔註50〕容庚：《金文編正續編》（合訂本）（臺北：大通書局，1971年12月），頁159。

卣〉、囗〈共覃父乙簋〉、囗〈父癸簋〉、囗〈禹鼎〉、囗〈善鼎〉、囗〈酓肯鼎〉、囗〈酓肯簠〉、囗〈酓肯鼎〉、囗〈酓肯盤〉、囗〈酓肯盤〉、囗〈酓肯盤〉、囗〈但勻〉諸形，無與〈太保彝〉、〈寰盤〉相類者；「恭」從共從心，銘文未載；「菁」字有囗〈菁鼎〉、囗〈鬲弔多父盤〉，與「囗」筆畫小異，「囗」又與「囗」近似，作一字解可通矣。而「囗」之左側雖殘滌，然依稀可辨爲「彳」，與「遘」之形囗〈刕卣〉、囗〈保卣〉、囗〈保卣〉、囗〈肄簋〉、囗〈荓伯簋〉、囗〈克盨〉同，是以該字釋「遘」無誤，而如阮元釋〈寰盤〉云：「隹廿又八年，五月既望庚寅。王在周康穆宮。旦。王格大室。即立。宰顝右寰。入門。立中廷。北鄉。史共受王命書。王乎史減冊錫……子子孫孫永寶用。」[註51]遘與減均爲史官名，又如「史頌」、「史剌」、「史貝」等，諸例皆可爲證。

　　由是可明許瀚考釋一字，乃先就前人或當代學者有同器拓者進行比對，若有疑慮，輒取他器有同字形或部件相同者比較。此即今人所謂比較法、分析法是也，唐蘭稱之爲「對照法」，或謂「比較法」，楊樹達則以爲「據銘文釋字」、「據字形釋字」。欲運用此法者，平時便需積累資料，掌握各種字體的基本特徵，以充分的證據搭配實事求是之考證，且當辨清形體，避免任意拼湊，造成人爲的混亂。[註52]

　　又論〈周叔氏寶林鐘〉之「囗」字云：

　　阮摹啓上字作囗釋爲寅，其〈祿康鐘〉作囗亦釋爲寅，此拓本作囗乃是廣字，囗古文黃字，見薛書〈張仲簋〉。《四聲韵》載古《老子》及石經「光」字作囗。古光、黃通用也，阮摹本下體作囗亦是黃，《六書統》有囗即其字也。啓下字阮釋爲土，案：當是土田之土，「用廣啓土」猶《詩》言日闢國百里，《左氏・莊二十八年傳》：「狄之廣莫，於晉爲都。晉之啓土，不亦宜乎！」啓、土二字正與此合。「隹康右屯魯用廣啓上[註53]」，魯、土韵語。（卷6，葉13）

阮元於〈叔氏寶林鐘〉、〈祿康鐘〉皆釋囗作寅，許瀚以爲非，謂當是「廣」字。

〔註51〕阮元以爲該器作器者名顝，宰名減，史名共（該字當作菁）。「受王命書」者，恭敬受王冊命之書。詳見《積古齋鐘鼎彝器款識》，頁498。

〔註52〕高明：《中國古文字學通論》，頁169。

〔註53〕「上」，銘文作「土」，疑爲訛字。

許瀚先就字形觀之，⬚乃黃字古文，夏竦《古文四聲韻》所載《老子》和漢石經「光」與此相類，而《說文》黃之古文作⬚，光之古文作⬚、⬚，形亦近似，且光、黃同爲平聲陽韻，古可通用。此外，檢視銘文黃字之形有 黃、黃、黃、黃、黃、黃、黃、黃、黃、黃、黃、黃、黃 等，〔註54〕與廣之字形廣、廣、廣、廣、廣、廣、廣、廣、廣、廣、廣、廣亦相類也。〔註55〕許瀚考釋此字，不獨分析比較字形聲韻，更運用銘文韻語佐證，援引《詩經》、《左傳》材料證「啓」下爲「土」字，惟「佳康右屯魯，用廣啓△父身」是銘文中成語，「廣啓」後當接作器者名，許氏誤釋「啓土」，然以此推勘，「廣」字釋廣實無誤。

又如〈肝尊〉之「肝」：

> 瀚又疑肝即前彝銘之口一倒一正，小有變化耳。再審■又案《積古》
> 四〈師舍鼎〉「舍」字三見皆作⬚，與此肝相似，或是舍字■。此出
> 復齋《款識》。（卷7，葉2）

許瀚考「肝」字，取〈師舍鼎〉之「⬚」字字形對照，此字凡三見，皆與尊銘之「肝」相似。

由上述諸例，可知許瀚考釋金文往往先就字形分析，並取他器銘文輔證，以求其碻。

然除與器物銘文相較外，許瀚亦時援引字書、石刻碑文參校，如〈周季瞳姒鼎〉之「妟」、「姒」：

> 季妟姒，季妟字，姒姓，禹後也。《說文》：「妟，好也。从女夋聲。」
> 《詩》曰：「靜女其妟。」此从攴者，古从夋字或變从攴。殺，从
> 夋，古文作⬚，又作⬚，皆从攴。般、盤从夋，其見於古器銘者皆
> 从攴，是其例。《說文》無姒字，古通用似，《隸續·司農劉夫人碑
> 跋》云：「其云『德配古列任似』者，以似爲姒也」；而《隸釋·郭
> 輔碑》云「行追太姒」，是漢世固有姒字，古器銘則借始字爲之。阮
> 氏《款識》〈頌鼎〉、壺、敦銘「皇母龔姒」，篆皆作■（⬚），釋皆
> 作姒。吳氏《金石錄》〈夋季良壺〉銘云「作敬姒尊壺」，篆作■■■

〔註54〕容庚：《金文編正續編》（合訂本），頁732～734。

〔註55〕容庚：《金文編正續編》（合訂本），頁554～555。

（𢼸），誤釋「效始」，吳子苾改釋「敬姒」，云古台、㠯字通用是
也。（卷6，葉29）

許瀚釋「妎」字，先取《說文》與《尚書》之言明其義，並云从攴之字古从
殳，或變爲攴，復舉殺、般、盤爲例，《說文》：「殺，戮也，从殳希聲。」古
文作𣪩、𣪠，二字皆从攴，而般、盤今从殳，古文則皆作攴。若此，明古器
銘之「攴」、「殳」可替用，今觀「攴」之銘文作「𢼸」，「殳」之銘文作「𣪊」，
二者於金文中時見置換，故古文字但求達義而部件不定之現象可明，考釋者
須掌握其「基因」，否則易生誤會。至於「姒」字不見於《說文》，其以爲古
時應與「似」字通。其舉《隸續・司農劉夫人碑跋》、《隸釋・郭輔碑》之句
爲例，先斷漢世固有姒字，與似通；〔註56〕阮元《積古齋鐘鼎彝器款識》中
〈頌鼎〉、〈頌壺〉、〈頌敦〉銘有「皇母龔姒」，篆作「姒」而釋作「姒」；吳
榮光《筠清館金石錄・殳季良壺》銘之「敬似」篆作「𢼸㠯」，誤釋「效始」，
〔註57〕至吳式芬方改釋「敬似」，古時「台」作「🖊」，「㠯」作「🖊」，是形似
而通用也。許氏先爲此字下時代斷限，復追溯古之使用情況，以明文字使用
古今之變。

其論「𢼸」字則云：

𢼸見〈智鼎〉、〈虎敦〉，阮釋〈智鼎〉爲敳，云廣通續也。瀚案：敳从
攴丙聲，丙古文作内，見薛書〈母乙卣〉、〈兄癸卣〉、〈尹卣〉。〔註
58〕囡重内，當是籀文丙。石鼓文「黃帛其鯦」，潘氏音訓引鄭氏云，
璩即鯁字，卑連反。案：鄭釋音是而字小誤，當云即鯾字。《說文》：
「鯁，魚骨也。从魚更聲。」「鯾，魚名，从魚便聲，又从扁作鯿。」
是鯾乃得讀卑連切，與趰、鮮、鯿爲韵。鯁，古杏切，不得讀卑連
也。便从人从更，石鼓蓋从便省而又省囡下之攴，故爲鯦。囡即敳之

〔註56〕　〔宋〕洪适：《隸續》（北京：商務印書館，2005 年，《文津閣四庫全書》第 227 冊），
　　　　頁 252～253；《隸釋》（北京：商務印書館，2005 年，《文津閣四庫全書》第 227
　　　　冊），頁 176。

〔註57〕　〔清〕吳榮光：《筠清館金石錄》（北京：北京圖書館出版社，2004 年 3 月），頁
　　　　403～404。

〔註58〕　許瀚云「丙」字見於薛書者，或爲〈父丙卣〉銘文，而非〈母乙卣〉。詳見《歷代
　　　　鐘鼎彝器款識法帖》，頁 99。

上體而重之，與此𥄂正同，故知𥄂是籀文丙。石鼓又有丙申不作𥄂者，

石鼓凉我趩趩奔互見，不拘一體也。（卷7，葉4）

許瀚考釋「𥄂」字，以爲丙字銘文作⿵、⿵、⿵、⿵、⿱等形，此字上半部爲「𥄂」，古籀常見筆畫重複現象，故當爲籀文丙，該字乃从攴丙聲。復據潘迪《石鼓文音訓》引鄭氏解「黃帛其鯝」之「鯝」爲「鯁」，讀作卑連切，有誤，當作「鯾」解方符合音韻，若石鼓文中有「丙申」不作「𥄂」者，乃如凉、我、趩趩、奔互見之例，是見其字不拘一體也。

許瀚論〈周拍尊〉之「𣱧」字云：

𣱧，阮誤釋爲享，案：《說文》：𣱧，用也。从㐭從自。自知臭香所食也。讀若庸。」他字書亦以爲庸之古文。𣱧宮者，姬宮名也，今改題爲〈𣱧宮尊蓋〉爲得其實。（卷7，葉3）

此器阮元《積古齋鐘鼎彝器款識》作「盤」，許瀚以阮氏僅據摹本入錄，未親見其器，又或因沿舊題而生誤，故依所見吳式芬贈拓，訂爲尊蓋。其先證器型，復考訂文字，如疑阮元誤釋「𣱧」爲享，許氏便取《說文》所錄比對，以爲當作「庸」，《廣韻》、《字彙補》等亦以「𣱧」爲「庸」之古文，此爲同聲多相假藉之故也，[註59] 而其銘文「拍作朕配平姬𣱧宮祀彝」之「𣱧宮」，乃姬宮名，是以改題「𣱧宮尊蓋」，定是器爲「拍尊」，庶得其實。[註60]

除運用字形分析、銘文及其他材料文字比較、成語推勘等方式考釋金文外，許瀚亦嘗就文字判定器物時代，若其取〈明神鼎〉中「明我」二字與「甲午簋」相較，以二器文字如出一手，當爲同時所造無疑，並據之判定阮元、吳式芬二者考釋之是非。（卷6，葉25）

此外，亦有求諸典籍，探討文字在歷代不同使用情況，如〈周鞁叔朕鼎〉之「朕」：

朕即叔之名，《爾雅》：「朕，我也。」古上下通用，秦漢始專爲天子之稱，臣下不敢同。而《周公禮殿記》有「高朕」前人多疑之，《隸釋》作「眹」，云諸書多有誤以眹爲朕者。《廣川書跋》則云：「流俗

[註59] 《顧黃書寮雜錄》，頁51～52。

[註60] 是器阮元沿前人舊說作「盤」，吳式芬、許瀚以爲「尊蓋」，《奇觚》作「盤」，《小校》作「舟」，《殷周金文集成》則作「敦」。

謂爲『高勝』，至宋璋洗視，知爲『高朕』，范蜀公當爲人道之甚詳。
余嘗至其處求字畫，得之■爲朕字，知在漢猶未有嫌，不必曲辨朕
爲勝也。」瀚案：董氏目驗石刻自應不誤，洪氏則但據拓本審之，
或尚未諦，蓋漢時惟不許臣下稱朕，未嘗不許名朕。正如敕字之例，
漢以後分別愈嚴，遂無復敢取以爲名者。此器遠在周世，固應無此拘
忌也。（卷6，葉27）

「朕」爲叔名，《爾雅》作「我」解，古時貴賤皆可通用，秦漢則爲君主專屬，
始見辨別身分之功能。《周公禮殿記》有「高朕」二字，前人或疑乃「朕」譌，
《隸釋》等字書亦然，或釋作「高勝」。對此，許瀚引董逌《廣川書跋》所云，
前人謂高勝，至宋代溫之璋洗視，方知爲「高朕」，范鎮亦頗明此字並語之他人，
董逌於其處知■爲朕字。故知漢時未限定以朕爲名，日後區別益嚴，遂罕見以
此爲名者，然此器屬周器，當不受限制。

　　論〈周父丁方鼎〉之「卯尹」，則稽諸典籍、古地名等材料云：

卯尹蓋官名，卯疑窞之借字。《說文》：「窞，窖也。」「窖，地藏也。」
《考工記‧匠人》：「囷窞倉城」，注云：「穿地曰窞。」《荀子‧富國
篇》：「垣窞倉廩」注云：「窞，窖也，掘地藏穀也。」又〈議兵篇〉
則「必發夫掌窞之粟以食之。」其掌窞者，當卽窞尹矣。窞亦地名，《春
秋左氏傳》有石窞，今山東長清縣東南三十里。《史記‧衛將軍驃騎
傳》有「南窞」。〈建元以來侯者年表〉及《漢書》窞作峁。《說文》：
「峁，大也。」《史記索隱》引張揖：「峁，空也。」《纂文》：「峁，
虛大也。」桂氏未谷《說文義證》云：「木工鑿空曰峁，或借卯字。」
《晉書》：「古屐皆陰卯，今露卯。」據此，窞、峁、卯通用，或古
地有名卯者，亦得有卯尹。（卷6，葉24）

其疑卯爲窞之借字，據《說文》、《周禮‧考工記‧匠人》、《荀子》之〈富國〉、
〈議兵〉等篇，知窞尹爲掌糧窞之官，卯尹蓋官名也。又「窞」作地名解，見諸
《春秋左氏傳》、《史記‧衛將軍驃騎傳》。而〈建元以來諸侯年表〉與《漢書》
中窞皆作「峁」，又引桂書語證之，是以卯、窞、峁三字通，古有名卯之地，亦
得有卯尹之官。

　　復以〈周恢尊〉之「丼」爲例：

「井叔」婁見古器銘，或云邢，通《說文》所云：「邢，周公子所封，地近河內懷」者也；或云邘，通《說文》所云：「邘，鄭地邘亭」者也；或云井，如《字引》、《穆天子傳》有「井利」，「秦有井伯」爲證，三說皆可通。此銘云「咸井叔」，……，「咸井叔」云者，猶阮書〈綏賓鐘〉銘云「鄭井叔」也。（卷7，葉4）

此亦取古地名參證釋文之例，其取《說文》相較，因三字皆具方國、封地之義，疑「井」作邢、邘、井皆可通。阮元〈邢叔鐘〉釋「井」爲「邢」，然於〈鄭邢叔綏賓鐘〉中則釋「井」爲「邢」，而吳式芬〈鄭邢叔鐘〉亦釋「井」爲「邢」。〔註61〕同一銘文有釋作「邘」、「邢」者，加以段注云：「邘、井蓋古今字。」〔註62〕故許瀚推論此處言「咸井叔」者，或即阮元《積古齋鐘鼎彞器款識·鄭邢叔綏賓鐘》所謂「鄭邢叔」也〔註63〕。

此外，許瀚論〈周趠尊〉所載「韨」，除析論其字形外，復稽諸字書、典籍中涉此字之記載，間以考訂，若云：

韨，不見於字書，阮書〈尤彞〉銘有■，阮釋作韨，云即韋之繁文，韋市也。瀚案：此韨中从不，定非韋字，韨市連文，疑當是韎，韋即舛字，實韋省不，古韎字，韎、末古音同部，从不猶从末也。从戈者，與戈同意，戴籀文作戴，是其例。（卷7，葉5）

以「韨」字不見字書，當作「韎」解，輒就《詩》、《周禮》、《春秋》、《禮記》、《儀禮》等求證「韎韐」即戎服也。《詩·小雅·瞻彼洛矣》云：「韎韐有奭，以作六師。」《周禮·春官·司服》云：「凡軍事，韋弁服。」鄭注：「以韎韋爲弁，又以爲衣裳。」《春秋傳》則曰：「晉卻至衣韎韋之跗。」許瀚援諸例爲證，並云：「注是也，惟戎服故从戈。」其又云韎市即縕韨，取《禮記·玉藻》：「一命縕韨」，鄭注：「縕，赤黃之間色，所謂韎也。」《儀禮·士冠禮》：「韎韐」，鄭注：「縕，韐也。」〈士喪禮〉：「韎韐」，鄭注：「一命縕韨」等爲證。復考韎字之義，其云：

〔註61〕〔清〕吳式芬：《攈古錄金文》，頁499。
〔註62〕〔漢〕許慎著，〔清〕段玉裁注：《說文解字注》（臺北：天工書局，1998年8月），頁290。
〔註63〕〔清〕阮元：《積古齋鐘鼎彞器款識》，頁185～187。

> 韎之義有二：一曰染韋，一入曰韎；一曰茅蒐染（按：韋）。前說《詩》
> 毛氏《傳》、《國語》賈注、許氏《說文》皆同，後說出鄭氏《詩箋》、
> 《禮注》。韋昭注《國語》始兼取二說。今毛傳（原本韎，染韋也。
> 今誤作韎韐者，茅蒐染草也。）、《說文》（原本韎，染韋也，一入曰
> 韎，今染韋上誤加茅蒐二字，入誤又。）皆被後人竄亂，賴段氏《儀
> 禮漢讀考》、吾師王文簡公《經義述聞》訂正，乃可讀。然《述聞》
> 必謂茅蒐爲韎，與一入爲韎，二者各爲一義，不可強同，則又不然。
> （卷7，葉5）

許瀚溯字源字義，以爲典籍所錄多遭竄亂，其師王引之《經義述聞》雖加考訂，
理其脈絡，然王說仍有可商榷處，許瀚辨云：

> 韎，一染名，與《爾雅》「一染謂之縓」同，惟「縓」爲一染通名，
> 韎从韋，則專爲染韋之名。其所以染之者茅蒐。茅蒐，艸名，即茹
> 藘，亦名蒨蒨，正字作茜。又名韎，緩言之曰茅蒐，急言之曰韎。
> 故鄭云：「茅蒐，韎聲也。」其實縓與緼古音同，韎與縓、緼古音近，
> 縓也，緼也，蒨，茜也，韎也，茅蒐也，皆一聲之轉也。毛、賈、
> 許專明染韋，鄭又申以染韋之物耳，曷爲其不可同乎？（卷7，葉5）

許瀚調和「韎」之不同解釋，取《爾雅》所云「一染謂之縓」與該字義相較，
以爲「韎」專指染韋而言，染韋之物謂茅蒐，茅蒐又名韎，其異在緩讀、急讀
之別。又縓、緼古音同，韎與縓、緼古音近，三者乃一聲之轉。諸家所釋各取
其義，或加申明，實則同矣。且許瀚進一步以所考訂者論古代服儀，若《說文》
「市」字，篆文作「𱇪韐」，或體作「韐市」，今經傳則通作「芾」。天子朱市，
諸侯赤市，士無市有韐韎。蓋市乃卑於赤市而尊於韎韐者也。

　　透過分析今存許瀚考釋金文相關記載，可知其考訂金文主要分析字形、偏
旁部件，取他器銘文相類者予以比對，復取其他載體之文字相較，或考諸傳世
典籍、字書、韻書等，更時取考釋金文結果反求典籍所載，申明古代禮法、制
度。究其考釋方法，雖不脫今人歸納條例，又偶見誤釋，然其曾校訂桂馥、王
筠著作，書中頗引金文論證，許氏亦不拘泥前人舊識，廣取各式材料補正，足
見對考訂方法之認識。至於考證得失，及其金文學地位，則需取同時諸家與今
人見解加以比較。

第肆章　許瀚考釋金文器類要點

　　許瀚考釋器類銘文，乃立足前人基礎，廣取同時各家，參稽比較，一以徵實爲要。師友立論如有識見，輒稱許之。至若描摹失眞、考據不實者，亦未嘗矯辭爲飾。於個人考訂所得，務求證據充分，不妄下判語；如遇疑議或未經眼者，則記云「待考」、「待訪」，寧闕而不論，態度謹嚴，此蓋承乾嘉考據學風也。本文先整理許瀚考訂器類，以明其梗概，次析論考釋面向，以窺探許氏關注焦點所在，復辨證所考銘文正訛，希突顯其說之特出與價值。

第一節　許瀚考釋金文器類及考釋面向

　　許瀚所見器拓多賴友人相贈或師友交流，僅少數爲自家珍藏，雖不若當世名家持有之富，然經眼亦夥。本節擬歸納許瀚曾考證之器類，分析其考釋要點；惟相關文獻散見各處，茲將諸器銘資料先予匯集、歸納，編製圖表，附於文末（參見「附錄一」），並據以進行探討。

一、考釋器類

　　試就刻本《攀古小廬雜著》、抄本《攀古小廬雜箸》、《攀古小廬古器物銘釋文并跋》、《攀古小廬古器物銘》、《攀古小廬金文考釋》、《攀古小廬金文集釋》、《攀古小廬文補遺》、《許印林先生吉金考釋》、《攈古錄金文》、《顧黃書寮雜錄》、

《小校經閣金文》諸書著錄統觀之，許瀚所考釋器物，依其用途、性質歸類，略可分樂器、食器、酒器、水器、兵器、生活雜器六類，[註1] 試羅列如下：

（一）樂器類

商周時期，青銅器因鑄造不易及使用者爲王室貴族等因素，故以禮樂器數量爲最夥，兵器、生活雜器等次之。其中，青銅樂器可分成鐃、鐘、鎛、鉦、鐸、鈴、鉤鑃、錞于、鼓等九類。[註2] 許瀚曾考釋者，約有鐘、錞、鉦三類，包括：「楚公鐘鐘」、「楚公家二鐘」、「周受鐘」、「周兮中鐘」、「周子璋鐘」、「許子鐘」、「周叔氏寶林鐘」、「虢叔大林鐘」、「邾公牼鐘」、「楚余義鐘」、「宗周鐘」、「齮鐘」、「裴公鎬鐘」、「士父乍皇考叔氏鐘」、「漢家官鐘」、「陳疾午錞」、「新莽侯錡鉦」十七件。

（二）食器類

許瀚曾討論之食器類約有鼎、鬲、甗、簋、敦、簠六類。其中，鼎計有：「兩子舁缶鼎」、「明我鼎」、「扶鼎」、「中皀父鼎」、「本鼎」、「太保鼎」、「父丁方鼎」、「明神鼎」、「邾束朋鼎」、「犀伯魚父鼎」、「榦叔朕鼎」、「季妃妣鼎」、「奇季鼎」、「而陋鼎」、「大耤鼎」、「周毛公鼎」、「漢武帝廟鼎」、「仄鼎」、「弟鼎」、「手執干鼎」、「手形足跡鼎」、「中師父鼎」、「臧伯鼎」、「揚長鼎」、「女史鼎」、「叔我鼎」、「叔夒鑊鼎」、「彥鼎」、「應公鼎」、「大鼎」、「周司空旅鼎」、「亞形中鼎」、「番中吳生鼎」、「梁二十七年鼎」、「戎者乍文考官白鼎」、「戎者乍文考官白鼎」、「乍召白父辛鼎」、「抉作旅鼎」三十八件；鬲計有：「晉姬鬲」、「友父鬲」、「伯夏鬲」、「畢姬鬲」、「扶旅鬲」、「婭鬲」六件；甗計有：「父己甗」、「伯貞丁甗」、「周父丁甗」、「靁甗」四件；簋計有：「中隹父殷」、「兄殷」、「呪殷」、「吳象父殷蓋」、「遣小子殷」、「幽中殷」、「杞白每殷」、「晉姬殷」、「太僕原父殷」、「穌公子癸父甲殷」、「邦遣殷」、「㘛殷」、「豐伯車父殷」、「鑄叔皮父殷」、「太保子尙殷」、「周君夫殷蓋」、「周孟姜殷」、「周叔命簠」、「甲午簠」、「格伯簠」、「師虎簠」二十一件；敦計有：「師貝敦」、「謇敦」、「格伯敦」、「㹫敦」、「娟敦」、「鄐疾敦」、

[註1] 青銅器器型分類，自宋有金石圖錄以來，便頗受關注，然下迄近代方漸成定論。今參考馬承源之說，將許瀚考訂器物略分爲六大類。見馬承源主編：《中國青銅器》（修訂本）（上海：上海古籍出版社，2005年4月），頁22。

[註2] 馬承源主編：《中國青銅器》，頁274、277。

「頌敦」、「大豐敦」、「師艅敦（蓋）」、「大敦（蓋）」、「師衰敦」、「叔厭父敦」、「丕箕敦」、「彔鳌王敦」、「卯敦」、「白要□敦」、「中業敦」、「中殷父敦」、「洗白寺敦」十九件；簠計有：「伯其父簠」、「史尤簠」、「齊陳曼簠」、「叔家父簠」、「許子簠」、「周邿太宰簠」六件。

（三）酒器類

許瀚所考酒器類約有尊、卣、壺、彝、盉、爵、角、觶、斝、觥、瓠、鋗、盍、罇十四類。其中，尊計有：「商父己尊」、「周嬴季尊」、「亞卣尊」、「朕尊」、「周拍尊」、「周趞尊」、「伯旟尊」、「黃尊」、「格仲尊」、「艅尊」、「明尊」、「明乍厥考尊」、「小臣艅夔尊」、「巩尊」十四件；卣計有：「己卣」「商圈凵父己卣」、「矢伯隻卣」、「周兄日壬卣」、「婦女卣」、「蠻卣」、「亞中僕卣」、「白口卣」八件；壺計有：「周宰德氏壺」、「周仲伯壺」、「羗姬壺」三件；彝計有：「周安父彝」、「君錫彝」、「周集昝彝」、「商祖癸彝」、「羗姬彝」、「父戊彝」、「吳彝」、「百丁彝」、「邺伯彝」、「太保彝」、「玧父辛彝」、「郘柬彝」、「大保彝」、「𤲞彝」、「戊辰彝」、「周父丁彝」、「亞匡乍祖丁彝」、「周召伯彝跋」、「周咎父癸彝」十九件；盉計有：「伯憲盉」、「周桺盉」、「周召伯盉」三件；爵計有：「子爵」、「祖甲爵」、「豕形立戈爵」、「重屋爵」、「橫戈子爵」、「鞞爵」、「子棘（曹）父乙爵」、「盂爵」、「商父己爵」、「父丁爵」十件；角計有：「商子孫父乙角」、「宰虞角」、「周魯侯角」、「丙申父癸角」、「庚申父丁角」五件；觶計有：「周鷹公觶」、「商戚觶」、「商觶」、「父辛觶」四件；斝計有：「朋乙斝（斝）」、「祖丁斝（斝）」、「般乍兄丁斝」三件；觥計有：「婦門羲觥」、「帝嫣觥」二件；至於瓠、鋗、盍、罇則各一，有「周手執矢瓠」、「商龍鋗」、「周杞伯盍」、「齊國佐罇」。

（四）水器類

許瀚所考水器類，大抵以盤、匜為主。其中，盤計有「周般仲盤」、「齊大宰盤」「叔多父盤」、「魯伯愈父盤」、「歸父盤」、「兮田盤」、「虢季子盤」、「父乙盤」八件；匜僅「奉冊匜」一件。

（五）兵器類

許瀚所考兵器類約有戈、劍、矛、距末、鑿首、劉、弩機、句兵、斜九類。其中，戈計有：「克楚戈」、「陳戈」、「宋公差戈」、「從戍戈」、「丕陽戈」、「瑂戈」、「陳窒節戈」七件；劍計有：「攻敔王劍」、「楚中信父劍」二件；弩機計有「漢

書言府弩機」、「漢五鳳弩機」二件；餘則各一，有：「周恆星矛」、「周距末」、「鑿首」、「周劉」、「漢子句兵」、「漢成山宮渠斜」。

（六）生活雜器類

許瀚所考生活雜器類約有鏡、鐙、洗、泉范、帳構銅、鐎斗、銅牌、鉤、陶通具、造像十類。其中，鏡計有：「漢長子孫位至三公鏡」、「漢日光鏡」、「位至三公鏡」、「長相思鏡」、「尚方鏡」、「君宜高官鏡」、「方鏡」、「唐秦王鏡」、「日本國鏡」、「吳赤烏鏡」、「嫦娥奔月鏡」、「漢龜年鏡」、「袁氏鏡」、「漢王氏鏡」、「王篆鏡」、「清華鏡」、「騶氏鏡」、「秉直鏡」、「準提背相畫像鏡」、「萬曆丁亥四字鏡」二十件；鐙計有：「竟寍雁足鐙」、「臨虞宮鐙」、「萬歲宮鐙」三件；洗計有：「永和雙魚洗」、「董氏雙魚洗」、「大吉羊魚文洗」、「宜子孫洗」、「伏地洗」、「吉羊洗」、「富貴昌宜王侯泉文雙魚洗」七件；泉范計有：「大布黃千范」、「漢半兩泉范」二件；餘則各一，有：「帳構銅」、「鐎斗柄刻字」、「豹字銅牌」、「漢六年五月丙午鉤」、「墊屋供陶陵通具」、「北魏沐非龍造像」。

如上所列，許瀚所考器銘種類甚繁，又以食器類之鼎爲數最多，時代範圍上自商周下迄明代，共計兩百餘件。其於諸器或辨識眞僞，或考析紋飾，或判別銘文字義、文例，或考論時代、形制、器主、作器者身分等。除參酌前人、師友研究外，亦頗抒己見，蓋許瀚每有所得，輒隨手撮記，其考證之言今日未必留存，然尚得據以一窺金文學精奧。

二、考釋金文之面向

如前所述，許瀚考訂器銘，經眼綦夥，且時受友人所囑爲之考訂，考釋功深甚受時人推重。茲就文獻所見許瀚考訂金文，討論其考證內涵如下：

（一）辨別器物真偽

辨僞乃應作僞之舉而生。作僞者率皆有心從事，然複製、仿造以存古，自與蓄意圖謀暴利者有所區別，蓋一崇仰古風，一蓄意造假，動機迥異，不得等同而論。青銅器自西漢便時有出土紀錄，彼時多被視爲祥瑞吉兆；然隨其工藝、史料價值漸受重視，北宋後仿作之風漸起，最早收錄僞器之著作爲《皇祐三館古器圖》。〔註 3〕他如薛尚功《歷代鐘鼎彝器款識》、王俅《嘯堂集古錄》、王厚

〔註 3〕《皇祐三館古器圖》係宋代官府編訂之器物圖錄，彝器有圖當始於此。參見馬承源：

之《鐘鼎款識》諸書中均雜有偽器。〔註4〕惟宋代仿造技巧尚稱精細，至元、明對青銅器認識反不若前代。元人鑄作草率，多實用器；明人仿作雖多依宋代圖錄，仍不盡肖似。〔註5〕下迄清代，先是宮廷皇室嗜藏，風行草偃，青銅器蒐藏、研究風行，一時官高位顯或出身世家豪族者，如端方、阮元、吳榮光、潘祖蔭等，既崇尚古雅，物力又足以爲之，遂廣事蒐羅，勤加蓄藏，並予以著錄編目，考文成書，於造型、紋飾及銘文諸方面，論述之廣，研析之深，自已後出轉精，超軼前代。而此時青銅器研究亦漸趨專業，流風所及，非惟學者寶愛珍視，即仕紳商賈亦競附風雅。〔註6〕需索日多，市場供不應求，致作偽在乾隆朝衍成一專門行業。〔註7〕而自乾嘉以來，學者日漸重視銘文古字；道咸以降，金文被借重於其他諸多學門研究，更成品評、審訂器物標準，於是偽作銘文之舉，亦應社會好尚而生。此類仿製偽刻者，雖因研究不專而時見破綻，以今日審視猶嫌拙劣，然當時竟得蒙蔽藏家及學者，而被收藏入錄。且隨時間推移，環境遷變，清代作偽之工日精，幾可亂真。收藏家與研究者，遂在求真、求實之基礎上，視鑒別爲入門，雙方猶如競賽，相互爭勝。

許瀚躬逢道咸之世，又雅好青銅古器，蒐羅、玩賞之餘，於鑑別器物真偽亦頗有心得，如考「周虢叔大林鐘」，以自藏與方可中所贈二拓本（瞿世瑛清吟閣藏，得之於「伊墨卿」。按：即伊秉綬，乾隆五十四年進士，曾爲惠州、揚州知府。），及張廷濟、阮元、顧沅等人藏拓相較，指顧沅所贈搨本分此鐘鼓右之文刻之，辨兩銑剝蝕處俱係偽作，其云：「《筠清館金石錄》摹此鐘而釋之，以爲嘉興張叔未藏，蓋誤記。張氏自有鐘，與此文同而行列小異。此鐘鼓右七行，張氏鐘則六行，積古齋所藏鐘鼓右亦六行，而亦與張異。又蘇州顧湘舟贈我小鐘搨本，則分此鐘鼓右之文刻之兩銑，并剝蝕處亦同，是作偽者耳。」（卷6，葉20）許瀚雖乏藏器財力，卻勤蒐器拓，廣取諸家所藏相勘，嚴審銘文行款、

《中國古代青銅器》（修訂本），頁522；容庚：《商周彝器通考》（臺北：文史哲出版社，1985年1月），頁257。

〔註4〕馬承源：《中國古代青銅器》（修訂本），頁522。

〔註5〕鄧之誠：《古董瑣記》（上海：上海書店，1996年，《民國叢書》第5編第84冊），卷6，葉9。

〔註6〕梁啓超：《清代學術概論》，頁56。

〔註7〕馬承源：《中國古代青銅器》（修訂本），頁523。

剝蝕情況，故得甄別眾家所藏異同，並辨析真偽。又於〈周子璋鐘〉云：「父，拓本作 ![字] 甚明。吳摹作 ![字]，下蓋剝蝕紋，非字也。」其下注曰：「五年冬，初見六舟所藏程氏拓本，![字] 下筆畫屈曲盤旋，視摹本更多，蓋初得是器者不知是父字，就青綠上用鍼剔成，非其本有。」（卷6，葉7）此為整理者施以針剔而誤增筆畫爾，乃無心之失，然許瀚能於細微處，藉字形、筆畫辨復原貌，自屬不易。至於考訂「呒殷」，說較吳式芬更為縝密，吳氏《攈古錄金文》僅云：「何夙明云是偽刻。案：蓋真，器疑。」〔註8〕未明其故。許瀚則辨云：「何夙明云是偽刻。今案：蓋銘古厚，斷非偽刻，器銘則無不可疑。疑先得蓋而配以無字之器，又摹刻其文也。《積古》所錄，核與器合，或趙太常摹時尚未有器銘耳。」（卷8，葉3）兩人據何夙明說法考證「呒殷」蓋器真偽，吳氏僅言蓋真而器疑，許瀚則以蓋上銘文古厚，應非偽作，然器銘有疑，核以趙明誠與阮元書，知是器同於阮書，而趙書無銘文，故推論該器銘為後刻。

　　清代作偽技巧精細逼真，時能直欺行家法眼，即身兼收藏與考據身分之金石名家葉志詵，亦曾走眼錯待。道光二十四年（1844）葉氏得「周遂启諆鼎」，嘗置金山，作歌紀事，一時文人雅士多與相和，〔註9〕許瀚亦有詩云：

> 去年獲讀子白盤，金玉鏘鳴騰古驊。（盤用陽部韻，音節絕古。）今年又見启諆鼎，光氣燭霄何炯炯。鼎與盤并周宣時，月同日同年次之。（盤十二年正月丁亥，鼎十三年正月丁亥。）於洛之陽伐玁狁，受饗宣榭昭丕顯。盤銘云然鼎亦然，策勛自同名后先。（盤鼎文字相出入，蓋同時建功，鼎後一年作器耳。）折首五百執五十，況茲六百功誰及。（盤云折首五百，鼎則六百，折從木，作「![字]」蓋刻誤。）乘馬弓矢錫未央，戀旂攸勒茲尤詳。煌煌赤芾兼朱黃，用戉豈惟政蠻方。（盤云賜乘馬弓矢，鼎並及赤芾、朱黃鑾旂、鞶革；盤云賜用戉，用政蠻方，時荊蠻蠢動，故子白繼有是命；鼎祇言用政，蓋四

〔註8〕〔清〕吳式芬：《攈古錄金文》（臺北：樂天出版社，1974年5月），卷2，頁82。

〔註9〕葉志詵《周遂鼎圖款識》卷首錄〈道光甲辰夏五月，得遂启諆大鼎，周宣王時物也，因置之金山，以垂永遠，作歌紀事，用新城王西樵焦山古鼎歌元韵〉詩，並〈周遂启諆鼎考〉一篇。詳見《中國古文字大系——金文文獻集成》（香港：香港明石文化，2004年），第16冊，頁539～540。

征弗庭，不只蠻方矣。）想其獻馘來洛陽，启諆子白同先行。（盤鼎同云：「是以先行」。）寅車纖旆相頡頏，揚武戎功功佐王。賴貝作廟隆祀亯，（《毛詩》「亯」皆平聲。）吉金刻畫垂無疆。子白寶盤覛有光，启諆寶𤭯彝有常。土蘲不掩生豪芒，禮邦既顯隨榮湯。宰頵史淢同流芳，煒如獵碣遺陳倉。平安之館森琳琅，鼎來主人不敢藏。作歌遙置金山岡，金山焦山郁相望，無專鼎峙鶴銘旁。無專同是宣王臣，鑄鼎銘功遲四年。（羅茗香考爲宣王十六年。）启也昔爲子白侶，今來復作無專鄰。千秋同踞江山勝，疏通證明會有人。〔註10〕

時有陳慶鏞、徐渭仁、王筠、宋翔鳳、張廷濟、方廷瑚等作詩，羅士琳、曾釗、張穆、陳澧、梅曾亮等撰「考」，可謂藝林盛事。〔註11〕然「遂启諆鼎」於道光二十四年（1844）出土，較虢季子白盤晚出六載。該器記周宣王北伐事，文詞與虢季子白盤略同，而實係商賈所僞刻。吳式芬《攈古錄金文·遂启諆鼎》云：「陳壽卿說：『是鼎原銘止此九字，陝中人增刻僞字成三百鬻之。漢陽葉氏考釋數百言，且云將留之焦山，永俾不朽，如無惠鼎故事。及見劉燕庭拓本，乃知餘皆僞刻。』」〔註12〕葉志詵、許瀚等名家雖甚稱閱歷豐富，亦不免爲商賈作僞所欺。

（二）考訂器物形制

前儒對青銅器形制作系統研究、考辨，可溯自宋代。宋人大量蒐羅器物，亦試作分類歸納，然囿於時代及識見，部分器物形制、功能與名稱，屢見錯配，清人因據所藏所見爲之辨證。許瀚既受友朋影響，長年涉獵金石，聞見日廣，輒時引經史典籍或器銘本身加以考訂，並隨筆箚記，試撮舉其論器物形制之例

〔註10〕〔清〕葉志詵：《周遂鼎圖款識》，收入《中國古文字大系——金文文獻集成》，第16冊，頁564。

〔註11〕時相唱和者有：陳慶鏞、徐渭仁、王筠、王柏心、韓韵海、黎吉雲、宋翔鳳、焦友麟、潘世恩、張廷濟、陶梁、程懷璟、張維屏、黃培方、楊文蓀、馬沅、蘇廷櫆、彭蘊章、錢步文、宗稷辰、許瀚、陳其錕、甘熙、厲同勛、汪元方、翁同書、潘曾綬、徐志導、蔣德馨、黃釗、韓榮光、張祥河、方廷瑚、姚晏等三十四人，復有鄭光復、羅士琳、張穆、陳澧、曾釗、李光彥、王楚材、梅曾亮、譚瑩九人爲之撰《考》。詳見葉志詵：《周遂鼎圖款識》，頁541～569。

〔註12〕〔清〕吳式芬：《攈古錄金文》，頁470。

如下。

1、論簋、敦

青銅器中有「𣪘」一類，宋以來多以敦爲名，復以敦之形侈口、無蓋、圈足者爲彝。敦、簋之誤蓋始自宋代，劉敞《先秦古器記》、薛尚功《鐘鼎款識法帖》、呂大臨《考古圖》、徽宗敕撰《博古圖錄》等皆是，至清儒錢坫方訂正之，其考「平仲簋」〔註13〕云：

> 「簋」字，《博古》、《考古》諸書及劉原父《先秦古器記》、薛尚功《鐘鼎款識法帖》諸書皆釋爲「敦」。余以時代字畫考之而知其非矣。〈明堂位〉曰：「有虞氏之兩敦，夏后氏之四璉，殷之六瑚，周之八簋。」是周人不名敦。鄭康成注之曰：「皆黍稷器，制之異同未聞。」所云未聞者，言周之簋與璉瑚及敦之形制，康成未知之也。康成當漢時，不應不識簋，惟未見敦與璉瑚，故云爾。且《周禮·舍人》注云：「方曰簠，圓曰簋。」是康成之於簠簋，考之詳矣。《說文解字·簋》：「從竹從皿從皀。」此所寫之𠂤即皀字，皀讀如香。古之簋或以竹作，或以瓦作，故竹皿並用。此則改竹、皿而從攴，若敦字從攴從𦎦，𦎦從羊從亯，筆迹不能相近，是不得釋敦字之明證也。《解字》又有朹字，云古文簋。古者祭宗廟用木簋，祭天地外神用土簋，蓋亦文質之分，後更以金作耳。《三禮圖》曰：「簠盛稻粱，簋盛黍稷。」《易》：「二簋可用享」，單指黍稷言之。《詩》：「於我乎每食四簋」，兼舉稻粱言之。〔註14〕

錢氏據典籍所載歷代器用制度及簋、敦筆畫差異，駁宋人以簋爲敦之誤，認爲𣪘即是簋，而朹乃簋古字，從木乃因其製作材質，九則爲聲旁。此一見解，稽諸傳世金石著錄，似未有先於錢氏者，當爲其創見。韓崇《寶鐵齋金石跋尾·登叔簋銘》亦云：

> 簋字，《博古》、《考古》及《先秦古器記》、《鐘鼎款識》諸書皆釋爲敦，其實即簋字也。《說文解字》簋「從竹從皿從皀」。此第六言之𠂤

〔註13〕錢氏誤將「分仲」釋爲「平仲」，故此器應名爲「分仲簋」。

〔註14〕〔清〕錢坫：《十六長樂堂古器款識考》（北京：北京圖書館出版社，2004年，《國家圖書館藏金文資料叢刊》），頁637～639。

即皀字。古之簋或以竹作，或以瓦作，故竹皿並用。此省竹皿而從
攴，象手形也。〔註15〕

韓氏宦遊山左，素與阮元、龔自珍有交，其《寶鐵齋金石跋尾》分上、中、下
三卷，上卷〈登叔簋銘〉探討段器，所見多與錢坫同；而時代稍後之黃紹箕採
錢、韓二氏說再加申論，其作〈說段〉云：

> 段從攴從皀，簋從竹從皿從皀，二字以攴、竹、皿爲偏旁，而皆以
> 皀爲主，一望可知。皀，穀之馨香也。《說文》段上多一筆，古器亦
> 時有作段者。簋下云：「古文作匭，段亦時有從食者。」此文之合也。
> 敦字從攴從章，宋人見隸書敦字與󰀀髥形似，遂以當之，實則章本
> 非皀，攴亦非攴，迥然不同。此文之不合也。（所見段拓及摹刻段文
> 凡三四百種，右偏皆從攴，無一從攴者。若謂古敦字或從攴，諸經
> 槃敦及他敦字亦不下百餘見，無一從攴者，不應爲後人改盡無一字。
> 況左旁之章與皀本不合也。）

> 段讀如九。馬廄字從之得聲。簋古讀亦如九。《說文》簋古文作匭、
> 朹，《儀禮》簋古文作軌，皆從九。《詩》：「陳饋八簋」，與舅咎韵，
> 是其碻證。此聲之合也。敦從章聲，從敦乃隸省非聲。「陳侯午」及
> 「因𦩻鐳」，從金章聲，是敦之正字，與段聲絕遠。此聲之不合也。

> 右以文考之，而知段之是簋而非敦也。

> 簠簋方圓，許鄭之說不同。然二器一方一圓，斷無疑義。今所見匿皆
> 方，無一圓者；所見段皆圓，無一方者，知鄭說爲不謬。此形之合
> 也。「因𦩻鐳」以三環爲小足，二環爲耳，與今所見之段絕無一同。
> 今指爲簋者之𥃣，其形廣當長之大半而控其四角，似圓非圓，似方
> 非方。此形之不合也。

> 簋器最多，用最廣，自天子至於士庶人皆用之，自祭祀賓客至於饗
> 飧皆用之。少則二簋，《易》言「二簋可用享」是也（又尊酒簋貳，
> 今所見古器多尊段連文，亦一證）。多則十二簋，《周禮·掌客》：「公
> 侯伯子男簋皆有十二」是也。此外言四簋、六簋、八簋及簠簋連文

〔註15〕〔清〕韓崇：《寶鐵齋金石跋尾》（北京：中華書局，1985年），頁1。

者不殫述。今所見古器，𣪘為最多，又時有一人所作數器同文者。
此數之合也。敦字惟《儀禮》屢見，然與簋自多相混，疑隸寫時已
多譌亂（別有說甚長，茲不錄）。他經則所見甚少。《周禮》、《左傳》
之槃敦，墜侯兩鐸是其遺器。若以𣪘為敦，敦不應若此之多。以盨為
簋，簋又不應如此之少。此數之不合也。

右以器考之，而知𣪘之是簋而非敦也。

以𣪘為簋，無一不合；以𣪘為敦，無一而合，向懷此疑，嗣見錢獻
之、韓履卿皆先有此說而略無疏證，故具為申之。〔註16〕

黃氏自云曩昔即對釋「𣪘」為「敦」頗有疑議，後見錢、韓二氏已先有申說，
惟皆僅就文字偏旁分析，故據前說並增以聲韻、器物形狀、數量等例證，補充
申明「𣪘」即「簋」而非「敦」。

　　除前述三家外，與錢氏時代相近之嚴可均亦曾提出相同見解，其集上古
三代文字，凡𣪘字均書作𣪘，如〈虢姜𣪘銘〉下云：「鐘鼎款識𣪘作敦，
非。」〔註17〕許瀚亦將𣪘作簋，並於《攀古小廬雜著·周太僕原父𣪘》中明言此說
聞諸嚴可均而從之。〔註18〕清人於簋、簠、敦諸器之形制及用途均有詳實探
析，今人立足其上，輔以大量出土器物，證簋、簠、敦雖皆用於盛放黍、稷、
稻、梁等飯食，然簋本字作「𣪘」，宋人多誤作「敦」，今學者又隸為「𣪘」，
以其與「簋」同字，實則金文假「𣪘」為「簋」，似不得以「𣪘」、「簋」同字。
又此器名甲骨文隸定當作「𣪘」，「頌簋」左旁訛變為「皀」，隸定作「𣪘」，即
《說文》篆形由來。〔註19〕而簋與簠有方、圓之別，鄭玄注與《說文》所載
不同，就出土實物觀之，簠形制多長方體，「如盨而棱角突折，壁直而底平坦，
足為方圈或矩形組成的方圈」，〔註20〕故應以鄭玄「簠方簋圓」為是，且簋早
於簠，商、周二朝時通行，用以盛黍稷，兼盛稻梁；簠則見於西周早期後段，

〔註16〕〔清〕王懿榮：《翠墨園語》（臺北：新文豐出版公司，1986 年，《石刻史料新編》
　　　　第 37 冊），頁 615～616。

〔註17〕〔清〕嚴可均：《全上古三代秦漢三國六朝文》（上海：上海古籍出版社，2002 年，
　　　　《續修四庫全書》影印光緒二十年黃岡王氏刻本），卷 13，頁 96。

〔註18〕〔清〕許瀚：《攀古小廬雜著》，卷 8，葉 11。

〔註19〕季旭昇：《說文新證》（臺北：藝文印書館，2002 年 10 月），頁 216。

〔註20〕馬承源：《中國古代青銅器》（修訂本），頁 133。

西周末春秋初盛行，中期以後腹壁和耳足漸生變化，然仍以方形爲主，代簋以盛黍稷。〔註21〕至於敦，乃由鼎、簋之形制結合發展而成，《儀禮》簋與敦不分，宋代金石圖錄亦每稱簋爲敦，稱敦爲鼎。《爾雅・釋丘》疏引《孝經緯》云：「敦與簠、簋容受雖同，上下內外皆圓爲異。」今就其器形觀之，敦基本形制上下內外皆圓，蓋與器相合成球體或卵圓形體，則是書所云當矣。〔註22〕

簋、敦二器，以簋出現較早，商、周時均屬重器，春秋時於形制產生較大變化，然仍維持圓形器貌；敦約行於春秋中期，蓋器內外皆圓，足見承簋發展之跡。前人據有限材料考證史事，辨析器物，間或容有訛誤，亦不失其啓迪後學之功。

簋（馬承源《中國古代青銅器》（修訂本），頁128）

敦（馬承源《中國古代青銅器》（修訂本），頁139）

2、論鼎、鬲

許瀚明前人時將鼎、鬲混用，判別標準並未一致，故《攀古小廬雜著》卷九〈周伯夏鬲〉即舉阮書爲例，云：「《積古齋款識》卷四有『伯䓛父鼎』，與此銘同，惟末無言字，第八字作霝，第二字釋䓛爲異。今據此拓本，其器是鬲非鼎，與阮所錄非一器。」（卷9，葉12）對鼎、鬲判定標準加以研析，試圖歸納出較完整、客觀之辨析法。蓋其於此二種形制器物判定有其見解，《攀古小廬雜著》卷六〈周扶鼎〉云：

> 右楊石卿（鐸）藏器，得之祥符，攜如濟窆，予手搨之。其器兩耳、三足，足中空，似鬲，而全體則鼎。銘既云鼎，固鼎也。《濟寧州金石志》著錄題云：「商父庚鬲。」蓋石卿自爲跋，定爲鬲，又釋其文云：「父庚作旅鼎。」爲其名庚定爲商器，實皆不然。《說文》古文扶作█，正與此合，豪無可疑。款足謂鬲，雖經有明文，然此

〔註21〕馬承源：《中國古代青銅器》（修訂本）。

〔註22〕參見馬承源：《中國古代青銅器》（修訂本），頁136；容庚：《金石學》，收入《中國古文字大系──金文文獻集成》，第37冊，頁398。

器實鼎，與《考古》、《博古》二圖所繪鬲無一合者，況其銘明言
鼎，鼎、鬲同類，其別在足而不專在足，有時鼎用鬲足亦胡不可。
鼎原有鬲鼎之名，王復齋《鐘鼎款識》有「唯叔鬲鼎」，銘云：「作
寶鬲鼎。」薛書仍名「唯叔鼎」，云：「言鬲鼎謂鼎，足中空是矣。」
阮書有「伯正父鼎」，云：「鼎甚小，款足，當是陪鼎。」未聞以
其款足輒名鬲也。至其器，瀚目覩已審，其質、其工、其色，無
一可躋之商者。（卷6，葉21～22）

周初之器間承殷制，然漸著器名，故如鼎、鬲、甗、簋、簠、盨、豆、盤、錞、
盉、壺、鐘、鐸、匜、盂、鑑等諸器，皆自載其名，後人援以稱之，然諸器時
見形制相彷彿，文獻又未足徵，宋人初分器類，始知辨別之難。〔註23〕許瀚考
「周扶鼎」，以爲該器「兩耳、三足，足中空，似鬲，而全體則鼎」，蓋形兼具
鼎、鬲之徵，楊鐸以足中空，銘中見「父庚」，故遽定爲商鬲。《說文》釋「鼎」
字云：「鼎，三足兩耳，和五味之寶器也。」釋「鬲」字云：「鬲，鼎屬也，實
五觳，斗二升曰觳。象腹交文，三足。」〔註24〕又《爾雅・釋器》云：「鼎款足
者謂之鬲。」〔註25〕《漢書・郊祀志》云：「鼎空足曰鬲。」〔註26〕皆釋款足爲
空足。然鼎與鬲雖同屬，實則有別，鼎或見以「鬲鼎」名者，惟歷來學者如王
厚之、薛尚功、阮元、嚴可均皆以鼎視之，不以其款足而改稱鬲；此外，考其
銘自云爲鼎，故應從之。許瀚嘗親睹器物，復引經典及精於金文者之說綜論該
器，遂定爲周鼎。

鼎、鬲之別，據近人研究可知，鼎字金文作「鼎」，乃象其形，後又作
「鼎」，商周之際別名「鸞」、「齋」，春秋戰國則有「鎚」、「鼒」、「磞龘」（石
沱）、「鼒」、「飤鋼」等。〔註27〕青銅鼎爲國家重器，該器由新石器時代陶鼎而

〔註23〕 容庚云：「春秋以後，形制漸變，無銘者亦多，於是定名復感困難。出土彝器，與
《周禮》所載多不合，而與《儀禮》所在間有合者。」詳見容庚：《商周彝器通考》
（臺北：文史哲出版社，1985年1月），頁20。

〔註24〕 〔東漢〕許慎著，〔清〕段玉裁注：《說文解字注》（臺北：天工書局，1998年8月），
頁319、111。

〔註25〕 《爾雅注疏》（北京：北京大學出版社，1999年，《十三經注疏》本），卷5，頁146。

〔註26〕 〔東漢〕班固：《漢書》（北京：商務印書館，2005年，《文津閣四庫全書》第139
冊），頁230。

〔註27〕 馬承源：《中國古代青銅器》（修訂本），頁63。

來，最早之出土器爲夏代晚期二里頭遺址物，爾後沿用，至魏晉仍可見。「鬲
鼎」爲其形制之一，又稱「分襠鼎」，乃鼎、鬲混合體，上部狀似鼎，下腹則
似鬲，然又另具一較長之錐足或柱足。鬲爲款足器，袋足甚低者稱鬲，袋形
下一較長足或柱足者稱鼎，鬲鼎或有自名爲「齋」者，因方鼎亦自名「齋」，
故採「鬲鼎」之名以區別。〔註 28〕若許瀚所考〈周扶鼎〉，是器今作「扰作旅
鼎」（《集成》01979），自稱「旅 」，知其爲鼎實不誤也。

 鼎（馬承源《中國古代青銅器》（修訂本），頁 81）

 鬲（馬承源《中國古代青銅器》（修訂本），頁 100）

3、論簠與匡、盤

《周禮・地官・舍人》云：「凡祭祀，共簠簋實之陳之。」〔註 29〕《說文》：
「簠，黍稷圓器也。从竹皿，甫聲。医古文簠，從匚夫。」是知簠乃與簋搭配
之祭器，其功能在盛裝黍稷，然段注云：「云圓器，與鄭云方器互異。」〔註 30〕
知漢代簠之器形尚未確立。許瀚論〈史尤簠〉云：

> 其器簠而銘作匡。匡，王行梁音。《韻語》簠匡不同部，不得借用，
> 豈以簠形似匡，假以名之，以鰩韻耶？《筠清館金石錄》卷三有〈周
> 叔家簠〉，銘云：「叔家父作中姬匡。」下亦用韻。《說文》：「匡，飲
> （案：飯）器。」或古人於簠之外別自有匡。其器方，與簠似，後
> 人不能別異耳。（卷 9，葉 2）

此器爲簠而銘作匡，簠爲虞部、匡爲陽部，兩字韻不同部，許瀚以爲應是兩器
形似，故古人假借匡字，蓋爲叶韻也。復引《說文》「匡」字云：「匡，飯器，
筥也。从匚，㞷聲。去王切。筐或从竹。」〔註 31〕明古時簠、匡有別，惟因器
方而近似，故易致混淆。又，器物除形似而訛外，亦偶見誤書，如論〈齊陳曼

〔註 28〕馬承源：《中國古代青銅器》（修訂本），頁 66。

〔註 29〕《周禮注疏》（北京：北京大學出版社，1999 年，《十三經注疏》本），頁 426。

〔註 30〕《說文解字注》，頁 194。

〔註 31〕《說文解字注》，頁 636。

簠〉云：

> 器簠也，而銘云盤，「永保用」下別有簠字，豈盤誤書，故繫簠字於
> 末以救之：抑或饙簠文辭不協，盤取承意，非即器名，末署簠字，
> 使讀者知此器爲簠歟！（卷9，葉3）

許瀚見此器銘「盤」、「簠」同存，然器實爲簠，故疑是誤書盤字於前，後補簠字救之；復以「饙」乃蒸飯，[註32]詞義與「簠」不叶，而《說文》「盤」字云：「槃，盛槃也，从木般聲。鎜古文从金，盤文从皿。」[註33]故藉有盛取義之「盤」代「簠」，末又書「簠」以明器類。

今觀簠字於銘文有「𠥓」、「𠥑」、「䢷」、「𥂴」、「𠥒」、「𥪡」、「𥨾」諸形，而器銘中有自稱本名爲「旅鼎彝」、「鼎彝」者，稱別名爲「匡」、「旅匡」、「尊匡」者，亦或有稱「行器」者。[註34]許瀚所考〈史尢簠〉應作〈史免簠〉（《集成》04579），銘曰「史免乍旅匡，從王征行，用盛𥟄（稻）𥼾（粱），其子=孫=永寶用宮（享）。」知是器當作簠無誤，許瀚留意器銘別稱，以音韻、器物功能爲證，惟所見不若今日，致未能歸納出匡乃簠之別名。而盤乃盛水器，商周宴饗用之，西周中期多與盉或鎣相配，戰國後盤則被「洗」取代，〈齊陳曼簠〉銘曰：「齊陳曼不敢逸康。□菫經德。乍皇考獻弔饙盤。永保用𠥓。」末字誠如許氏所云，蓋以「簠」自名。

 簠（馬承源《中國古代青銅器》（修訂本），頁137）

 盤（馬承源《中國古代青銅器》（修訂本），頁261）

4、論盨、銅

許瀚於咸豐四年（1854）箚錄考訂〈商龍銅〉語，云：

> 右銅銘二字，漢陽葉氏藏器。上作龍形，與薛氏《款識》卷五〈龍
> 瓠〉相似，下陽字與卷六〈許子鐘〉■■、〈曾侯鐘〉■■相似。薛

[註32]《說文解字注》，頁218。

[註33]《說文解字注》，頁260。

[註34] 容庚：〈殷周禮樂器考略〉，收入《中國古文字大系——金文文獻集成》，第37冊，頁467。

釋龍觚云：「龍善養人者也，所養在下而能蟠，蟄則能弱，變化不測，不可制；蓄則能強，然一至於亢，則蹈有悔之地。」觚，飲器也。飲所以養陽，過則有亢之悔矣。此銘上龍而下陽，蓋與同意。鋗雖非飲器，要亦飲食所需。古人節制飲食，無在不形其戒慎，豈獨飲酒乎？文字奇古，的為商器，若以傅會戰國魏之龍陽，則大謬矣。（咸豐四年三月晦日）

吳云是鋗，《說文》：「鋗，小盆也。」《廣雅》：「鋗，謂之銚。」《說文》：「銚，溫器也。」《字林》：「鐎，似銚無緣。」《說文》：「鐎，鐎斗也。」《埤倉》：「鐎，溫器，有柄斗似銚，無緣。」然則銚、鐎、鋗同器，鐎無緣，銚、鋗有緣耳。余未親見此器，若有緣，即當是鋗，俟訪。（卷 7，葉 17～18）

鋗銘上有龍形，與另一器「龍觚」似，許瀚先引薛氏釋語，續云觚與鋗並是飲食所需。此銘文字奇古，屬商器無疑，時代既早，如謂是東周戰國，則相隔久矣。而鋗之形制，與銚、鐎同，所異者，緣之有無而已。惟許瀚未嘗一見，不敢遽斷，故存疑俟訪得器物，再作論斷。五年（1855），復又考訂〈周杞伯盅銘〉云：

盅不見於《說文》，……疑《說文》本有此字，而今逸之也。《說文》訓盅為器，不詳器之形制；薛《款識》有秦盅蘇鐘，亦莫曉其義。今此銘作盅，則器為盅無疑矣。《說文》：「鋗，小盆也。」《廣雅》：「鋗謂之銚。」《說文》：「銚，溫器也。」此器制似盆而銘作盅，盅其銚之異文乎？古者制字兆、召多互用，《說文》鞀或作鞉，又或作鼗，籀文又作磬，其明證矣。《說文》銚一曰田器，又錢銚也，古田器。……瀚案：此銚乃假借字，其正字當作鉊。《說文》：「鉊，大鐮也。」又引張徹說：「鐮謂之鉊。」《廣雅》：「鉊，鐮也。」《廣韻》：「鉊，淮南呼鐮。」《方言》：「刈鉤，江淮陳楚之間謂之鉊。」此鉊正刈物之器，上古字少，假銚為鉊，毛公傳《詩》已然，故許氏於銚下引「一曰田器」以明假借之義，於錢下即本《毛詩傳》為說，於鉊下乃特著鐮訓，使讀者參互會通，知其孰為假借，孰為本義，此又召、兆相通之一證也。據此鉊為大鐮，亦借作銚，銚為溫器，

又別作盆。銚从金謂制田用銅也，盆从皿謂飲食之用器也，亦猶槃
之古文从全，籀文从皿矣。（卷9，葉6～7）

此器自名曰盆，惟《說文》無其字，許瀚乃稽諸字書，就器物形制考之，其狀
與盆近似而小，《廣雅》「銷」又名「銚」，故推論此器名盆者，或即銚字異文。
而古時字少，故多假借，召、兆相通，故盆、銚同也。又銚亦通銚，銚為治田
器，復借作溫酒器，為區別其義，乃有从金、从皿之分。許瀚以此盆即銷，應
皆屬溫器，此其創說。盆通行於春秋初、中期，後則為敦取代，其名疑源自春
秋初南方楚文化區，及山東之曾國、杞國，用途則見「粢盛器」與「水器」兩
說，前者曾短暫流行於簋、敦交替之際，後者常見諸典籍，惟多與喪禮相關，
二者關係，尚待考證。〔註35〕此器許瀚名為「杞伯盆」，《集成》作「杞伯每盆盆」
（《集成》10334），銘曰：「杞伯每亡乍鼄婤（曹）寶盆，其子=（子子）孫=（孫
孫）永寶用。」其中「」隸作「盆」，乃杞伯作媵器，「寶盆」或即盆別稱，
抑或形近盆而小之器，此可與許瀚所論相呼應。

盆（馬承源《中國古代青銅器》（修訂本），頁152）

5、論距末

許瀚考訂〈周距末〉云：

右拓本六舟禪師贈，銘八字。《積古齋款識》卷八著錄彼時器為曲阜
顏運生所藏，今則歸新安程木菴矣。阮亦不知距末何器，孔巽軒先
生以為飾弓簫之物；沈心醇據《戰國·韓策》「距末」疑為弩飾；阮
又據《荀子·性惡》篇「鉅黍」、潘安仁〈閒居賦〉「巨黍」以佐沈
說，而亦不敢據此銘遽訂《國策》、《荀子》、潘賦來黍為末之誤，慎
之至也。翁覃谿先生以為商器，阮以字近小篆，定為周，宋人物。
引《左傳》、《禮記》以證商字，當矣。（鏊篆作■不知所從，恐尚未
確）（卷9，葉22）

銘文「愕作距末用鏊商國」八字，其器雖自名「距末」，然諸家卻不明其究屬
何物。孔廣森疑為飾弓簫之物，沈心醇據《戰國策·韓冊》以為弩飾，阮元

〔註35〕陳芳妹：〈盆、敦與簋——論春秋早、中期間青銅粢盛器的轉變〉，收入《中國古
文字大系——金文文獻集成》，第37冊，頁522、530、532。

援《荀子‧性惡》、潘岳〈閒居賦〉佐證孔㢩軒、沈心醇之見，雖疑《戰國策》、《荀子》、潘賦中「來」、「黍」皆「末」字之譌，然未敢遽加刪改，顯見謹慎態度。

至許瀚評論翁方綱與阮元對器物時代之考訂，則以阮元定周代宋人器物為碻。惟於此，許瀚所舉恐誤。阮氏引《荀子‧性惡》云：「繁弱、巨黍，古之良弓也。」復援潘岳〈閒居賦〉云：「谿子、巨黍異檠同機。」〔註36〕則知「巨黍」當為古之良弓。《戰國策‧韓策》云：「谿子、少府、時力、距末，皆射百步之外。」實應改「來」為「黍」，阮氏並提出何以為黍之音，乃「古人為銘必用韻，文逾少而韻逾密。此銘作黍相韻，作釐國相韻，蓋上聲之語與入聲之鐸同部，平聲之之與入聲之德同部也。《左傳》、〈讒鼎銘〉用韻正同此矣。」〔註37〕考今銘文確作「末」字，則此器未必古之「巨黍」，而是後人改造仿其名耳。觀此器中空，一面有陷，圓而向下，確是弓簫末張弦處，以今之弓末相驗則合。

6、論劉

許瀚考釋「周劉」云：

〈顧命〉歷今近三千年，學者無能言劉之形制者，《說文解字》又脫劉字，古義彌湮，惟《廣雅‧釋器》云：「劉，刀也。」似即〈顧命〉劉字。而王高郵作《疏證》，缺而不論，以無切證故也。今得此拓而劉字始明，金石之有裨輕（按：應作「經」）訓如此。（卷9，葉21～22）

「劉」為古兵器名，《尚書‧顧命》曰：「一人冕，執劉，立于東堂；一人冕，執鉞，立于西堂。」惟歷來學者如鄭玄《注》、孔穎達《正義》、孫星衍《尚書今古文注疏》等，均未能詳言劉之形制。許瀚先引《廣雅》明其為刀，復就其器用，推論此即〈顧命〉所言之劉；而許瀚得此「周劉」拓本，驗諸上古器銘，劉字本形昭然明矣。

〔註36〕〔晉〕潘岳著，董志廣校注：《潘岳集校注》（天津：天津人民出版社，1993 年 5 月），頁 63。

〔註37〕〔清〕阮元：〈商銅距末跋〉，收入《中國古文字大系——金文文獻集成》，第 16 冊，頁 622～623。

（三）考證器物年代與器主

古器年代、作器者及器主多有疑議，許瀚就其中可考者辨之，惟其考訂多散見箚記中，以下試加歸納分論。

1、考證器物年代

宋代學者漸已注意銅器年代問題，如呂大臨《考古圖》嘗將部分出於河南安陽之青銅器定爲商器，惟數量仍少，故未流行。清儒擅文字考訂，於成器年代亦頗關注，彼時學者已能依銘文字體變化，提出以文字特徵斷代之主張，如方濬益《綴遺齋彝器考釋》曾將銘文字體分三類型，並各爲不同時期代表。〔註38〕而許瀚考訂器物，除借重銘文外，亦廣徵經典史籍記載，或審器之質、色、工等用資鑑別，試舉例明之：

例如許瀚考訂〈周明我鼎〉云：

> 右拓本吳子苾方伯贈，即其所藏器。《筠清館金石錄》卷四著錄，云此與《積古齋·明我壺》云「⬚我⬚壺」是一人之器。案：薛書〈周晉姜鼎〉：「宣邲我猷」，我作■，此銘作■，筆迹小異，實則同字，證以壺銘，益明白矣。《說文》義，重文作羛，云：「墨翟書義從弗。」王高郵《讀書雜志》七之一云：「弗當作■■。」古文我字與弗相似，故譌作弗。此我字既見「周晉姜鼎」，其偏旁又見墨子書，然則此鼎固周器也。阮以明壺列之商器，未允。（卷6，葉21）

其取銘文「我」字與「周晉姜鼎」相互印證，又謂偏旁見諸《墨子》，駁阮元以明壺列商器之訛，斷定此鼎應屬周器。而於〈周扶鼎〉則云：「《濟寧州金石志》著錄，題云『商父庚鬲』，蓋石卿自爲跋，定爲鬲，又釋其文云『父庚作旅鼎』，爲其名庚，定爲商器，實皆不然。……至其器，瀚目覩已審，其質、其工、其色，無一可躋之商者。」（卷6，葉21～22）佐以目驗，斷其器乃周物。又論〈甲午簋〉云：

> 右簋銘三十字，阮氏《積古齋鐘鼎彝器款識》著錄，以體近秦篆，

〔註38〕《綴遺齋彝器考釋》分銘文爲三類型：（1）西周早期文字筆畫中肥而首尾出鋒，爲古文體（西周古文）；（2）西周晚期文字筆畫首尾如一近乎玉箸，爲籀篆體；（3）東遷以後，列國文字仍是籀書而體漸長，儼如小篆。詳參〔清〕方濬益：《綴遺齋彝器考釋》，收入《中國古文字大系——金文文獻集成》，第14冊。

> 稱帝不稱皇帝，定爲秦昭襄王之器；又考古不以日辰之名紀歲，
> 今此銘曰「維甲午八月丙寅」，知以甲子紀歲，實始於此。瀚案：
> 秦昭襄之甲午，在周赧王四十八年；而〈齊國佐罇〉有「歲咸丁
> 亥」之文，國佐之丁亥在周簡王十二年，實先秦昭襄甲午三百有
> 八年，是以甲子紀歲春秋時已有之，不始秦昭襄也，說詳〈國佐罇
> 跋〉。……吳子苾閣部云此類皆宋器也，瀚詳核他器，良是。（卷
> 9，葉4）

此器時代，阮元訂爲戰國秦昭襄王時，又稱古不以干支紀歲，謂實從此始。許
瀚則引〈齊國佐罇〉有「歲咸丁亥」，正以干支紀歲，其年代較秦昭襄甲午早逾
三百年，是干支紀歲可上溯至春秋。吳式芬定爲「宋器」，許瀚以他器佐驗，亦
題其說。至於〈友父鬲〉則云：

> 陶嘉書屋收藏金文有此拓本，是邾國媵女器也。……邾自儀父克始
> 見於春秋，終八世無字友者，而杞自桓公而下亦無每匕名，《漢書·
> 地理志·雍丘》注云：「杞，國也，先春秋時徙魯東北，新泰正在魯
> 東北。」然則此兩國造器在春秋前矣。（卷9，葉11～12）

許瀚推定此應爲邾國媵女器，考諸典籍，邾國自儀父克始見春秋，且繼傳八代
無字「友」者；杞國則於桓公以下，未見名「每匕」者，加以《漢書》有杞之
遷徙紀錄，與新出土器物地點相合，故推此器年代應早於春秋之世。

2、考證器主

　　商代青銅器最初僅記錄氏族徽號，後漸衍成篇章，文字多寡不一，文辭亦
有精粗之異，然其共通處，則多記器主、作器者，或成器、得器緣由，是以歷
來皆視銘文爲重要研究材料，並據以考訂經籍譌誤。此舉自宋肇始，然受限時
代及所見尚寡，早期說法不免仍多舛誤。

　　道咸學者秉承前人研究，踵繼爲之，考論頗有可觀。許瀚適逢其時，亦不
能自外，如論〈史尤簋〉云：

> 尤有彝、有盉、有簠，見《積古齋鐘鼎彝器款識》；有敦，見《筠清
> 館金石錄》。此又有簋，其官則史，是一人否未可定，要足證或釋尤
> 爲魯桓公允者之非。（卷9，葉2）

許瀚指出，尤應爲人名，居官史職，其器今又見於《積古齋鐘鼎彝器款識》、

《筠清館金石錄》，有彝、盉、簠、敦等形式，雖不能遽定爲一人器，然據此器仍可證前人釋兂爲魯桓公姬允之訛。而〈友父鬲〉亦辨正前人誤說，其言：

> 陶嘉書屋收藏金文有此拓本，是邾國媵女器也。《禮》：「女亦稱子。」婭則其子之名。《集韻》：「婭，女字也。」惜婭字上字剝蝕過半，不可識耳。近新泰出杞伯器多種，其𣪘銘曰：「杞伯每㠯作邾婭寶𣪘。」其𣪘銘曰：「杞伯每㠯作邾婭寶𣪘。」《筠清館金石錄》載𣪘銘而誤釋𣪘爲豆；（宰德氏壺篆作𣪘即其字）又以婭爲邾君名，云杞作器以遺鄰國。余審其非是，定爲邾女適杞，字婭，故杞爲作器。今得此銘乃恰與鄙說相證明，且以知婭之父字友，金石古文千載而下，忽如相聚一堂，詢其家世姓字，歷歷不爽，幸何如也！字畫與杞伯器略同，蓋兩家婚媾書艁，並出一手，未可知也。（卷9，葉11～12）

指出〈友父鬲〉拓本見載於吳式芬《陶嘉書屋鐘鼎彝器款識》，吳榮光誤釋鬲爲豆，又以爲杞國贈鄰國器，俱誤。許瀚嘗推論當時新泰出土之杞伯器即杞國爲邾女所作，惟缺乏他器佐證，後見「友父鬲」適可證成此說，知此器乃邾國媵器，留存杞、邾兩國往來婚娶紀錄。惟許瀚釋邾女名婭，應作嫗，即曹字。又如〈伯憲盉〉云：

> 濟寧鍾養田得古銅器於壽張，凡五器，此其■也。余辨其文曰「伯憲作召伯父辛寶尊彝」，他器銘有云召伯，有云太保，蓋周召公家物，召公封燕，而器出壽張。壽張，齊地，疑即孟子所云重器爲齊所遷者矣。《史記·燕世家》自召公以下缺九世，此辛與憲，或即其所缺之二也。此器有蓋、有流、有鏊，準以《博古圖》則盉也。（卷9，葉6）

按：此器爲鍾養田於壽張所得五器之一，許瀚以銘文中屢見「召伯」、「太保」等詞，定爲燕召公奭家器。〔註39〕又以召公於周初封北地，器卻出於古之齊地，其間當有遷徙變革。至於文中「伯憲」、「召伯父辛」，許瀚以爲《史記·燕世家》

〔註39〕諸器或云「召伯」，或云「太保」，據學者考證，周初任職太保者僅召公奭，故歸爲其家器之說當可成立。詳見張亞初、劉雨：《西周金文官制研究》（北京：中華書局，2004年6月），頁1。

語多不詳，召公以下缺九世，器所言父辛、伯憲或即史籍缺載之兩代，〔註40〕
故此器乃伯憲爲其父辛所作。

（四）考釋文字、文例

釋讀銘文之紀載可上溯至漢代，武帝時李少君能識齊桓公時器銘，宣帝時
張敞可解美陽古鼎文字，然眞正視作專門之學，則始自宋代。清儒紹承前賢成
果，以考訂文字爲通經門徑，更加速銘文研究進程。而研究銘文，除文字釋詁
外，亦須明文例，方能得其確解，不致訛誤。許瀚屢言「金石文字有裨經史」，
於文字及文例頗爲留心，下舉例述之。

1、文　字

前人或謂清儒金石研究不能邁越宋人，然就客觀條件而言，清人所見爲多，
且拓印技術亦有長足發展，加以出土材料日富，學如積薪，後來居上，清儒無
論文字辨識，史實考訂，旁及器類形制研究，均非宋人可及。許瀚參諸前人成
果，或加修訂，或爲補苴，如論〈周楚公家鎛鐘〉云：

> 右楚公家鎛鐘，陳壽卿所藏，僧六舟貽我拓本。案：《積古款識》
> 有〈楚公鐘〉，「公」下字作「圆」，阮云不可識，或釋爲「守」、爲
> 「㝮」，皆未確。以此鐘校之，當亦「家」字，阮據摹失眞耳。顧
> 「家」字反書，其肩上有「乀」形，不解何故。六舟又有一鐘，拓
> 本文與《積古》所錄同，而字體與此鐘類，其「家」字正書，上亦
> 有「彡」，下文「永寶」之間又有「乀」，疑字外炎飾，別有取意，
> 非其正也。「鬻鏵」總爲一「鑄」字，加木者，木所以火也。■見
> 薛書〈師毀敢〉，乃「鎛」字作「鐘」，特筆迹小異。彼亦言「鎛鐘」，
> 「鎛鐘」蓋鐘之似鎛干者也。姑志於此，俟就壽卿訪其形制焉。（卷
> 6，葉1）

此鐘銘文有稍不易辨識處，故阮元逕稱「圆」爲「不可識」，或別作「守」、
「㝮」，許瀚以爲皆誤，應釋作「家」，指出阮氏蓋因摹寫拓本失眞，故致誤
判。又如釋〈周楚公家二鐘〉云：

〔註40〕關於燕之世系，學界討論甚多，眾說紛紜，本文參考銘文內容及他器，採用召伯
　　　　父辛、伯憲爲召氏兩代說法。詳見任偉：《西周封國考疑》（北京：社會科學文獻
　　　　出版社，2004年8月），頁170～178。

二鍾皆據六舟禪師所輯拓本摹入。案：《積古齋款識》卷三有〈楚公鑄鍾〉銘十四字「（金文字符）」與此二鍾同爲一人器。阮云：「公下一字是楚公名，不可識，或釋作「守」，亦未可定，姑闕疑。」今審此二鍾，「公」下是「家」字甚明瞭，疑阮所據本字體小異，傳摹失眞，遂不可識。惟此二鍾家字上皆有「（金文字符）」形，一反一正，不知何意？其弟（第）一鍾永字下亦有「（金文字符）」，當是字外紋飾，非筆畫所應有也。（卷6，葉2）

此二鍾銘文，其字有阮元未能考出者，稱「名不可識」，然許瀚法眼直斷，稱其爲「家」字，「字甚明瞭」，與阮說迥異。蓋因二人所見摹本不同，阮所據恐漫漶不清，故未能從而辨識。

又如〈克楚戈〉，許瀚頗費功夫方定文共九字，釋爲「師克氏楚擇其黃鎦鑄」，並析論首字及第三、七、八字。其引《六書統》注中四「師」字與此銘相對照，以爲字形略近，然文末又言此仍不足證，是以：「『師』字究未確，後又疑爲『臣』、『干』二字，姑記之待質。」（卷9，葉23）第三字則作「厥」、「斥」無定字；第七字僅爲部件迻寫，仍作从田从茇之字；第八字則云：「鎦即劉字，在此銘則鏐之藉字。」許瀚引《爾雅·釋器》：「黃金謂之璗，其善者謂之鏐。」郭璞注：「鏐，即紫磨金。」[註41]許氏《說文》、鄭氏注《尚書·禹貢》並同，《爾雅》義古，故知留、劉、翏偏旁通用。（卷9，葉22～23）而許瀚考「陳矦午錞」銘文即云：「惟十又三年，陳矦午以羣諸侯獻金，作皇妣孝大妃祭器鑄錞，以蒸以嘗，保有齊邦，永某□恁。」許氏考釋語，見載吳式芬《攈古錄金文》中，其就聲韻切入，認爲古音已、巳同部，從己、從巳音無不諧，故「妃義當是妃而從巳」，又取鄦侯作中姒敦爲例，該器「姒亦從辰巳之巳」，可與此器互證，故「妃或即姒字」。[註42]

此外，許瀚亦曾考〈新莽侯錡鉦〉、〈周兄日壬卣〉、〈呪殷〉、〈矢伯隻卣〉等器。〈新莽侯錡鉦〉銘文中記器物重量、鑄造時間、監造工名，是自秦以降，器物皆有勒刻工名形式之習。許瀚據吳式芬贈拓及曩昔於京師拓工處所見拓本，並援引《集韻》、《廣韻》諸韻書，藉音韻考訂翟云升《隸篇再續》之誤，

[註41] 《爾雅注疏》（北京：北京大學出版社，1999年，《十三經注疏》本），卷5，頁148。
[註42] 〔清〕吳式芬：《攈古錄金文》，頁940～941。

如誤釋「六」爲「九」，「瑂」爲「晦」等；（卷9，葉27）「周兄日壬卣」主要論「𥛄」及「囗」、「工」等字。其以爲「𥫀」爲「元」，既字从之，「𢪒」象人舉手。从手既聲乃「摡」字，此銘文省𦣻爲「抚」字。《集韻》摡、抚同字，皆注云「《博雅》取也」，可證「𥛄」即爲「抚」。而「囗」、「工」二字，許瀚取吳式芬釋作「日」、「壬」之說，並舉古器銘中時見日乙、日庚、日辛，皆爲廟主之稱，而「兄日壬」則因作器者乃爲兄作器耳。至於「舉」字，許氏以古文皆作「𢍰」，此作「𢍰」，當是變體；〈呒殷〉下云：「第一字阮、吳皆釋司，桂未谷先生釋壽，未知孰是。徐籀莊謂古嗣字，讀如辭說之辭。瀚疑嘅即呒也。《說文》：『嘅，嘆也。』引《詩》：『嘅其嘆矣』，嘅似不可爲人名。然古人字多假借，凡从既聲之字無不可借，不必定是从口字也。子苾閣部以所藏『虞司寇壺』證之，亦云當是嘅。」（卷8，葉3）此處所稱吳式芬語，見《攈古錄金文》，吳氏云：「首字徐籀莊謂古嗣字，讀如辭；阮釋司，桂未谷釋壽。案：皆未確，芬得虞司冠白呒壺與此是一字，从口从旡，〈篇海〉吾疾二切，音自，口小貌。許印林說呒蓋嘅省，憗、㤅、塈、歪、摡、抚、鱀、鱻其例也。」〔註43〕其所藏器銘適與許瀚所說相印證。〈矢伯隻卣〉器銘共七字，許瀚所據拓本因「作父」二字書太放長，故使「彝」字右移之字下，與蓋銘相對始解。阮元《積古齋鐘鼎彝器款識》、《山左金石志》均載此器在乾隆辛亥（1791）夏出於臨朐柳山寨土中，並名此器作「伯爵彝」、「父癸彝」，以爲「𣥂」作「雞父」，从雀形从又，當作「爵」，又「伯」爲氏，「矢」別取義，故器當爲該地之禮器也。〔註44〕許瀚對此說持疑，主張「𣥂」應作「隻」字解，斷非「爵」字，與陳介祺說同；〔註45〕而阮氏稱此器爲彝，許瀚則謂僅以銘文有彝字而定，舉證不足，自當存疑。就今人研究成果核之，則許瀚

〔註43〕〔清〕吳式芬：《攈古錄金文》，頁569。

〔註44〕〔清〕阮元：《積古齋鐘鼎彝器款識》（北京：北京圖書館出版社，2004年3月，《國家圖書館藏金文研究資料叢刊》第21冊），頁348。〔清〕阮元：《山左金石志》（臺北：新文豐出版公司，1977年，《石刻史料新編》第19冊），頁14362～14363。

〔註45〕陳介祺《簠齋藏古目》記所藏有「矢伯雞父器」、「矢伯雞父蓋」，然其《簠齋金文題跋》論此器末云「手執雞，非父字」。詳見〔清〕陳介祺：《簠齋藏古目》（北京：北京圖書館出版社，2004年），第4冊，頁18。〔清〕陳介祺著，陳繼揆整理：《簠齋金文題跋》（北京：文物出版社，2005年），頁35。

所言頗具識見。〔註46〕

他如釋「祖甲爵」云：

> 右漢陽葉氏藏器，《積古齋款識》卷一有〈重屋父下爵〉，其所謂重
> 屋者，與此銘上字正同。據《考工記》「殷人重屋」之制，「四阿重
> 屋」謂此正重檐覆笮之象形。然此銘上下二字自稱，不似重屋，疑
> 即「且」之初體。（卷7，葉13）

此據阮元《積古齋鐘鼎彝器款識》卷一所著〈重屋父下爵〉，其「重屋」之謂與
此銘「且」（祖）字正同，因舉「重屋」者爲殷人宗廟之制，《考工記》云：「殷
人重屋，臺修七尋，堂崇三尺。四阿重屋。」〔註47〕今安陽殷墟出土大殿即具
四坡重檐（簷）之型，實物可資爲證。許瀚則以銘下二字爲自稱，不名上冠以
「重屋」二字，因改釋爲「祖」字初文。釋「周中𦉖父鼎」云：

> 《說文》：「𪤀，黍稷在器以祀者。」大小徐本皆同，本不作器名解。
> 《韻會》引之作黍稷器，所以祀者，始解作器名。稽諸經典，《周禮》
> 旬師、舂人、大宗伯、小宗伯、外宗，《禮記·禮運》、《詩·采蘋、
> 豐年》，凡言「𪤀」皆解爲「粢」之借字。（卷6，葉22）

許瀚考訂「𪤀」義，謂本非器物名，後因作黍稷器，遂又別作器名解。復徵引
《周禮》、《禮記》、《詩經》諸籍，辨明𪤀乃「粢」之假借字，旨在「稽諸經典」，
援引群經以明假借也。釋〈齊陳曼簠〉云：

> 甒本後起字，非《說文》所應有。《說文》高部「䕻」從高從㡳，於
> 義已足；高旁加瓦，乃是高字或別體，若果有甒字，當是從㡳從瓹，
> 非從䕻從瓦也。而《說文》入瓦部，義例疏舛，自非許氏之舊。《爾
> 雅·釋畜·釋文》引《字林》：「甒，瓹也。」〔註48〕與今《說文》
> 正合，（左氏成二年《傳·釋文》引《字林》作「土瓹也」，多一「土」
> 字，義亦無別。）疑唐時合併《說文》、《字林》以便肄習，誤從《字
> 林》字羼入耳。（卷9，葉3）

〔註46〕馬承源：《商周青銅器銘文選》（北京：文物出版社，1991年），頁260。

〔註47〕〔漢〕鄭玄著，〔唐〕賈公彥疏：《周禮注疏》（北京：北京大學出版社，1999年，
《十三經注疏》本），頁1151～1152。

〔註48〕此出《爾雅·釋器》，許瀚誤作「畜」。

許瀚推究文字演變之迹，論「甂」字後起，非東漢所有，今本《說文》瓦部，於許慎義例不合，當爲後人所竄入。因據陸德明《釋文》於《爾雅·釋器》及《左》成二年兩引《字林》，其義與今本《說文》合。陸氏不引《說文》而引呂忱《字林》，則知「甂」字之竄入《說文》，當在陸德明後。蓋《說文》東漢以降頗經刊改，如李陽冰、徐鉉、李燾等，今通行者爲徐鉉校訂之大徐本，蓋兼采《字林》以便肄習，非復許慎之舊矣。

2、文　例

猶如甲骨文自有其文例，銘文亦然，各時代行文皆具獨特性，掌握文例方能正確釋讀，避免舛誤。許瀚長於小學、經學，又好古器，時以經籍與器銘相參校，互爲訂補、詁釋，如考訂「周受鐘」云：

> 右阮氏《積古齋鐘鼎彝器款識》摹本，題曰：〈祿康鐘〉，釋爲：「受作余服之彔康甬宏屯右寅啓朕身穌于永命用寓光我家受」，共二十五字。瀚據摹本諦審，知所釋非是。其所云「服之」乃「通」字，其所云「甬宏」乃「虔」字，並一字誤分爲二。「通彔康虔屯右永命」等語見薛書〈虢姜敦〉，阮書「頌鼎」、「頌壺」、「頌敦」。「康」下字，虢敦作🔲，薛釋爲「嗣」，以微「樂鼎」，有「用錫康嗣魯休屯右眉壽永命需終」之文耳。（卷6，葉2～3）

此處論器，阮元名曰〈祿康鐘〉，許瀚訂正爲〈受鐘〉，並廣泛參酌他器，得「受作余通彔康虔屯右寅啓朕身穌于永命用寓光我家受」二十三字。又指出「通彔康虔屯右永命」等語別見他器，此則據他器成語以考訂舊釋之誤。又如論〈周子璋鐘〉云：

> 「群孫析子璋」者，子璋人名，析者析其家財。析財與子璋，子璋因擇金作器也，子璋重文當如石鼓文「君子員_邋_員遊」，讀爲「君子員邋，員邋員遊」之例，與子_孫_讀法不同。（卷6，葉6～7）

許瀚指子璋乃人名，應如石鼓文「君子員_邋_員遊」讀作「君子員邋，員邋員遊」，例與常見「子_孫_」不同矣。

透過前述，可明許瀚考釋金文所涉器類甚廣，遍及樂器、食器、酒器、水器、兵器、生活雜器諸類。其考釋之內涵，則包括辨別器物眞僞、考訂器物形制、考證器物年代與器主、考釋文字與文例等方面。許瀚據彼時可知見者，或

訂前人譌誤，或加以闡析、申明己見，雖不免偶有偏失，然究其所言，時具特識，故其說屢爲吳式芬輩所稱引。藉此，亦可窺見清代學者考訂金文關注之焦點。

第二節　許瀚考釋銘文辨證（上）

欲探討許瀚研究金文之成果，當取同期諸家說法相對照，復參考近人所釋，方彰顯其說之特出與價值。今見許瀚著作援引諸金文家，除宋之薛尚功、王厚之外，與其時代相近者，有錢坫、阮元、張廷濟、朱爲弼、吳榮光、嚴可均、徐同柏、葉志詵、王筠、吳式芬、何紹基、吳雲、陳介祺、孫詒讓、吳大澂諸人。惟許瀚考釋銘文相關資料，多條列筆記，或散見他人著作校語，與之同時或稍晚者，雖不乏專著，亦不脫隨筆劄記體，故本節擬取許瀚著作中探論較詳備之字，如「𧻸」、「𡚼」、「𤔲」、「𧶽」、「𦥑」、「𠙻」等，參酌同時諸家主張，以明其考釋特點；次引近代學者主張，以辨其說法正訛。

一、釋「匽」（𧻸）

許瀚嘗校薛尚功《歷代鐘鼎彝器款識法帖》、吳榮光《筠清館金石錄》等金石著錄，並考訂其中訛誤，若其於〈周子璋鐘〉中云：

> 《筠清館》釋云：「惟是十月初吉丁亥，群孫口子_孫_永棄□。□曶壽無基□□□者□其璋擇其吉金自作穌鐘，用□以喜用樂。」吳子苾手疏其後云：「釋文錯亂，今正之：『惟正十月初吉丁亥，群孫兆子_璋𦥔其吉金，自作穌鐘，用匽以喜，用樂□孫諸□，其曶壽無期，子_孫_永世鼓之。』」瀚案：此銘讀法由鉦閒及鼓左順行，又由鼓左及鼓右逆行，至右銑之末畢，子苾所釋是也。然祇就筠清館摹本正之，故「群孫」下「兆」字、「諸」上「孫」字皆誤釋；「璋」下有重文，亦未之見。瀚所摹石卿藏本，視筠清館所錄雖剝蝕較多，而清晢處猶足資補正，今互勘兩本重定釋文如左：「隹正十月初吉丁亥，群孫析子_璋_𦥔其吉金，自乍穌鐘，用匽以歖，用樂父陛，諸士其眉壽無期，子_孫_永保鼓之。」（卷6，葉6）

> 「用匽以歖」見薛書〈許子鐘〉，「匽」薛誤釋「匜」，瀚始正之，說

詳〈許子鐘跋〉，得此彌足證薛釋之誤。（卷6，葉7）

許瀚以吳榮光《筠清館金石錄》所釋錯亂，其序當以吳式芬爲是，然吳氏釋文僅據吳書校改，亦不免有誤，如「群孫」下「兆」字、「諸」上「孫」字皆誤釋，「璋」下有重文亦未見，故許瀚據葉志詵藏本與吳榮光拓本相較，互爲補正，重新勘定釋文。又云薛尚功《歷代鐘鼎彝器款識法帖》誤釋「㘡」爲「匩」，[註49] 其於考訂〈許子鐘〉時已正之，今得此鐘益見所釋爲確。而許瀚釋此字詳見〈周許子鐘銘釋文〉：

> 「用㘡以喜」，「㘡」一篆作㘡，一篆作㘡，明是㘡字。㘡，匿也，義未協。蓋以㘡爲宴之假借也。宴，安也。通作燕。《詩·六月》：「吉甫燕喜。」《漢書·陳湯傳》引作「宴喜」是也；〈鹿鳴〉：「以燕樂嘉賓之心。」《毛傳》：「燕，安也。」以燕爲宴也，宴樂、宴喜其義同也。下文云「用樂嘉賓大夫及我朋友」，皆承上「宴喜」申言之，即《詩》之「燕樂嘉賓」，燕及朋友也。薛釋爲「匩」。「匩」，宗廟盛主器也，用匩以喜，不詞甚矣。楊鈞《增廣鐘鼎篆韵·二十五寒》載薛韵「匩」下篆作匩，而不■所出，應即出此鐘。詳其篆文从口从女，口即日之省，是㘡■匩益明。㘡从讀若徯之匸，匩从讀若方之匚，古文雖不甚匩別，小篆則殊也。（卷6，葉9）

許氏指出銘文「用㘡以喜」，「㘡」字篆作㘡、㘡，與此字形相似，然《說文》：「㘡，匿也。从匸，晏聲。」於文義未合，故以「㘡」爲「宴」之假借，而「宴」乃安之義，通作「燕」，並舉《詩經·六月》作「燕喜」，而《漢書·陳湯傳》引作「宴喜」爲例，明「燕」、「宴」音義同而相通，而㘡从晏聲，可假借。此銘下云「用樂嘉賓大夫及我友朋」乃上承「宴喜」而言，與《詩》中所云「燕樂嘉賓」、「燕及朋友」同義。徐同柏《從古堂款識學·周子璋鐘》云：「㘡讀爲宴飲之宴，古文㘡、晏同字，晏又與宴同義。」[註50] 亦同許瀚所說。吳大澂論〈㘡侯盉〉則云：

〔註49〕　〔宋〕薛尚功：《歷代鐘鼎彝器款識法帖》（北京：北京圖書館出版社，2004 年 3月，《國家圖書館藏金文研究資料叢刊》第 22 冊），卷 6，頁 158～161。

〔註50〕　〔清〕徐同柏：《從古堂款識學》（北京：北京圖書館出版社，2004 年 3 月，《國家圖書館藏金文研究資料叢刊》第 8 冊），卷 6，頁 9。

〔圖〕，古燕字，象燕處巢，見其首，〔圖〕字從此。宴、晏、匽三字皆當从晏，許氏說「晏，安也」、「宴，安也」、「匽，匽也」，皆燕安之義。小篆从日从女，形相近而古義凶矣。經典通作燕。〔註51〕

又云：

〔圖〕，古匽字，從〔圖〕，上有一覆之，象燕之匽於巢也。許氏說：「匽，匽也。」〔圖〕，古燕字，〈子璋鐘〉「用匽以喜」，今經典通作燕。

〔註52〕

是以「〔圖〕」、「〔圖〕」字形析論所象，宴、晏、匽三字皆從晏，篆文形似卻失古義，而傳世經典則通作「燕」字，陳槃亦嘗列舉金文所見匽字各形，並云：

北燕其或單稱燕，……亦當然也。古銅器中則其字或作匽（〈匽侯鼎〉）、或作匽（〈匽侯旨鼎〉）、或作匽（〈匽公匜〉）、或作甌（〈甌侯載戈〉）、或作郾（〈郾右軍矛〉）、或作郾（〈郾王戈〉）。……案：從晏（晏同）、從燕之字古同音相假，故經典「燕喜」金文並作「匽喜」（〈鄴子鹽師鐘〉「用匽以喜」、〈王孫鐘〉「用匽以喜」）。〔註53〕

是知從晏、從燕古音同而相假，故經典與金文雖用字不同，其義一也。

前述諸家所云皆以宴、晏、匽字義相通，故釋「用匽以喜」可成立，至若薛尚功釋爲「匰」，《說文》：「匰，宗廟盛主器也，从匚，單聲。《周禮》曰：『祭祀共匰主。』」〔註54〕是作宗廟祭器，於此器銘文之義未協也。而近人論「匽」字，多探討古國名，如郭沫若云：「凡北燕之燕，金文作匽若郾，無作燕者。」〔註55〕陳夢家〈匽侯盂〉云：

春秋金文燕作匽，戰國金文增邑作郾，凡此匽字，潘祖陰說當爲燕

〔註51〕〔清〕吳大澂：《說文古籀補》（臺北：新文豐出版公司，2006 年 3 月，《石刻史料新編》第 8 冊），頁 285。

〔註52〕〔清〕吳大澂：《說文古籀補》，頁 290。

〔註53〕陳槃：〈春秋大事表列國爵姓及存滅表譔異〉，《中央研究院歷史語言研究所專刊》第 52 期（1969 年）。

〔註54〕《說文解字注》，頁 637。

〔註55〕郭沫若：《兩周金文辭大系圖錄考釋》，《郭沫若全集》（北京：科學出版社，2002 年 10 月），頁 477～478。

之假借字（《攈古》一・五）是正確的。秦漢之際，不知何故凡匽國一律改爲燕，朱駿聲《說文通訓定聲》「嬴」下云：「鄭語嬴伯翳之後也，伯翳子皋陶偃，姓蓋以偃爲之。偃、嬴一聲之轉，如其說可立，則匽之改燕當在秦滅燕以後，以匽爲秦姓，所以改去。」〔註 56〕

是郭氏以爲金文未見「燕」，但見「匽」、「郾」，而陳夢家則主張燕字在春秋與戰國分別作匽與郾，直至秦漢方才統作燕，其或肇因於秦滅燕後，以匽似秦姓故改。

許瀚考訂薛書釋〈許子鐘〉之誤，除就聲音論匽、晏、燕間通假關係外，亦博引經典爲證，及見〈子璋鐘〉，亦不忘取資佐證，而徐同柏、吳大澂二家與近人所言，亦足見其考訂之確然。

二、釋「苟」()

阮元《積古齋鐘鼎彝器款識》中〈師酉敦〉二器及薛尚功《歷代鐘鼎彝器款識》錄〈牧敦〉、〈師酉敦〉，皆將「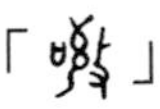」隸作「敬」，故云「敬夙夕……」，然未見說明。徐同柏釋繩，曰：「字作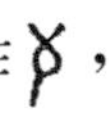，象繩之形。」〔註 57〕今觀其字形殊不類也。「敬」亦見於他器，或作、、、、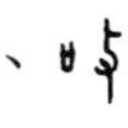、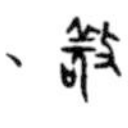、等。〔註 58〕許瀚論〈虎敦〉之「」字云：

> 敬作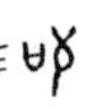，即苟字，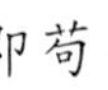从羊省，則更省，勹从包省，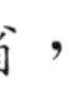即勹。勹，裹也。象人曲形有所包裹，此固足已概包義，不須从包省。苟訓「自急敕」，經典罕用；或以「無曰苟矣」，「苟日新」當之，殊費解說。此云「苟夙夜勿廢朕命」讀爲苟字，義亦可通，然〈牧敦〉、〈尨敦〉、〈寅簋〉皆有「敬夙夕勿廢朕命」之文，〈牧敦〉作與此畧同，〈尨敦〉則作，〈寅簋〉則作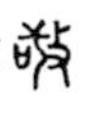，確是敬字。蓋敬亦从苟，音異義近，定爲敬省，當得其實。〔註 59〕

〔註 56〕陳夢家：《西周銅器斷代》，收入《中國古文字大系——金文文獻集成》，第 38 冊，頁 247。

〔註 57〕〔清〕徐同柏：《從古堂款識學》，卷 16，頁 305～316。

〔註 58〕容庚：《金文編正續編》（合訂本）（臺北：大通書局，1971 年 12 月），頁 550。

〔註 59〕〔清〕許瀚：〈虎敦〉，《攈古小廬古器物釋文初草》（濟南：山東大學出版社，2006 年，《山東文獻集成》第 1 輯第 44 冊），頁 95～96。

其就字之內部結構分析，以「㪁」作敬，即「茍」字，「茍」之「∨」為從羊更省，而「ɕ」筆畫彎曲，類人有所包覆，足以涵括「包」義，故無須再從包省。高田忠周論此字亦主不必從包省，其云：

> 按：〈師酉毀〉又曰：「敬夙夕」而字作㪁。彼則正，而此省茍字也。《說文》：「茍，自急敕也。從羊省，從包省。從口，口猶慎言也。從羊，羊與義、善、美同意。古文從羊不省，作苟。」此ㄩ即心之省，ɕ為古文ɕ也。蓋羊者，祥也。慎言者必有善祥，從包、口者，與專壹字從壺中入吉相似，此與從艸句聲之苟，聲義迥別。又按《說文》包字從ɕ，而古文作Δ不從勹，今勹改附于巳系，然茍從勹而會意至順，斷非從包省者，許解誤矣。〔註60〕

其舉〈師酉毀〉之「㪁」為例，以其為正，「㪁」為省茍。而《說文》云茍字從羊省、從包省，字從羊者，祥也，慎言必有善祥，與「壹」字同例；然所謂從「包」省者，據其古文觀之，當非，是許慎誤釋。至於茍字義，許瀚以為茍訓「自急敕」，乃自我警惕之意，或釋無，若《禮記·大學》「茍日新，日日新，又日新。」此器銘文「茍夙夜勿廢朕命」讀為茍字，義亦可通，然如〈牧敦〉、〈尨敦〉、〈寅簋〉均有「敬宿夕勿廢朕命」，〈牧敦〉「㪁」字形與此器「㪁」近似，而〈尨敦〉作「㪁」，〈寅簋〉作「㪁」，則確是敬字無疑，故知「㪁」當作茍，為敬之省也。

　　許瀚首對此字論述詳盡，吳式芬《攈古錄·虎敦》釋此字逕引許氏說。〔註61〕其他同時學者對此字亦各具論點，如劉心源云：

> ɕ為茍省，亦即敬省。《說文》：「茍，自急敕也。從羊省，從包省。從口，口猶慎言也。（當云包口猶慎言也）從羊，羊與義、善、美同意。苟，古文（羊）不省。」敬從茍，故古刻即以茍為敬，如〈毛伯彝〉「惟㪁」、〈牧敦〉「㪁夙夜」是也。此銘ɕ，茍之省口者亦讀敬。〈盂鼎〉「今余惟命女盂昭艾ɕ」又云若ɕ，乃正與此同。〔註62〕

〔註60〕高田忠周：《古籀篇》，收入《中國古文字大系——金文文獻集成》，第 32 冊，卷 36，頁 221。

〔註61〕〔清〕吳式芬：《攈古錄金文》，頁 1128～1129。

〔註62〕〔清〕劉心源：《奇觚室吉金文述》（北京：北京圖書館出版社，2004 年 3 月，《國

劉氏云「🤸」爲「🤸」省口，亦爲「敬」省，銘文中多見以苟爲敬者，如〈毛伯彝〉、〈盂鼎〉等。吳大澂《說文古籀補·盂鼎》則云：「🤸，古敬字，象人共手致敬也。」〔註63〕上述許瀚、吳式芬、吳大澂、劉心源四家皆主以字形析之，而方濬益釋此字讀音云：

> 筠清館錄此名誤釋蓍爲姜，按：《說文》：「苟，自急敕也。从羊省，从包省。从口，口猶慎言也。从羊，羊與義、善、美同意。蓍，古文羊不省。」此與《說文》所載古文正合。《儀禮·燕禮記》：「賓爲苟敬。」鄭注：「苟且也，假也。」〈聘禮記〉注則又曰：「苟敬者，主人所以小敬也。」按：苟且字从艸，與此迥異，隸書興，二字相混，康成不察，遂以从羊省之苟誤爲从艸之苟。〈抑〉詩：「無日苟矣。」鄭《箋》亦以爲苟且，其失并同。惟篆書九經〈抑〉詩作「🤸」不誤。《六書例解》謂《禮記·大學》「苟日新」亦此字是也。〔註64〕

方氏指出吳榮光《筠清館金石錄》誤釋〈鄭儀蓍簠〉之蓍爲姜，《說文》云🤸乃苟字古文，此銘字形與之正合。而鄭玄注《儀禮》〈燕禮記〉、〈聘禮記〉時均將「賓爲苟敬」之「苟敬」作「苟且」解，亦以爲誤矣。此誤乃肇因於其不辨二字初形，「苟」與「苟」一從羊省，一從艸，隸書興起前當不相混。篆書九經〈抑〉詩及《六書例解》所見該字均作「🤸」，足證「蓍」當爲「苟」而非「姜」。而其復舉《南史·張敬兒傳》與〈何敬容傳〉爲例，說明六朝時人多以敬之从苟爲从艸之苟且，故「苟」今方讀與狗同音。

　　清儒於「🤸」字之形、音、義省變論述已豐，然大抵不脫《說文》架構，然近人則結合古史及先民生活論字，如郭沫若論〈班毀〉云：

> 苟用爲敬，與〈師虎毀〉同。〈大盂鼎〉、〈大保毀〉又均以芍爲之。余謂芍乃狗之象形文，卜辭多見，用以爲牲，又以爲沃甲之沃，狗、沃音相近也。芍又作苟，乃从口聲，後誤爲从艸之苟，形雖失而音

家圖書館藏金文研究資料叢刊》第 11 冊），卷 3，頁 263～264。

〔註63〕〔清〕吳大澂：《說文古籀補》，頁 276。

〔註64〕〔清〕方濬益：《綴遺齋彝器款識考釋》（北京：北京圖書館出版社，2004 年 3 月，《國家圖書館藏金文研究資料叢刊》第 16 冊），卷 9，頁 615～616。

尚存。其用爲敬者，敬即警之初文，自來用狗以警衛，故從苟從攴，
與牧、羢、駿等同意。省之，則單著狗形作芍若苟，即可知爲敬爲警，
猶箕帚乃婦女之事，故婦字從帚，而卜辭更以帚爲婦矣。苟、苟字
《說文》兩收，苟訓爲艸，苟訓爲「自急敕」而未言其音，後人因
「急敕」之訓而傳會以「己力切」，《玉篇》更以苟、亟爲一字。然
〈大盂鼎〉有從亟之字，作極，又同見兩芍字，二者並不相混，知
後起之說均不足信也。〔註65〕

郭氏亦主「苟」用爲「敬」，銘文多此例，亦有作「芍」者。「芍」乃狗之象形，
卜辭中可見用牲之例，後與從艸之「苟」相混，其作「敬」者，乃因先民蓄
養狗以充警衛，故從苟從攴，猶如牧、羢、駿等字。若省其形則單書狗形，即
芍，又同苟，此亦如帚之於婦也。《說文》苟、苟兩收，知其不相混，《玉篇》
或以苟、亟爲一字，實非矣，〈大盂鼎〉銘文有從亟之「極」，又兩見「芍」字，
由是知《玉篇》所錄爲非。而商承祚則云：

> 《說文》：「苟，自急敕也。從羊省，從包省。從口，口猶慎言也。
> 從羊，羊與義、善、美同意。𦬕，古文，羊不省。」案：甲骨文作
> 𦫿，金文〈盂鼎〉作𐀡，〈師虎𣪘〉作𐀡，用爲敬字。其它敬之偏
> 旁作𦬟〈余義鐘〉、𐀡〈師酉𣪘〉、𦬕〈克鼎〉古鉢從𦬕、𦬤，此當
> 爲叩气吠以守之狗之初字，其形有兩耳，從口者，吠气誼也，許云
> 從羊失之。〔註66〕

其列舉甲骨文、金文所見敬字，復舉〈余義鐘〉、〈盂鼎〉、〈師酉𣪘〉、〈克鼎〉
及古璽印文等敬字偏旁佐證，明「苟」乃作「敬」，而就「苟」字形分析，但見
其形巨兩耳、從口，應爲犬吠氣貌，是該字當係狗之初文。許慎以之從羊省，
誤矣。

　　總括前述各家觀點，則清人或訂許慎《說文》從包省之誤，或云苟、苟
相混之變，大抵不脫《說文》所云，近人則據新出甲骨卜辭論證，結合先民
生活概況說「苟」字當爲象形而非形聲。在許瀚之前已有學者釋「敬」，然皆

〔註65〕郭沫若：《兩周金文辭大系圖錄考釋》，《郭沫若全集》，頁61～62。
〔註66〕商承祚：《說文中之古文攷》，收入《中國古文字大系──金文文獻集成》，第36
　　　冊，頁264～265。

未說明，而許瀚能辨「」爲「苟」，亦作「敬」，當爲其省文，而《說文》云從包省者，實毋須也，亦具其識見，正如王輝《商周金文》論清儒治金文概況云：「清代學者的金文考釋水平，遠遠超過宋代。徐同柏、許瀚的金文考釋，已能注意字形結構的內部聯繫。如徐氏釋育爲臍，許氏釋爲苟（敬之本字），皆有卓識。」〔註67〕確爲的評。

三、釋「家」（）

　　〈楚公鐘〉中之「」字凡四見，歷來學者所持看法不一，或釋作「守」、「受」、「遼」、「爲」、「寫」、「家」、「豪」等，亦作存疑待考者。許瀚於《攀古小廬雜著‧周楚公家二鐘》論此字云：

> 案：《積古齋款識》卷三有「楚公鑄鐘」，銘十四字「」，與此二鐘同爲一人器。阮云：「公下一字是楚公名，不可識，或釋作『守』，亦未可定，姑闕疑。」今審此二鐘，「公」下是「家」字甚明瞭，疑阮所據本字體小異，傳摹失眞，遂不可識。惟此二鐘「家」字上皆有「」形，一反一正，不知何意？其弟（第）一鐘永字下亦有「」，當是字外爻飾，非筆畫所應有也。（卷6，葉2）

此二器乃濰縣陳介祺所藏，陳氏名此鐘爲〈楚公受鐘〉，云：「家從宀，疑仍是受異文。」〔註68〕許瀚得見該拓本，故知阮元《積古齋鐘鼎彝器款識》描摹失眞，闕漏「」字偏旁部件，或由是導致誤釋。其審視二鐘，認爲「」乃「家」字無疑，然字上均有「」形，左右反書，不解何義。第一鐘「永」字下亦有「」形，疑爲文飾之用，與義、音無涉。除此二器外，許瀚由六舟禪師處得見一鐘拓與阮書所錄同，字體亦相類，故記之爲證。其於〈楚公鐸鐘〉中云：

> 顧「家」字反書，其肩上有「」形，不解何故。六舟又有一鐘，拓本文與《積古》所錄同，而字體與此鐘類，其「家」字正書，上亦有「」，下文「永寶」之間又有「」，疑字外爻飾，別有取意，

〔註67〕王輝：《商周金文》（北京：文物出版社，2006年1月），頁14。

〔註68〕〔清〕陳介祺：《簠齋金文題識》（北京：文物出版社，2005年12月），頁3。

非其正也。（卷6，葉1）

其復取六舟所示另件鐘拓，發現字上亦具「⼈」形，而「永寶」之間亦有「⼈」，是以疑「⼈」爲字外文飾，不得與字相混。

許瀚就所見拓本釋「宧」爲「家」，與其同時學者亦各有所識，如阮元《積古齋鐘鼎彝器款識・楚公鐘》即云：

右〈楚公鎛鐘〉銘十四字，據舊藏摹本編入，案：「公」下一字是楚

公名，不可識，或釋作「守」，亦未可定，姑闕疑。〔註69〕

阮元視此字爲楚公名，謂其不可辨識，或爲「守」字，對所釋尚存疑。今就字形觀之，「守」銘文作�、�、�、�、�、�等，〔註70〕均從宀從又，與其拓本所摹「宧」字不相類，且檢校各家集錄，阮元所摹確遺漏「⼈」形，或有礙其考訂結果。徐同柏則釋爲「受」字，云：

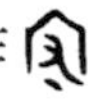

豪，楚公名，字从爪从家，或是受之變文。〔註71〕

徐氏亦指爲楚公名，然「受」字《說文》小篆作�，從鹿舟省聲。〔註72〕甲骨文作�，金文則作�、�、�、�、�，〔註73〕析其字形，僅爪之部件與宧同，餘皆不類，故宧乃受字變體說難以成立。吳大澂《愙齋集古錄》三見楚公鐘，皆從楊沂孫釋「爲」，其云：「宧，楚公名。楊詠春釋作爲。」〔註74〕

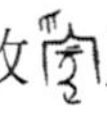

孫詒讓釋此字爲「寫」，於《古籀餘論・楚公鐘》中云：

楊沂孫釋「爲」，又或釋爲「家」（《說文古籀補》），于文皆不類，竊

疑當爲「寫」字。〔註75〕

孫氏駁楊沂孫說，亦不以釋「家」之說爲然，主張當隸作「寫」。劉心源則釋「邃」，其云：

〔註69〕〔清〕阮元：《積古齋鐘鼎彝器款識》，卷3，頁176。

〔註70〕容庚：《金文編正續編》（合訂本），頁450。

〔註71〕〔清〕徐同柏：《從古堂款識學》，卷13，頁53～54。

〔註72〕〔東漢〕許慎著，〔清〕段玉裁注：《說文解字注》，頁160。

〔註73〕容庚：《金文編正續編》（合訂本），頁248～249。

〔註74〕〔清〕吳大澂：《愙齋集古錄》（臺北：臺聯國風出版社，1976年9月），上冊，頁70。

〔註75〕〔清〕孫詒讓：《古籀餘論》，《古籀拾遺、古籀餘論》（北京：中華書局，1989年9月），卷2，頁8。

近人釋家，案：家不得從爪，此於寫字爲近，或云古刻墜字，臼、豕爲之，篆作（〈豪伯或敦〉），與此下體合。古刻辵有作者（〈叔弓鎛〉），此從、即省，則此爲邃也。〔註76〕

其以家字不得從爪，故此字較近寫，然若墜字之「豕」古作，與「」形近，而、可目爲之省，故云當作「邃」。方濬益《綴遺齋彝器款識考釋》收錄四件〈楚公鐘〉摹本，對此字亦加論述，其云：

豪字不見於《説文》，《史記・楚世家》楚君亦無名豪者，按：《左・桓公六年傳》曰：「周人以諱事神，名，終將諱之。」彝器文中凡人名奇古不可考釋者，大抵皆當時意造之字，以爲將來易諱之地，此類甚多，强識則鑿。〔註77〕

又云：

右〈楚公鐘〉銘同前器，據《攈古錄金文》摹入，原釋以豪爲家，非是。

方氏將「」隸作「豪」，並云「豪」不見於《説文》，亦不見於史傳典籍，如《史記・楚世家》便未見名豪之楚君。復援《左傳・桓公六年》云：「周人以諱事神，名，終將諱之。」〔註78〕推論「」乃時人爲日後便於避諱所意造之字。今檢《左傳》所云，當指桓公爲子問名，紳繻僅云「不以國，不以官，不以山川，不以隱疾，不以畜牲，不以器幣」六項原則，蓋周人諱死不諱生，且早期避諱制度未若漢以降嚴格甚近乎苛刻，故以文字奇古、難辨者爲先人立意避諱而造，其説似難成立。

近人丁佛言釋作「寫」，其云：

，〈楚公鐘〉舊釋家，或受，又爲。案：鐘文曰楚公「」是人名，字從從宀從，疑爲寫字移動其部位。《説文》「寫」，許曰屋也。又是姓，《春秋・隱十一年》：「公館於寫氏。」〔註79〕

〔註76〕〔清〕劉心源：《奇觚室吉金文述》，冊12，卷9，頁7。

〔註77〕〔清〕方濬益：《綴遺齋彝器款識考釋》，冊16，卷1，頁102。

〔註78〕楊伯峻：《春秋左傳注》（北京：中華書局，2007年7月），頁116。

〔註79〕丁佛言：《説文古籀補補》（臺北：新文豐出版公司，2006年7月，《石刻史料新編》，冊8），頁392。

丁氏以爲就字形觀，「⿱」乃從⿱从宀从⿱，惟部件移易耳。《說文》寫字下云：「寫，屋兒。从宀舄聲。」〔註80〕《春秋》云「公館於寫氏」，故該字亦可爲姓。郭沫若則主是字乃「爲」之異體，其論〈楚公家鐘〉云：

> 家蓋爲字之異，古文爲作象，形甚相近。〔註81〕

郭氏所據，乃依字形判析，以「家」乃「爲」之異體。「爲」，古文作「⿱」，隸作「⿱」，若手執象形。然若依其所言，則難以解釋「⿱」字中「介」、「⿱」等部件。而高田忠周《古籀篇》釋云：

> 〈楚公鐘〉二器，曰：「楚公家自作寶大鎛鐘」；一器曰「鑄查鐘」，均皆以「家」爲楚公名，亦或爲家門之家。《古籀補》引楊沂孫說爲「爲」字，蓋依「⿱」形立考，非。《說文》：「家，从豭省聲。」而鐘鼎古文叚作「⿱」，此即宀下作豭象形，而上加「⿱」形，是从豭省聲，尤顯然矣。〔註82〕

其云三件〈楚公鐘〉均見「家」字，「家」爲楚公名，亦可謂家門之家，而吳大澂《說文古籀補》云是「爲」字，乃因「⿱」形立論，未若《說文》：「家，从豭省聲。」〔註83〕有據。古文叚雖作「⿱」，然是否能隨意減省、移動部件，則仍具爭議，故若未得其他與此同例之字佐證，此說猶未能盡信。如李零《長沙子彈庫戰國楚帛書研究》即云：

> 「家」，曾憲通釋家，楚字家多如此作，如楚公家鐘、戈，還有楚簡上所見到的「家」字，上增一爪，仍是家字（楚簡中的壼字上亦从爪），這裏讀爲嫁。〔註84〕

李氏贊同曾憲通釋家之說，且云楚地家字皆作此形，除舉〈楚公家鐘〉、戈等銅器銘文爲證外，復舉楚簡爲例，以簡文家字上增一爪，仍作家，讀若嫁，壼

〔註80〕〔東漢〕許慎著，〔清〕段玉裁注：《說文解字注》，頁339。

〔註81〕郭沫若：《兩周金文辭大系圖錄考釋》，《郭沫若全集》，頁354。

〔註82〕高田忠周：《古籀篇》，卷71，頁338。

〔註83〕〔東漢〕許慎著，〔清〕段玉裁注：《說文解字注》，頁337。

〔註84〕李零：《長沙子彈庫戰國楚帛書研究》（北京：中華出版社，1985年7月），頁75～76。

字與之同例。劉信芳則云「豪」字用作人名乃習見，其〈包山楚簡近似之字辨析〉論及「豪」者有：

> 包山簡筮占紀錄屢見「保豪」，或釋「豪」爲「著」，恐非達詁。楚帛書「豪女」，睡虎地秦簡《日書》作「家女」，即嫁女。《說文》解「家」字「从宀，豭省聲。」《爾雅·釋草》：「葭，蘆。」《詩·秦風·蒹葭》毛傳：「葭，蘆也。」則「保豪」是以蘆葦杆作占筮工具（「保」讀如「苞」，叢生之名，參王念孫《廣雅疏證》）。
>
> 「豪」字又用作人名，習見，不舉例。
>
> 「豪」可以認作《說文》「家」之異體，然「室家」之「家」尚未見楚文字之用例，筆者存疑良久，方悟楚簡「加」乃「家」之假。……楚官之「州加公」，周官之「家司馬」、「家宗人」、「家士」之類也。「加」爲「家」之假，可以無疑。[註85]

語楚簡帛中「豪」字之例，或云卜筮用具，如包山楚簡之「保豪」，或云嫁，如睡虎地秦簡《日書》之「家女」，或云假作「加」字，如楚官「州加公」之屬。劉氏所釋家字雖多義，然亦指出此字常作人名，惟因習見而未於文中詳列其例。劉釗則增列璽印文字佐證，其云：

> 古璽文有下揭一字：

> （3758）
>
> 《璽文》以不識字列於附錄。按字從「宀」從「豪」。「豪」從「人」從「豕」，楚文字豕字寫作「豕」、「豕」（望山竹簡），與「豪」所從之「豕」形相同。楚文字「宀」旁常可寫成「人」、「人」形，故古璽「豪」形從「宀」從「豕」，應釋爲「家」。楚文字「家」字從「宀」作「豪」，如〈楚公豪鐘〉，望山竹簡、包山竹簡、長沙帛書家字都作「豪」形，與上揭古璽「豪」形全同，

故知「象」也應釋爲「家」。〔註86〕

羅福頤《古璽文編》未釋此字，並將其列於附錄中，劉釗析其部件與望山簡比對，以爲當作「家」，該璽字形並與〈楚公象鐘〉，望山竹簡、包山竹簡、長沙帛書之「象」同，故隸定爲「象」仍釋家，無誤。

總前所述，知清人考訂「象」字，有隸作「守」、「受」、「遼」、「爲」、「寫」、「家」、「象」諸說，所同者惟以「象」爲楚公名。近人隸定漸具共識，均直存其形，隸爲「象」，仍作「家」，其義則要以人名爲主。今探摭各家說解，知是字應隸作「象」，楚公名，故當爲「楚公象」解。至若「楚公象」見諸文獻載記，張亞初就音韻、形制、紋飾和銘文字體等辨析，判定器主應爲西周中期楚公熊渠也。〔註87〕許瀚就所見拓本，盉言公下爲家字甚明，惟不解「彡」形之意，復因見銘文「永寶」間有「彡」形，故疑爲字外文飾。今檢視《積古齋鐘鼎彝器款識》、《綴遺齋彝器款識考釋》摹本與《愙齋集古錄》拓本，均未見許氏所云之形，疑六舟所贈拓本漫漶，或因楚系文字多飾筆，許瀚乃誤將「氷」之筆畫誤爲「彡」，此則尚待釐清。惟與同時諸家相較，許氏能正確釋出此字，亦屬不易。

第三節　許瀚考釋銘文辨證（下）

一、釋「賣」（曼／賣）

銘文中可見「賣屯此魯」、「寶用魯」、「魯生匕攼」等語，其中「屯」、「用」、「匕」、「魯」、「攼」之隸定，學者已有共識。然「賣」字究爲何義，自清代以來，學者或釋作「得」，或釋作「賣」，頗見疑義。對此，許瀚考〈周虢叔大林鐘〉云：

阮器曼，吳摹瞿器作曼。瀚所藏拓本適當墨侵處，不甚分明。吳摹編鐘作曼，阮氏《款識》〈■叔鐘〉有「賣屯此魯」之文，阮釋爲「尋屯乍魯」，亦云「乍」即「祚」，蓋謂此鐘「尋屯乍攸」同意也。吳亦錄之，名〈井人殘鐘〉，摹作「寶用魯」，釋爲「賣毛用魯」，以毛

〔註86〕劉釗：《古文字構形學》（福州：福建人民出版社，2006年1月），頁310～311。
〔註87〕張亞初：〈論楚公象鐘和楚公逆鎛的年代〉，《江漢考古》1984年第4期，頁95～96。

爲井人名。瀚案：「用」之爲「□」，阮誤摹誤釋，「□」、「□」二字則以阮釋爲長。葢邢之□即虢之□，上下互易耳，然釋爲尋字，殊未确。《說文》彳部以尋爲「得」之古文，見部重出，訓「取」也。尋屯無義可說，據〈邢鐘〉當是「賁」字，其字从貝而非从見，□即卉之變體，饙、餴、餴同字，薛書有〈宋公欒之□鼎〉、〈宋君夫人之□釪鼎〉，□皆釋爲「餗」，實「餴」字誤釋。「捧」亦从𠦪，〈戠敦〉「捧」作□可證。「惠」古文从芔作□，見〈師□敦〉，〈晉姜鼎〉又作□，是知□即卉而□即賁矣。（卷6，葉16）

其先就該字字形論述，指出阮元〈井叔鐘〉釋「□□□□」爲「尋屯乍魯」，吳榮光釋「□□□」爲「賫毛用魯」，俱誤。阮元云：「案：母，邢叔名；乍，即祚字；德、吉、帥三字句末爲韻。此係鉦間之銘辭意未畢，下必有文而未搨，或已剝落不可知也。」〔註88〕其雖釋「□」爲「乍」、「祚」，然不知其即作、用之義，且「□□」猶同「乍福」，乃祝嘏辭用例。〔註89〕若就「□□」二字觀，許瀚以阮釋「□□」作「尋屯」較吳榮光「賫毛」說爲優。「毛」字銘文有□、□、□、□□、□諸形，〔註90〕未見作「□」者，而「賫」字銘文作□、□，與「□」相去益遠，惟阮元將「□」作尋解，則尚待商榷。許瀚以《說文》彳部「尋」爲得之古文，該字又於見部重出，訓取。然「尋屯」無義可說，故主張「□」當作「賁」解。其先析「□」字形，云是字從「貝」不從「見」，並舉薛書從「𠦪」之「餴」、「捧」爲例，復舉「惠」古文作□，證「□」即卉之變體，若此則知「□」即「賁」也，而邢之□即虢之□，上下互易耳。除析字形外，亦稽諸字書、典籍，其云：

《說文》：「賁，飾也」；《廣雅．釋詁》：「賁，美也」；王高郵《廣雅疏證》謂《易．序卦》、《詩．白駒》「賁」訓飾，皆美之義；〈盤庚〉「用宏茲賁」謂用大此美績也；〈大誥〉「敷賁」亦謂「敷布文武之

〔註88〕〔清〕阮元：《積古齋鐘鼎彝器款識》，卷3，頁186。

〔註89〕金信周《兩周祝嘏銘文研究》謂動詞式的嘏辭「乍」，在銘文中僅見「乍福」（〈叔尸鐘〉、〈叔尸鎛〉）。詳見氏著：《兩周祝嘏銘文研究》（臺北：國立臺灣師範大學國文研究所碩士論文，2002年11月），頁46。

〔註90〕容庚：《金文編正續編》（合訂本），頁510。

美功也」。屯、純通，「賁純」言美且純也。《易·釋文》引王肅注：
「賁，有文飾，黃白色。」《詩·白駒》鄭箋：「賁，黃白色也。」
《呂氏春秋·壹行》篇：「孔子卜，得『賁』……曰：『白而白，黑
而黑』。」高誘注：「賁，色不純也。」是皆以賁爲不純。《易·賁·
六四》：「賁如皤如，白馬翰如。」陸績曰：「震爲馬，爲白。」李鼎
祚曰：「皤亦白素之貌也。」〈上九〉：「白賁。」虞翻曰：「在巽上，
故曰白賁。」干寶曰：「白，素也。」〈雜卦〉：「賁，无色也。」虞
翻曰：「賁離日在下五動巽白，故无色也。」是又以賁爲純白。蓋賁
本純白，外加文飾，疑於不純，而其質則純。鄭氏《易》注云：「賁，
文飾也。離爲日，天文也；艮爲石，地文也。天文在下，地文在上，
天地二紋相飾成賁者也，猶人君以剛柔仁義之道飾成其德也。」盡
賁之義矣。賁言其外，純言其內，《荀子·堯問》篇：「忠誠盛於內，
賁於外。」賁，純之義也。（卷6，葉16～17）

許瀚據《說文》、《易·序卦》、《詩·白駒》、《尚書·盤庚·大誥》、《荀子·堯
問》等言「賁」可訓飾，亦可訓美，「屯」通純，「賁純」乃言美且純也。

以上乃許瀚立基〈井人鐘〉「賁」字所作考釋，然隸作得字者除卻從彳部件
之 𡧤、𡧤 外，尚有從貝從又（寸、手）之 𡧤、𡧤，從目（見）從又之 𡧤、
𡧤，且〈虢叔大林鐘〉、〈師望鼎〉、〈大克鼎〉分別作「𡧤」、「𡧤」、「𡧤」，
故對該字隸定及字義，諸家仍持異說，如和許瀚同時之方濬益論〈井仁鐘〉，便
持相同觀點：

阮錄釋尋。按：古文從手持貝作𡧤，見〈虢叔鐘〉「尋屯」字。此文
從丞作質，以諸器中饋字偏旁例之，當亦賁之變體，吳錄釋賚亦非。
〔註91〕

然吳式芬論〈虢叔大林鐘〉、〈得鼎〉皆依阮元釋「尋」，孫詒讓《古籀餘論·井
人鐘》云：

案：賁，舊釋爲賁，於文難通，案校文義，此與後〈虢叔旅鐘〉「尋
屯凵敃」同，前〈尋敃〉亦作𡧤（一之一）即此字，但彼尋字上從

〔註91〕〔清〕方濬益：《綴遺齋彝器款識考釋》，卷1，頁125。

貝下从手，此移手著貝上與彼小異耳。〔註92〕

孫氏以爲釋「賣」則文意難通，且文字部件皆備，不過位置移異耳，故仍應釋爲「尋」。

　　對此字之討論，近人如徐中舒、強運開、王獻唐、郭沫若、于省吾、朱芳圃等亦持不同看法。其中，主張釋「尋」者，如徐中舒即言「得屯」之「得」或釋爲「德」，然就〈師望鼎〉、〈虢叔鐘〉、〈井人鐘〉三器銘觀之，得、德並存，當有所別。次舉《史記》、《漢書》爲例，證「得屯」即「得全」也，屯、全均繫於他動詞得之下，皆當爲名辭，乃「純德」、「全德」之省，例見《國語‧鄭語》、《莊子》、《漢書‧高帝紀》。更舉〈嗣子壺〉「承受屯德」旁證，謂「屯德而曰承受，與屯言得者，同爲有所稟受」，由是知其主張。〔註93〕于省吾論〈虢叔旅鐘〉云：「蓋得與用爲對文，純與魯爲對文。純，美也；魯，嘉也。」〔註94〕以爲所得者美，所用者嘉也。而強運開《說文古籀三補》云：

　　𭃫，〈師望鼎〉「𭃫屯亡敃」，《說文》見部云：「尋，取也。从見寸，寸度之也，亦手也。」又彳部𭃫爲古文得，容庚云：「𭃫从手持貝，《說文》从見乃傳寫之譌。」說甚精碻，足訂古書之沿誤。「𭃫」〈虢叔鐘〉、「賣」〈井人鐘〉「賣屯用魯」，𭓶在貝上，𭓶即古文手字也。

〔註95〕

其採《說文》，並引容庚所言從見乃傳寫訛誤，應從貝從手作「𭃫」。

　　主張釋「賣」者，如郭沫若〈釋賣屯〉舉〈師望鼎〉、〈大克鼎〉、〈虢叔鐘〉、〈井人鐘〉爲例，云：

　　右四器屯上一字，舊均釋得。案：「得屯」無義，諸器中均已有德字，亦不得讀爲「德屯」。且金文得字不如是，如〈舀鼎〉作 𬾨，

〔註92〕〔清〕孫詒讓：《古籀餘論》，《古籀拾遺、古籀餘論》，卷3，頁20～21。

〔註93〕徐中舒：〈金文嘏辭釋例〉，收入《中國古文字大系——金文文獻集成》，第36冊，頁421。

〔註94〕于省吾：《雙劍誃吉金文選（附附錄）》，收入《中國古文字大系——金文文獻集成》，第25冊，頁22。

〔註95〕強運開：《說文古籀三補》（臺北：新文豐出版公司，2006年3月，《石刻史料新編》第8冊），卷8，頁453。

〈狀殷〉作【圖】，即便省彳，亦當作【圖】若【圖】，與此等字有異。舊認爲相同者，蓋謂諸字从手作，與从又同意。然如〈井人鐘〉之【圖】，上體所从與手字絕不相類也。余謂此乃賁字，从貝𡿧省聲。金文𡿧及从𡿧之餗、捧、執諸字，多作【圖】若【圖】，省其下體則爲【圖】形矣。其他三器文乃从尾省聲，【圖】若【圖】乃毛字，即尾省，〈毛公鼎〉毛字作【圖】正同，非从手也。尾聲與𡿧聲同在脂部，脂文對轉而爲賁。賁屯乃疊韵聯綿字，即渾沌之古語，言渾厚敦篤也。以此義解之，文均循順。〔註96〕

其以爲舊釋「得屯」無義，且得字即便省彳，形體亦不相類，〈井人鐘〉之「賁」上體所從更不宜作手，而應從奉省其下體作【圖】形，至若〈師望鼎〉、〈大克鼎〉、〈虢叔鐘〉之文，當爲尾省聲，尾、奉同在脂部，是脂、文對轉而爲賁。此乃郭氏就字形、音韻辨析，其論〈師望鼎〉亦云：

「𪔂屯亡敃」語亦見〈大克鼎〉及〈虢叔鐘〉，均係稱頌其祖若考之辭，〈井人鐘〉稱頌其祖與考亦言「賁屯用魯」，字則分明是賁，知𪔂亦必賁字也，蓋从貝，尾省聲，對轉而爲賁也。賁、屯乃疊韵聯綿字，當即渾沌之古語。古言渾沌謂渾厚敦篤，不含惡意。《莊子・應帝王》篇：「南海之帝曰儵，……七日鑿而混沌死。」此寓世日開明而澆風日漓也。故「賁屯亡敃」猶言渾沌無悶，謂渾厚敦篤無憂無慮也。「賁屯用魯」者，亦言敦厚故善。〔註97〕

除較簡要析論該字外，仍釋「賁屯」並解「賁屯亡敃」爲「混沌無悶」，而「賁屯用魯」者，則言敦厚故善之意。此外，朱芳圃綜採徐中舒、容庚、郭沫若三家解釋，並判言徐、容二氏所云有誤。郭氏釋賁爲碽，然郭釋「渾沌」於義有短，依古音讀作「忩愉」，謂喜也，心中歡樂也，而敃假爲愍，《廣雅・釋詁》：「愍，憂也。」是故，「賁屯亡敃」猶言歡喜無憂。〈兮甲盤〉銘「休亡敃」與「賁屯」辭例相當。〔註98〕

綜上所述，可知對賁、𪔂之考訂，自清以來說法不一，稍後學者見聞日廣，

〔註96〕郭沫若：〈釋賁屯〉，《郭沫若全集》，頁465～466。

〔註97〕郭沫若：《兩周金文辭大系圖錄考釋》，《郭沫若全集》，頁179～180。

〔註98〕朱芳圃：〈釋𪔂〉，《金文詁林附錄》（京都：中文出版社，1981年），上冊，頁331。

猶存異議，未得定論。然以今日所見，多釋作得。以字形論，當從貝從手無疑。西周金文與甲骨文結構相同，戰國卻多作從目從手之字，小篆則從見，此乃「形體內部表義成分的『變質』」〔註 99〕，無論從目抑或從見，均因與貝形近相訛而生；就文例論，今日學者或將「得屯」視作嘏辭成語，故檢閱諸書但見「得屯亾敃」、「得屯用魯」，然細究之，若判別此字之要件肇因該字具備貝、手部件，貣、㝵不過部件位置移異而已，則許瀚就該字形、音論述，主張可謂異曲同工，雖未能若今之學者廣見所有材料，以統計分析部件位置所在情況，進而知貝在上之字形多於又在上者，然其特記此字，博採諸書為證，釋字為貣，取「貣屯」美且純善之意，於文亦能通解，容可聊備一說，洵見許瀚用心。

二、釋「㠱」(㠱)

對於「㠱」字解釋，歷來說法紛歧。就其字言，或云作「㠱」，或云同「杞」；就其義言，或云取天干「己」義而做己之謙辭；或云「祀」、「期」之省；或云古國名，〔註 100〕然究竟自是一「㠱」國，抑或「㠱」即「杞」，古今學者看法不同。許瀚釋「㠱」字見〈晉姬鬲〉，其云：

> 右鬲銘六字，《筠清館金石錄》卷四著錄。龔定菴曰：「《說文》己部有㠱，訓長踞，於義無取。〈齊歸父盤〉己作忌，此作㠱，實皆己字。古人施身自謂曰己者何也？謙辭也。己在天干為弟六，自居卑幼，故曰己，後世自稱某甲某乙亦其例也。籀文繁而喜新，假從己之文為之，或作忌，或作㠱也。」吳子苾曰：「己，祀之省；□，期之省。當作『晉姬作祀期□鬲』。」瀚案：二說皆未當。某甲某乙非自稱己不同例，即云謙辭奚獨取於弟六乎？㠱、忌自可為己借，不得歸罪籀史；祀從地支之巳，未可言省。天干之己，地支之巳，古音雖同部，必不可通假也。案：㠱即杞字，《說文》：「㠱，讀若杞。」《類篇》：「㠱，古國名。衛宏說與杞同。」此■出衛宏官書。薛氏《款識》有〈杞公匜〉銘文作「□」，薛云：「按：㠱者，古國名，衛宏云與杞

〔註 99〕劉翔、陳抗、陳初生、董琨：《商周古文字讀本》（北京：語文出版社，2004 年 10 月），頁 255。

〔註 100〕〔清〕許瀚：《攀古小盧雜著》，卷 9，葉 10～11。

同。」疑宋時官書猶有傳本，故人知其義，至《博古圖・尹卣》有

「𣪊」字釋爲祀，楊鈞《增廣鐘鼎篆韻》入祀字下，又引衛宏𣪊與祀

同，則據官書誤本而又不辨己巳之不同也。（卷9，葉10～11）

許氏觀吳榮光《筠清館金石錄》卷四所錄〈晉姬鬲〉銘文，其釋文乃據龔自珍纂編，許瀚認爲龔氏所云：無論〈晉姬鬲〉之「𣪊」或〈齊歸父盤〉之「忌」實皆取「己」義，因天干「己」爲第六，故引爲個人自謙詞。此說牽強難通，豈有取其排第六序之相似字形爲釋者。然吳式芬云：「己，祀之省；𣪊，期之省。」亦難從其說，「祀」從地支「巳」，「己」、「巳」雖同部但不爲通假，故吳說亦不確。〔註101〕許瀚既駁二家說，更釋「𣪊」爲「𣪊」，即「杞」也。其於〈周杞白每段〉釋「杞」云：

> 咸豐四年，袁竹侯（振渭）司訓拓此寄示，屬爲考釋，謹案：杞即杞，古文上形下聲，小篆左形右聲也。（卷8，葉5）

於文中先釋「杞」爲古國「杞」，復據新出銅器地點與班〈志〉參照，其云：

> 杞初封在今河南開封府杞縣，於漢爲陳留、雍丘，班〈志〉「雍丘」注云：「故杞國也，先春秋時徙魯東北，春秋隱四年莒人伐杞取牟婁。」杜注云：「杞國本都陳留、雍丘縣，推尋事跡，桓六年淳于公亡國，杞似并之遷都淳于。僖公十四年又遷緣陵，襄二十九年晉人城杞之淳于，杞又遷都淳于。」……杜於隱四年注輒云僖十四年遷緣陵，襄二十九年晉人城杞之淳于，杞又遷都淳于。昭元年注亦云襄二十九年城杞之淳于，杞遷都。顯與傳異，且自與僖十四年注異，不解何故。大抵州（周）亡以後，杞遷淳于而不必即桓六年緣陵之遷。《左》云避淮夷，《公羊》云避徐莒，或暫避旋復，亦未可定。而襄二十九年並無復遷淳于事，究攷古事，書缺有閒，故難一一脗和，而杞初遷國都在今新泰，按班志之遺文證彝器所自出或不甚謬妄焉耳。（卷8，葉7、10）

文中點出杜預注頗見矛盾處，又取傳世史籍與出土銅器相較，以證古史，此舉

〔註101〕吳式芬《攗古錄金文・晉姬鬲》下考釋乃引「許印林說」，通篇與許瀚《攀古小廬雜著》所云略同，僅文字小異，未見此說，此或吳氏早期說法，清人著錄往往屢經修訂，凡有新見，但存錄箚記之。

與王國維「二重證據法」同。惟當時並未提出具體名詞或系統地說明、比較，然仍不失爲二重考證運用之先例。

許瀚雖釋「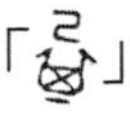」爲「㠱」，辨正龔自珍、吳式芬之誤，又訂《博古圖・尹卣》與楊鉤《增廣鐘鼎篆韻》不辨己、巳之訛，再考「杞」字及其史地沿革，然據《說文》、《類篇》，贊同衛宏「㠱」爲古國（即「杞」）之說，經後人考證則誤也。孫詒讓、陳介祺與許瀚所云同，〔註 102〕而方濬益《綴遺齋彝器款識考釋・王婦㠱孟姜匜》指出薛尚功、陳介祺釋「㠱」爲「杞」乃受衛宏所言影響，而衛宏又引《集韻》語，此則延用致誤也。而據杞伯敏父鼎及登、盨三器爲證，知杞字皆從木作「」，無作「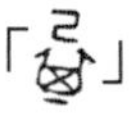」者，且杞爲禹後乃姒姓之國，豈有「子叔姜」之稱，故二者非一。而以春秋列國考之，「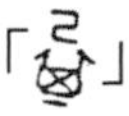」當爲紀國，「㠱」爲紀通假字。〔註 103〕近人與方氏持相同看法者，有郭沫若、丁山、楊樹達、陳夢家等，如郭沫若論〈㠱公壺〉云：「此器薛書題作『杞公匜』，云『㠱者古國名，衛宏云與杞同。雖形制未傳而字畫奇古』云云。按所引衛宏說乃本《集韻》，然杞乃姒姓之國，此㠱乃姜姓之國，㠱與杞非一也。余謂㠱亦是紀，同一紀國而作㠱若己者，亦猶句吳之作工戱若攻吳。」〔註 104〕郭氏以衛宏說甚誤，主杞、㠱不爲一，然㠱即紀也；而丁山《商周史料考證》云：「㠱，至春秋則書爲紀，而其字從其，實即箕之本字。這位『右老㠱侯』，非箕子不能當之。……箕子，在甲骨文裏稱『箕侯』，可見，子，也是『王子』、『公子』的簡稱，不是爵名，箕子之爵，在商代仍然稱侯。」指出「㠱」實爲箕之本字，是殷王朝箕子之族，甲骨文所見「……貞，翌日乙酉，小臣𧿹其……又老㠱侯，王其……以商，庚＝，王弗每」（前二・二・六）即云箕子，而「㠱」入春秋後改作「紀」。〔註 105〕王獻唐則就黃縣發現之㠱器探求「㠱」字用法、書體、本讀等，其以《說文》釋此字未可盡據。該字本字爲其，亦後出字，初只作「」，而「這次出土的㠱器，㠱字一定讀東方本音爲己。𦉢銘字形作、作㠱，

〔註 102〕二人皆云「㠱」即「杞」。詳見〔清〕孫詒讓：《古籀拾遺》，《古籀拾遺・古籀餘論》，頁 37；〔清〕陳介祺：《簠齋金文題識》（北京：文物出版社，2005 年 12 月），頁 66。

〔註 103〕〔清〕方濬益：《綴遺齋彝器款識考釋》，第 17 冊，卷 14，頁 288～289。

〔註 104〕郭沫若：《兩周金文辭大系圖錄考釋》，《郭沫若全集》，頁 423～424。

〔註 105〕丁山：《商周史料考證》（北京：中華書局，1988 年 3 月），頁 169。

盤、匜通作異。這是春秋時器，正在『𠭯』、『其』混用時期，因而異字也隨著混用。若爲殷代或西周初期作品，便不會有異體，若是戰國時期作品，就不會有己體。」〔註106〕其主張紀、杞、異分別爲三國，且異器於殷商至西周初與春秋戰國時書寫有所不同。

　　歷來學者對古方國研究各主其說，〔註107〕加以新出銅器輔證，論述往往後出轉精，然以清儒治學條件觀之，許瀚能據經眼之有限材料釐清文字字形及取義，復稽諸史籍以探查古史，雖誤引舊說而視杞、異爲一國，然其研究精神與考證態度仍屬可貴。

三、釋「柙」（囝）

　　「甲」字於甲骨文中多寫作十，銘文中則見田、田、田、十之形，〔註108〕然許瀚對此持不同見解，其考釋〈周柙盂〉云：

> 原釋云：「田作寶彝其萬年用鄉賓」，器、蓋銘同。今按拓本，蓋銘完好，器銘則上下端均拓不足，疑爲銅青所掩也。田字似不確，田之口象四圍，田之十則阡陌之制，《說文》十下云：「一爲東西，｜爲南北。」《詩·齊風》：「衡從其畝」，韓作橫由，《釋文》引《韓詩》：「東西耕曰橫，南北耕曰由。」《一切經音義》引作「南北曰從，東西曰橫」，正田字中作十之義也。諦審此銘外作囗，不似四圍，中作屮，不似阡陌東西南北從橫之形，釋爲田，未見其有合也。考《說文》口部有囝字，訓：「下取物縮藏之，讀若聶。」而木部訓檻之柙古文作囸、《汗簡》作囝，與口部讀若聶之字無異，每疑其有誤，無以正之，今見此銘乃知今《汗簡》誤，今《說文》亦未是。（卷9，葉7～8）

許瀚對舊釋「囝」爲田，頗覺有疑，諦審其拓本，則該字外作囗，不似四圍，

〔註106〕王獻唐：〈黃縣異器〉，《山東古國考》，收入《中國古文字大系——金文文獻集成》，第40冊，頁83。

〔註107〕學者對於杞、異、紀等古方國研究，素有不同見解，如王恩田〈紀、異、萊爲一國說〉便舉三事以證紀、異、萊爲一國，批駁王獻唐說；季旭昇《詩經》「彼其之子」古義新證〉則以異、其、己、紀爲一姜姓之國，且異國最遲在武丁時期應已存在。

〔註108〕容庚：《金文編正續編》（合訂本），頁778～779。

中作✦，不似阡陌東西南北從橫之形，與田字均不似，釋田多有不合也。且《說文》口部有🔲字，木部柙字古文作🔲、《汗簡》作🔲，其形與口部讀若𣀈之字同，此當有誤，許氏素疑之，然未得確證，直至親見吳儁囑題此拓本，方知今本《汗簡》有誤，然今《說文》解說亦未確。許瀚云此字當作「🔲」：

> 蓋正當如此銘作🔲。《說文》酉古文作🔲，注云：「一，閉門象也。」此字上從一義正同，若如今《說文》作■，則開其上口，詎足以藏虎兕乎？參會■字之意，便知此字之妙，此上一即牢之下一，此凵即牢之冖，一仰一俯耳。牢之冖非從訓交覆深屋之冂與訓覆下垂之冂；🔲之凵亦非從訓飯器之凵與訓張口之凵也。然則此🔲為柙之古文，庶幾近之。中✦非十非屮非彐，仍即古甲字也。（卷9，葉8）

此為許瀚於咸豐五年（1855）十一月初七所撰札記，云此字銘文當作「🔲」，外形從一從凵，若酉字上一為閉門之象，取藏虎兕之意。且將是字與「牢」字同觀，知「🔲」之上一即牢之下一，此凵即牢之冖，不過一仰一俯之別，由是知「🔲」當柙字古文，而其中「✦」乃「甲」字。然此為許瀚隨手箚記，當月廿一日又補記云：

> 其銘首字作🔲，舊釋田，瀚諦審乃柙之古文也。《說文》：「柙，檻也。以藏虎兕。從木，甲聲。」《唐韻》：「烏匣切。」古文作🔲。案：柙以藏猛獸而開其上口，非所以藏，心竊疑之。《汗簡》作🔲，在口部，然《說文》口部自有🔲，訓：「下取物縮藏之，讀若𣀈。」《唐韻》：「汝洽切。」若柙又作🔲，二字不幾無別乎？《六書統》作🔲，云：「盛虎兕，象其形，其中✦者，鎖繫之具也。」案：柙義主關閉，不主鎖繫，開其口而鎖繫之，豈有當本義乎？今得見此銘，乃悟《說文》🔲蓋本作🔲而上脫去一橫畫，《汗簡》所據尚未脫，而誤去其一之兩端，故與🔲無別；《六書統》所據則已脫，求其說而不得，乃變✦為𠦝，強釋以鎖繫而終無當也。（卷9，葉8～9）

經多日反覆推敲，許瀚又加申論，較前說更詳，並認為《說文》🔲蓋本作🔲而上脫去一橫畫，《汗簡》所據尚未脫，而誤去其一之兩端，故與🔲無別；《六書統》所據則已脫漏，求其說而不可得，乃變✦為𠦝，強釋以鎖繫，甚為不當，然此乃字書傳抄過程訛變所致之失。而「柙」與「牢」義相關，許氏析

其字云：

> 柙與牢義相關，識牢即識柙。牢，篆文作🐂，《說文》牢：「閑，養
> 牛馬圈也。从牛，冬省。取其四周帀也。」案：取四周帀是也，从
> 冬省恐不其然。牢無取於冬也，或云當作𠔃聲，𠔃古終字，案：終、
> 牢音不諧，且許明言取四周帀，非諧聲必矣。《類篇》引作从匇省，
> 案：匇與四周帀義合，然匇从勹，與𠔃異形，𠔃下又有一以關之，
> 非匇所有，何得言省。今取🐂、⊞二字比類觀之，⊞之下即🐂之
> 上，其一則皆所以關之，上下別耳。牢俯覆而關其下，不動者也，
> 宮室之類也；⊞仰載而關其上，可以移動者也，檻車之屬也。《說
> 文》酉古文作丣，云从丣。丣為春門，萬物已出；酉為秋門，萬物
> 已入。一，閉門象也。此⊞之一即丣之一也。其中之屮或象所柙物
> 攀援之狀，或即諧古甲字聲，未敢遽定，尚祈教之。（卷9，葉9）

其先辨牢字，非從冬、從終省，亦無由從匇省，而取⊞、🐂二字相較，知皆具
「一」形，若阻擋、關閉之具，惟⊞字在上，仰載可移，🐂字在下，乃固定不
動者也。復舉酉之古文為例，以為丣為春門，一若閉門之象，而屮則象其內容
物攀援掙扎貌，或為甲之諧聲，許氏不敢遽定，故存之就教方家。

對於此字，吳式芬〈柙盉〉云：「許印林說：田舊釋田，瀚諦審乃柙之古
文也。……未敢遽定。」〔註109〕全引許瀚主張。而孫詒讓云：

> 「戊午其禽□鹿□」（四十二之一）。「屮」字奇古難識，疑當為古
> 文「柙」字。《說文·木部》：「柙，檻也，鎖以藏虎兕也。从木、
> 甲聲。古文作🔥。」與此相近。此作「屮」似從倒屮字兼象闌檻之
> 形，與形聲亦正合。〔註110〕

孫氏以為「屮」為古文「柙」字，像倒屮亦象禁物欄檻之形，於形聲亦接合
也，惟字形與許瀚等所見「⊞」字不類。高田忠周云：

> 許氏（印林）考甚妙。然牢，鐘鼎古文作🐂，勹即四周閑，而有出
> 入口，象形也，不必从一指事。然則柙作🔥，亦必不爲誤寫，屮、田

〔註109〕〔清〕吳式芬：《攈古錄金文》，卷2，頁531～533。

〔註110〕〔清〕孫詒讓：《契文舉例》（臺北：新文豐出版社，1989年7月，《叢書集成續
　　　　編》第18冊），卷下，頁169。

並古文無疑矣。但古文甲多作十，與九十之十同形，此从十者即甲聲，亦奚疑乎？〔註111〕

其稱許瀚所釋頗具特出之處，然亦以爲牢字「囗」即象閉四周而有出入口，不必從一示意。而柙作🔥、🔥、田均爲古文無誤，惟古文甲多作十，从十乃甲聲無疑，未審許氏何以不斷。商承祚〈說文中之古文攷〉論此字云：

> 🔥，《說文》：「柙，檻也，鎖以藏虎兕也。从木、甲聲。古文作🔥。」案：《汗簡》引作🔲，不應與《說文》口部囚字同，當是🔲之寫譌。🔥乃孚甲之本字，屮象子葉形，子葉在中，有藏誼，故得叚作柙也。石經古文作🔥。〔註112〕

其以爲「🔥」字《汗簡》引作🔲，當是🔲之譌，而「🔥」爲甲之本字，象子葉藏包中，假借作柙。其說乃就字形析理，與許瀚所主不類。而楊樹達云：

> 🔲，古文柙。吳承仕曰：「屮爲牛之省，與牢字同意。」楊樹達按：🔲象檻，外形；屮象牛，爲內形。🔥，甲，魏三體石經古文作🔥，與柙古文略同，知甲即柙之初文，甲加木旁爲柙耳，許誤分之。
>
> 〔註113〕

楊氏引吳承仕說，以屮爲牛之省，外形🔲象檻，內則置牛於其中，而甲之古文爲「🔥」，三體石經作「🔥」，與柙之古文「🔥」略同，故主甲即柙之初文，是甲加木爲柙，而許慎分入木部也。

今人論字可據材料遠於前人所見，如甲字於甲骨文中屢見，其爲干支時多作「十」，然亦有作「田」者，郭沫若即云：

> 甲字作田，與卜辭上甲甲字同，字形似田而中央十字不著邊，蓋以同七字（古即作十）相混，故加口以別之。金文有〈兮甲盤〉亦同此作。〔註114〕

檢視諸字，甲之銘文作田（〈杂作父甲簋〉）、田（〈甲盉〉）、田（〈甲鼎〉）、田

〔註111〕高田忠周：《古籀篇》，卷86，頁148。

〔註112〕商承祚：《說文中之古文攷》，頁258。

〔註113〕楊樹達：《文字形義學》（上海：上海古籍出版社，2006年12月）。

〔註114〕郭沫若：〈弭叔簋及訇簋考釋〉，《文物》1960年第2期，頁348。

（〈兮甲盤〉）、⊕（〈弔弔簋〉）等均如是，而容庚云：

> 甲子之甲，金文皆作十，此簋獨作⊕，爲他器所無。甲骨文上甲之
> 甲作⊞，金文〈秂作父甲鼎〉、〈甲鼎〉、〈兮甲盤〉之甲皆作⊞，盡
> 屬人名，與甲子之甲不同，故知此器乃屬西周晚期開混合使用之始，
> 甲字是由此轉變而來的。〔註115〕

利用器物銘文字體變化探求時代斷限。甲作甲子之甲時，金文皆作「十」，而
〈秂作父甲鼎〉、〈甲鼎〉、〈兮甲盤〉中甲皆作「⊕」，屬人名，此則與許瀚所
釋〈枏盉〉「田作寶彝其萬年用鄉賓」同，舊釋爲田，許氏改釋枏，然就該器
原拓觀之，釋枏未確。

　　許說雖誤，卻可藉此例知其主張。許瀚嘗校吳榮光《筠清館金文》，以紫
筆批記，直指病徵，容庚得其手稿並存錄許氏校語，其中有與吳氏論通假者，
云：

> 吳氏論假借之法云：「是故甲可以假十爲之，可假丁爲之，甲、丁、
> 十又可假才爲之。才即在字，才、在亦可假甲、十與丁爲之。明於
> 甲、丁、十、才、在五字通假之所以然，而古文之不可通者以此例
> 通之，發凡於此，且以補本朝儒者說假借之法闕。」許氏云：「此
> 非假十爲之，甲、十形相近也。亦非假丁爲之，甲、丁形相近也。
> 其形相近，其義則各有所取，不可通假。行之既久，書者不免混同，
> 讀者易滋譌謬，是以史籀大篆、李斯小篆繼起，苦爲分別，正其不
> 可通假也。假借者，本無其字，假借爲之。若此數字，甲自爲甲，
> 丁自爲丁，十字爲十，各有本字，何以假爲乎？豈制字者立此一形，
> 甲亦此，丁亦此，十亦此，才、在亦此乎？何其惑也。」〔註116〕

此恰舉甲字爲例，許瀚不贊同吳氏所言通假之例，並云字各有本字，是以其不
以「⊞」釋田爲確，而求其形加以分析，主其爲仰盛置物之具，與牢字義近，

〔註115〕容庚：〈弔叔簋及匄簋考釋的商榷〉，《文物》（1960 年 8、9 月合刊）。

〔註116〕容庚指出吳氏之書原交由龔自珍、陳慶鏞編纂，然諸多舛訛，甚誤改原書釋確者。
其於一九四零年七月得吳式芬、楊鐸、許瀚、吳雲蒸四家批校稿，並過錄之。其
中，又以許說最善，故特舉之爲例。詳見曾憲通：《容庚文集》（廣州：中山大學
出版社，2004 年 11 月），頁 128。

然亦不敢遽下判語，僅以札錄方式待考。今檢其說，雖於是器未通，亦不失作為其考釋文字主張之具體例證。

【小結】

　　本節以許瀚考釋金文為主，取所論與同時諸家比較，復引近代說法相驗，欲窺知其考訂之正訛、方法與精神。就前舉六字為例，可歸納許瀚考釋金文之得失，其長處有：

　　一、注重文字聲音關係與其內部結構分析，據以考訂《說文》或他家考釋訛誤。如論〈許子鐘〉與〈子璋鐘〉「匽」字，便強調匽、晏、燕間古音同而通假之例；論「敬」字則據其結構與偏旁分析，定為「敬」字初文，並證許說從包省之無當；論「田」字則據筆畫析論，以其上載物，若可移動之檻，非舊釋之「田」也。

　　二、注意字外紋飾與青銅器剔刻整治之影響。如〈楚公鐘〉、〈楚公家二鐘〉之「豪」字，前人意見紛紜，今則隸定從爪从家為「豪」，許瀚則主張「爪」疑為字外紋飾，一因其係楚地文字，筆畫間多文飾；次則因所見拓本下文亦見相似之形，今雖未得見其所睹，然皆有所本，即如其論〈子璋鐘〉「敦」字便云：「敦下筆畫屈曲盤旋，視摹本更多，蓋初得是器者不知是父字，就青綠上用鍼剔成，非其本有。」（卷6，葉715）許氏雖未如陳介祺撰文具體說明青銅器之保存處理，然吾人仍可於其考釋篇章中一窺其所重及考訂方法。

　　三、援金文以檢經史，據典籍以考金文。如其考〈晉姬鬲〉、〈杞白每段〉所見之古國名是「杞」或「曩」，即稽諸史傳以求證，同時亦考訂杜預注矛盾處。又如考釋〈周犀伯魚父鼎〉論「犀首」，廣採《史記》、《戰國策》等，云「是犀首或以為官名，或以為姓名，或以為號，古無定說」，而許氏以《廣韻》犀又姓秦，有伯魚父或即犀武之族；論〈友父鬲〉則言是器乃杞國為邾女所製媵器，據《春秋》與〈友父鬲〉、〈杞白每段〉相印證，知舊釋之譌，「婭」字實非邾君名。

　　四、一依所見立論，不曲從眾說。如論〈周虢叔大林鐘〉之「賁」字，眾皆以為當作「得」，然許瀚釋作「賁」，其據《說文》、《易・序卦》、《詩・白駒》、《尚書・盤庚・大誥》、《荀子・堯問》等書所載，言「賁」可訓飾，亦

訓美，「屯」則通純，「貴純」乃言美且純也，故當作「貴屯用魯」，〈師望鼎〉則作「尋屯匕啟」。其說雖與眾異，然推考亦足聊備一說。

　　而以考釋結果論許瀚所短，固因所處時代及財力，故不能盡睹材料，如釋「貴」字即未能統計金文中所見此字「‍‍」在上、下之比例；或因拓本殘泐、失真，導致考釋錯謁，如釋「‍‍」即疑所見拓本與阮元、吳大澂、方濬益等人所收異；或因辨識部件失誤而錯釋其文，如論〈中隹父殷〉之「‍‍」，阮元《積古齋鐘鼎彝器款識》釋作「雛」，而許瀚以為當作從人從隹之「隹」字，今取阮書摹本觀之，知其應為「隻」，「隹」自有其字作「‍‍」，乃從人在左側也，許氏考釋誤將手作人，故以為「‍‍」、「‍‍」不過部件左右互異。以上為許瀚考釋金文之得失。依今日所見評價其成果，或未盡善，然以當時清儒考訂規模觀之，其部分識見與方法亦足稱道，值得後人研究金文時援引、參酌。

第伍章 結 論

　　許瀚爲道咸之際山左名儒，享「北方第一」之美譽，學術上甚受肯定，並與同時官宦、學者密切往來，交流問道，開拓眼界，足跡不囿於鄉里。先是蒙學政何凌漢垂青，獲選貢生進京；復受李璋煜邀請，參與桂馥《說文解字義證》校編之役；旋又考充校錄，奉命修校《康熙字典》，於公卿間頗具聲望。在京期間，交游廣泛，除受業於高郵王引之外，與王筠、苗夔、汪喜孫、龔自珍、張穆、俞正燮、吳式芬、劉喜海、丁晏諸人相善。師友相互砥礪、切磋，既使學問日益精進，更緣此得見葉志詵、劉喜海、李璋煜、許槤、吳式芬諸家所藏金石，眼界頓開，爲日後研究奠定堅實基礎。爾後，因家中食指浩繁，疲於營生，遂館課、校書、游幕於南北各地，奔波往來，不得安定。雖困頓勞苦若此，猶筆耕不輟，未嘗廢學。其自著、自校，及替人校編之已刊、未刊作品，經後人整理竟逾四十種，洵稱篤志勵學士也。

　　許瀚學問淹博，受人推重，考其所自，則知頗受良師益友之啓發。統觀年譜、日記所載，其師長身分可考者，計有：王念孫、王引之、何凌漢、申啓賢、徐松、湯金釗、袁練、吳廷康、姚瑩、李宗昉、吳杰、胡達源、劉昆、修燭等；身分未明者，如：孫、王、毛、郭、吳及衡畦師。而其稱師對象來源甚多，若以師、弟間實際問學互動爲據，本文列舉影響較大之何凌漢、王引之加以討論。如許瀚治學頗受王氏啓迪，更時親謁問學，故袁行雲謂：「許

瀚之學，全得力於王門。」蓋許瀚為王文簡督學山東所取士，其得師法，訓詁嚴密，校讎縝密，頗得高郵治學精要。而許瀚崛起，實蒙何凌漢知遇，又與其子紹基、紹業友善，在京期間透過何氏父子結識許多志同道合之士，後隨師赴杭為幕，更得登杭州文瀾閣檢閱官家祕藏，登寧波天一閣見范氏珍藏善本，此皆難得際遇。

　　而與許瀚為友者，則因許瀚一生南北校書、講學，交遊者眾，難以枚舉。試據年譜、日記、《攀古小廬雜著・金石篇》言及者，揀擇往來密切、且與金石研究較相關者論之，可得嚴可均、王筠、丁晏、吳式芬、何紹基、張穆、陳介祺、楊鐸八家。其中，許瀚與嚴氏相識於杭州文署，嘗盡出所藏，助嚴可均纂修《全上古三代秦漢三國六朝文》，情誼可見一般。而許瀚與王筠具體往來事例，乃為王筠校勘《說文釋例》，書中亦屢見援引許瀚說，洵見二君相知相惜。其與丁晏游，則藉詩、文、金石題記得知，丁氏所見碑拓往往得諸許瀚，是知聲氣相投，而丁晏題〈說文統系圖〉直以「六經鈐鍵惟小學，印林吾友無與倫」句稱道，對許瀚可謂推崇備至。其與吳式芬相交甚早，在京時便以同好金石漸成莫逆，吳氏子重周、重憙皆為許瀚及門弟子，吳氏考訂金石多參酌許瀚之說，試檢《攈古錄金文》中屢引「許印林說」，為數最多，而吳書流傳甚廣，故許瀚金石論點幸賴流傳。其與何紹基往來，始緣其父凌漢之識才，而二人志趣相仿，往來書札多寄情感，是友愛終生之摯友也。其與張穆交，曾同編俞正燮《米鹽錄》（即《癸巳類稿》），後張氏科場事發，許瀚仗義申助，情堅意深，惜兩人均忙於生計，僅能藉書信商討刊刻著述及金石碑刻研究所得。其與陳介祺為同年，陳氏係當時著名學者、藏書家，昔許瀚於京師參校桂馥《說文解字義證》，乃應陳氏外舅李璋煜邀，而陳氏所撰《日照許氏諸城李氏金文拓本釋》，即據許、李兩家所藏金文拓本，其後吳式芬子重憙為陳氏婿，而重憙為許瀚及門弟子，故知彼此淵源頗深。其與楊鐸乃忘年交，嘗闊別十年復得音訊，許瀚著作幸賴其就高均儒於咸豐七年（1857）所刊《攀古小廬文》補葺，光緒元年（1875）更刊《攀古小廬文補遺》，使許瀚著述得以流傳，直可謂益友良朋矣。上述所列十人均當時名家，猶未足以完整檢視許瀚師友影響，他如顧沅、六舟禪師、錢有山、朱建卿、高均儒等，雖非以小學考據聞名，然皆對許瀚研治金石裨益甚多。為省篇幅，本文謹於第參章第一節表列以示。

　　簡言之，今欲探論許瀚學術，於其生平經歷與師友交游互動不可不知，蓋許氏學養多緣於自身勤奮不輟積累而致，然與師友往來密切，影響不容小覷。袁行雲謂當得力於高郵王氏父子，主以訓詁聲韻求義理，復由古文字以求本意及其通假，故其治學路向乃受師長導引也。至若研究金文以觀實物為上，而許瀚終生仕途不順，未能以官祿養親，又家資淺薄，於典籍器物自是無力庋藏，除少數縮衣節食得來之藏品外，仰賴友人贈與或借覽，學得之於友朋者甚多。本文於第貳章第三節以許瀚之師承、交游兩方面切入，試加梳理，彰明諸家關係實相當密切，亦彰顯道咸金石學交流之盛況。

　　本文以探論許瀚研究金文成果為重心，而欲明其得失優劣，當先釐清器物拓本來源，次論其考釋金文之主要依據，繼而析其研究金文面向，如此方能一窺許瀚治金文之態度與方法。本文首先釐清許瀚考釋金文之材料來源為：一、自家藏器或藏拓，二、友人藏器與贈拓，三、徵引自他書者。其次，論許瀚考釋金文主要徵引依據，知其於前賢及時人金石成果頗多採撷，所引以宋、清兩代金石圖錄為主，計十餘家，如僅就數量言，又以薛尚功、阮元、吳榮光三家較多。再者，以前論為基礎，分析其金文考釋器類及面向，又可分兩步驟：一、統計、整理其考釋之器類並分列之，二、論其考釋金文之向度。此則可歸納為四點：其一，辨別器物真偽；其二，考訂器物形制；其三，考證器物年代與器主；其四，考釋文字與文例。依步驟陸續分析，顯示許瀚考釋金文所涉器類甚廣，遍及樂器、食器、酒器、水器、兵器、生活雜器諸類，又以辨別器物真偽、考訂器物形制、考證器物年代與器主、考釋文字與文例諸面向為考釋向度。其據彼時可知見者，或訂前人譌誤，或加以闡釋、申明己見，雖不免偶有偏失，然究其所言，仍頗有己見，亦可窺知清儒考訂金文關注焦點所在。

　　知器類，當更進而析其考釋法。後輩立足前賢成果，歸納條例，則結果昭然，但反據此檢視前人，則不免以今律古、削足適履之嫌。本文取許瀚今存著作中與考釋金文相關者，以文字為單位，詳加析論，歸結出其考釋方法主要乃分析字形、偏旁部件，取他器銘文相類者加以比對，復取其他載體之文字相較，或考諸傳世典籍、字書、韻書等，更時取考釋金文結果反求典籍所載，申明古之禮法、制度。究其考釋法，雖不脫今人歸納條例，又偶見誤釋，然其不拘泥於前人陳說，廣取各式材料予以補闕正譌，亦足見其學識。

　　細究之，許瀚考釋金文乃立基前人論述，博采諸家解說以相驗證、比較，一以徵實爲要。至若檢討許瀚考證得失及評價其金文學地位，則需取同時諸家與今人見解比較，方得彰顯其說價值。本文第肆章先取時代相近之道咸金石學家，如錢坫、阮元、張廷濟、朱爲弼、吳榮光、嚴可均、徐同柏、葉志詵、王筠、吳式芬、何紹基、吳雲、陳介祺、孫詒讓、吳大澂、劉心源諸家考釋結果相較，次引近代學者如郭沫若、楊樹達、商承祚、容庚、高田忠周、李零、曾憲通、陳夢家等主張驗證，以辨謬訂訛。而透過「𠊊」、「𢆶」、「𤲒」、「𧵣」、「𩰊」、「𠙵」六字例，可歸納許瀚考釋金文之得失，知其所長者四：一、注重文字聲音關係與其內部結構分析，據以考訂《說文》或他家考釋之誤。二、注意字外紋飾與青銅器剔刻整治之影響。三、援金文以檢經史，據典籍以考金文。四、一依所見立論，不曲從眾說。所短者三：一、因所處時代以及財力之故，未能盡睹材料。二、因拓本殘泐、失眞，導致考釋錯誤。三、因辨識部件失誤而錯釋其文。由是可知，若依今日所識檢求許瀚考訂金文成果，自難稱盡善，然其說亦時見佳論，更爲同輩學者如陳介祺、吳榮光、王筠等採，以當時清儒考釋金文觀之，則許瀚識見、方法與精神，均值後人援引參酌。

　　筆者以許瀚金文學爲考察對象，整理其生平、著作資料，繫聯師友往來生活網絡，分析金文考釋之器類來源、考釋向度、方法及得失，緣此對許瀚學術有較深入之了解。至若金文外之其他著述，如石刻、校讎、地理方志、《說文》學等，均具探討空間，尚待墾殖。而以許瀚爲中心，足以繫連道咸山左學者網絡，惟此課題較乏人關注。本文專以許瀚金文學爲範疇，至於其他山左金石家則俟異日續成。

參考文獻

一、古　籍

（一）許瀚著作

1. 攀古小廬雜著，〔清〕許瀚著，上海，上海古籍出版社，2002 年（《續修四庫全書》第 193 冊）。

2. 攀古小廬文，〔清〕許瀚著，東京，文求堂，昭和七年（1932）。

3. 許印林遺書二十種附一種（一）、（二），〔清〕許瀚著，濟南，山東大學出版社，2006 年（《山東文獻集成》第 1 輯）。

4. 攀古小廬全集（上），袁行雲校編，濟南，齊魯書社。

5. 攀古小廬遺集，〔清〕許瀚著，傅斯年圖書館藏許瀚手稿。

6. 別雅訂，〔清〕吳玉搢輯，〔清〕許瀚校勘，北京，中華書局，1985 年。

7. 道光濟寧直隸州志，十卷首一卷末一卷圖一卷，〔清〕許瀚纂，〔清〕徐宗幹修，南京，鳳凰出版社，2004 年。

8. 楊刻蔡中郎集校勘記，〔漢〕蔡邕著，〔清〕許瀚校勘，濟南，齊魯書社，1985 年。

9. 許印林遺著，〔清〕許瀚著，北京，中華書局，1985 年（《叢書集成初編》第 1131 冊）。

10. 某先生校注說文條辨，〔清〕許瀚著，臺北，藝文印書館，1967 年（《百部叢書集成》第 3 函之 8）。

11. 攀古小廬文補遺，〔清〕楊鐸纂，光緒元年楊鐸函青閣刊本。

（二）其他專著

1. 漢書，〔漢〕班固著，〔唐〕顏師古注，臺北，中華書局，1981 年。

2. 爾雅注疏，〔晉〕郭璞注，〔宋〕邢昺疏，北京，北京大學出版社，1999 年（《十三經注疏》本）。

3. 周禮注疏，〔漢〕鄭玄著，〔唐〕賈公彥疏，北京，北京大學出版社，1999 年（《十三經注疏》本）。

4. 說文解字注，〔東漢〕許慎著，〔清〕段玉裁注，臺北，天工書局，1998 年。

5. 隸釋，〔宋〕洪适著，北京，商務印書館，2005 年（《文津閣四庫全書》第 227 冊）。

6. 隸續，〔宋〕洪适著，北京，商務印書館，2005 年（《文津閣四庫全書》第 227 冊）。

7. 歷代鐘鼎彝器款識法帖，〔宋〕薛尚功著，北京，北京圖書館出版社，2004 年（《國家圖書館藏金文研究資料叢刊》第 22 冊）。

8. 六書統，〔元〕楊桓著，北京，商務印書館，2005 年（《文津閣四庫全書》第 78 冊）。

9. 顧亭林詩文集，〔清〕顧炎武著，臺北，漢京文化事業公司，1984 年。

10. 經韻樓集，〔清〕段玉裁著，臺北，大化書局，1977 年。

11. 揅經室集，〔清〕阮元著，北京，中華書局，1985 年。

12. 經義述聞，〔清〕王引之著，臺北，廣文書局，1979 年 2 月。

13. 全上古三代秦漢三國六朝文，〔清〕嚴可均輯，上海，上海古籍出版社，2002 年（《續修四庫全書》）。

14. 鐵橋漫稿，〔清〕嚴可均著，上海，上海古籍出版社，2002 年（《續修四庫全書》第 1488 冊）。

15. 張亨甫文集，〔清〕張際亮著，孔季吾校，福州，（據臺灣大學藏本影印）。

16. 說文釋例，〔清〕王筠著，合肥，安徽教育出版社，2002 年。

17. 通甫類藁，〔清〕魯一同著，臺北，文海出版社，1969 年（《近代中國史料叢刊》第 37 輯）。

18. 札迻，〔清〕孫詒讓著，北京，學苑出版社，2005 年。

19. 清儒學案，〔清〕徐世昌著，成都，四川大學出版社，2005 年，《歷代學案》。

20. 乾坤正氣集，〔清〕潘錫恩輯，臺北，環球書局，1966 年 9 月。

21. 日照縣志，〔清〕陳懋修，張庭詩、李堉纂，臺北，成文出版社，1976 年。

22. 沂水縣志，〔清〕張燮修，〔清〕劉遵和纂，臺北，文行出版社，1980 年。

23. 光緒嘉興縣志，〔清〕石中玉、吳受福纂，趙惟喻修，上海，上海書店，1993 年。

24. 濟寧州金石等四種，〔清〕徐宗幹輯，臺北，新文豐出版公司，1978 年（《石刻史料新編》第 2 輯第 13 冊）。

25. 山左金石志，〔清〕阮元編，臺北，新文豐出版公司，1977 年（《石刻史料新編》第 19 冊）。

26. 東洲草堂文鈔，〔清〕何紹基著，臺北，臺灣學生書局，1971 年。

27. 東洲草堂詩鈔，〔清〕何紹基著，上海，上海古籍出版社，2002 年（《續修四庫全書》第 1528 冊）。

28. 齋文集，〔清〕張穆著，上海，上海古籍出版社，2002 年（《續修四庫全書》第 1532 冊）。

29. 癸巳存稿，〔清〕俞正燮著，北京，中華書局，1985 年。

30. 清詒堂文集，〔清〕王筠著，濟南，齊魯書社，1987 年。

31. 龔自珍己亥雜詩注，〔清〕龔自珍著，北京，中華書局，1999 年。

32. 龔自珍編年詩注，〔清〕龔自珍著，杭州，浙江古籍出版社，1995 年。

33. 頤志齋文集，〔清〕丁晏著，1949 年（丁步坤排印本）。

34. 邵亭知見傳本書目，〔清〕莫友芝著，臺北，廣文書局，1996 年。

35. 復莊詩問，〔清〕姚燮著，上海，上海古籍出版社，2002 年（《續修四庫全書》第 1532、1533 冊）。

36. 封泥考略，〔清〕陳介祺著，北京，中國書店，1990 年。

37. 簠齋藏古目，〔清〕陳介祺編，北京，北京圖書館出版社，2004 年（《國家圖書館藏金文研究資料叢刊》第 4 冊）。

38. 簠齋金文題跋，〔清〕陳介祺著，陳繼揆整理，北京，文物出版社，2005 年。

39. 簠齋金文題識，〔清〕陳介祺著，北京，文物出版社，2005 年。

40. 藝風堂文漫存，〔清〕繆荃孫著，臺北，文史哲出版社，1973 年（《近代名家集彙刊》）。

41. 桂馨堂集，〔清〕張廷濟著，上海，上海古籍出版社，2002 年。

42. 清儀閣所藏古器物文，〔清〕張廷濟著，臺北，臺聯國風出版社，1980 年（涵芬樓本第 1 冊）。

43. 十六長樂堂古器款識考，〔清〕錢坫著，北京，北京圖書館出版社，2004 年（《國家圖書館藏金文研究資料叢刊》第 5 冊）。

44. 可讀書齋詩集，〔清〕錢泰吉著，臺北，文史哲出版社，1973 年（《甘泉鄉人稿》第 3 冊）。

45. 寶鐵齋金石跋尾，〔清〕韓崇著，北京，中華書局，1985 年。

46. 墨林今話，〔清〕蔣寶齡著，臺北，明文書局，1985 年（《清代傳記叢刊》本）。

47. 翠墨園語，〔清〕王懿榮著，臺北，新文豐出版公司，1986 年（《石刻史料新編》第 37 冊）。

48. 綴遺齋彝器考釋，〔清〕方濬益著，北京，北京圖書館出版社，2004 年（《國家圖書館藏金文研究資料叢刊》第 16～18 冊）。

49. 奇觚室吉金文述，〔清〕劉心源著，北京，北京圖書館出版社，2004 年（《國家圖書館藏金文研究資料叢刊》第 11～12 冊）。

50. 愙齋集古錄，〔清〕吳大澂著，臺北，臺聯國風出版社，1976 年。

51. 從古堂款識學，〔清〕徐同柏著，北京，北京圖書館出版社，2004 年（《國家圖書館藏金文研究資料叢刊》第 8～9 冊）。

52. 筠清館金石錄，〔清〕吳榮光著，北京，北京圖書館出版社，2004 年（《國家圖書館藏金文研究資料叢刊》第 5 冊）。

53. 積古齋鐘鼎彝器款識，〔清〕阮元著，北京，北京圖書館出版社，2004 年（《國家圖書館藏金文研究資料叢刊》第 21 冊）。

54. 說文古籀補，〔清〕吳大澂著，臺北，新文豐出版公司，2006 年（《石刻史料新編》第 8 冊）。

55. 古籀拾遺、古籀餘論，〔清〕孫詒讓著，北京，中華書局，1989 年。

56. 攀古樓彝器款識，〔清〕潘祖蔭著，上海，上海古籍出版社，1995 年（《續修四庫全書》第 903 冊）。

57. 周遂鼎圖款識，〔清〕葉志詵著，香港，香港明石文化國際出版公司，2004 年（《中國古文字大系──金文文獻集成》第 16 冊）。

58. 商銅距末跋，〔清〕阮元著，香港，香港明石文化國際出版公司，2004 年（《中國古文字大系──金文文獻集成》第 16 冊）。

59. 攈古錄金文，〔清〕吳式芬著，臺北，樂天出版社，1974 年。

60. 中國近三百年學術史，〔清〕梁啓超著，臺北，華正書局，1974 年。

61. 清代學術概論，〔清〕梁啓超著，上海，上海古籍出版社，2005 年。

62. 清史列傳，〔清〕國史館原編，周駿富輯，臺北，明文書局，1985 年。

二、今人論著

（一）專　書

1. 許印林年譜，趙錄綽著，稿本。

2. 海寧王靜安先生遺書，王國維著，臺北，臺灣商務印書館，1976 年。

3. 清人文集別錄，張舜徽著，北京，中華書局，1980 年。

4. 文字學導論（增訂本），唐蘭著，濟南，齊魯書社，1981 年 1 月。

5. 金文詁林，周法高主編，張日昇、徐芷儀、林明潔編纂，京都，中文出版社，1981 年。

6. 清稗類鈔，徐珂編，臺北，臺灣商務印書館，1983 年。

7. 許瀚年譜，袁行雲著，濟南，齊魯書社，1983 年 11 月。

8. 說文解字詁林正補合編，楊家駱主編，臺北，鼎文書局，1983 年。

9. 顧黃書寮雜錄，王獻唐輯，濟南，齊魯書社，1984 年。

10. 商周彝器通考，容庚著，臺北，文史哲出版社，1985 年 1 月。

11. 江浙訪書記，謝國楨著，北京，三聯書店，1985 年 12 月。

12. 屈萬里先生文存，屈萬里著，臺北，聯經出版社，1985 年（《屈萬里全集》第 3

冊）。

13. 長沙子彈庫戰國楚帛書研究，李零著，北京，中華出版社，1985 年。

14. 續碑傳集，周駿富輯，臺北，明文書局，1985 年。

15. 墨林今話續編，蔣茝生著，臺北，明文書局，1985 年。

16. 雙行精舍書跋輯存，王獻唐輯，濟南，齊魯書社，1986 年。

17. 中國文字學史（上）、（下），胡樸安著，臺北，臺灣商務印書館，1988 年 8 月。

18. 乾隆四鑑綜理表，劉雨編，北京，中華書局，1989 年。

19. 中國文字學，唐蘭著，上海，上海書店，1991 年 12 月。

20. 商周青銅器銘文選，馬承源編，北京，文物出版社，1991 年。

21. 清代硃卷集成，顧廷龍主編，臺北，成文書局，1992 年。

22. 潘岳集校注，董志廣著，天津，天津人民出版社，1993 年 5 月。

23. 頌齋述林，容庚著，香港，翰墨軒出版公司，1994 年。

24. 嚴可均事蹟著述編年，陳韻珊、徐德明著，臺北，藝文印書館，1995 年 12 月。

25. 中國文字學，龍宇純著，臺北，五四書店，1996 年 9 月。

26. 金石學，朱劍心著，上海，上海書店，1996 年（《民國叢書》第 5 編第 86 冊）。

27. 古董瑣記，鄧之誠著，上海，上海書店，1996 年（《民國叢書》第 5 編第 84 冊）。

28. 中國古文字學通論，高明著，北京，北京大學出版社，1997 年 6 月。

29. 高郵王氏父子學術初探，舒懷著，武昌，華中理工大學出版社，1997 年 11 月。

30. 清代樸學大師列傳，支偉成著，長沙，岳麓書社，1998 年 8 月。

31. 許瀚之文獻學研究，丁原基著，臺北，華正書局，1999 年 3 月。

32. 文獻家通考，鄭偉章著，北京，中華書局，3 冊，1999 年 6 月。

33. 藏書紀事詩（附補正），葉昌熾著，上海，上海古籍出版社，1999 年 12 月。

34. 中國古籍稿鈔校本圖錄，陳先行等編著，上海，上海古籍出版社，2000 年 9 月。

35. 許瀚日記，崔巍著，石家莊，河北教育出版社，2001 年 1 月。

36. 傅斯年學術思想評傳，李泉著，北京，北京圖書館出版社，2000 年 1 月。

37. 詩經古義新證，季旭昇著，北京，學苑出版社，2001 年 6 月。

38. 屈萬里書信集、紀念文集，山東省圖書館、山東縣政協編，濟南，齊魯書社，2002 年 9 月。

39. 說文新證，季旭昇著，臺北，藝文印書館，2002 年 10 月。

40. 兩周金文辭大系圖錄考釋，郭沫若著，北京，科學出版社，2002 年 10 月（《郭沫若全集》第 8 冊）。

41. 三代秦漢兩宋（隋唐元附）金文著錄表，王國維、羅福頤編撰，北京，北京圖書館出版社，2003 年 9 月。

42. 積微居金文說（增訂本），楊樹達著，北京，中華書局，2004 年 1 月。

43. 西周金文官制研究，張亞初、劉雨著，北京，中華書局，2004 年 6 月。

44. 西周封國考疑，任偉著，北京，社會科學文獻出版社，2004 年 8 月。

45. 山東著名藏書家，杜澤遜、程遠芬著，濟南，山東文藝出版社，2004 年 10 月。

46. 商周古文字讀本，劉翔、陳抗、陳初生、董琨著，北京，語文出版社，2004 年 10 月。

47. 清代山東名儒，田漢雲著，濟南，山東藝文出版社，2004 年 10 月。

48. 容庚文集，曾憲通編，廣州，中山大學出版社，2004 年 11 月。

49. 民國濰縣志稿，劉祖幹纂，常之英修，南京，鳳凰出版社，2004 年。

50. 江浙訪書記，謝國楨著，上海，上海書店，2004 年。

51. 西周銅器斷代，陳夢家著，香港，香港明石文化國際出版公司，2004 年（《中國古文字大系——金文文獻集成》第 38 冊）。

52. 古籀篇，高田忠周纂，香港，香港明石文化國際出版公司，2004 年（《中國古文字大系——金文文獻集成》第 31～33 冊）。

53. 說文中之古文攷，商承祚著，香港，香港明石文化國際出版公司，2004 年（《中國古文字大系——金文文獻集成》第 36 冊）。

54. 金文嘏辭釋例，徐中舒著，香港，香港明石文化國際出版公司，2004 年（《中國古文字大系——金文文獻集成》第 36 冊）。

55. 殷周禮樂器考略，容庚著，香港，香港明石文化國際出版公司，2004 年（《中國古文字大系——金文文獻集成》第 37 冊）。

56. 山東古國考，王獻唐著，香港，香港明石文化國際出版公司，2004 年（《中國古文字大系——金文文獻集成》第 40 冊）。

57. 歷代學案，舒大剛、楊世文主編，成都，四川大學出版社，2004 年（《儒藏》第 14～36 冊）。

58. 清代大收藏家陳介祺，鄭華主編，北京，文物出版社，2005 年 2 月。

59. 中國青銅器（修訂本），馬承源主編，上海，上海古籍出版社，2005 年 4 月。

60. 中國古籍善本總目，北京，線裝書局，2005 年 5 月。

61. 清代揚州學記，張舜徽著，武漢，華中師範大學出版社，2005 年 12 月。

62. 《商周金文錄遺》考釋，沈寶春著，臺北，花木蘭文化工作坊，2005 年 12 月（古典文獻研究輯刊》第 30～32 冊）。

63. 商周金文，王輝著，北京，文物出版社，2006 年 1 月。

64. 古文字構形學，劉釗著，福州，福建人民出版社，2006 年 1 月。

65. 說文古籀三補，強運開編，臺北，新文豐出版公司，2006 年 3 月（《石刻史料新編》第 8 冊）。

66. 說文古籀補補，丁佛言編，臺北，新文豐出版公司，2006 年 7 月（《石刻史料新編》第 8 冊）。

67. 金石著述名家考略，田士懿著，臺北，新文豐出版公司，2006 年（《石刻史料新編》第 4 輯第 10 冊）。

68. 許印林先生撰校考略一卷籃齋先生著述目錄一卷，趙孝孟著，濟南，山東大學出版社，2006 年（《山東文獻集成》第 1 輯）。

69. 春秋左傳注，楊伯峻著，北京，中華書局，2007 年 7 月。

（二）單篇論文

1. 兩叔簋及訇簋考釋，郭沫若著，文史，1960 年第 2 期，1960 年。

2. 兩叔簋及訇簋考釋的商榷，容庚著，文物，1960 年 8、9 月合刊，1960 年。

3. 中央研究院歷史語言研究所大事表，王懋勤編，中央研究院歷史語言研究所四十周年紀念特刊，1968 年。

4. 春秋大事表列國爵姓及存滅表譔異，陳槃著，中央研究院歷史語言研究所專刊，第 52 期，1969 年。

5. 道光學術，楚金著，中和月刊論文選集，第 3 輯，臺北，臺聯國風出版社，1974 年。

6. 讀明清文史書籍題記，謝國楨著，文史，1979 年第 7 輯，1979 年。

7. 復傅斯年書，王獻唐著，山東圖書館季刊，1982 年第 1 期，1982 年。

8. 簋與盂——簋與其他粢盛器關係研究之一，陳芳妹，故宮學術季刊，1983 年第 1 卷第 2 期，1983 年。

9. 論楚公鐘和楚公逆鎛的年代，張亞初著，江漢考古，1984 年第 4 期，1984 年。

10. 紀萊為一國說，王恩田著，齊魯學刊，1984 年第 1 期，1984 年。

11. 盆、敦與簋——論春秋早、中期間青銅粢盛器的轉變，陳芳妹，故宮學術季刊，第 2 卷第 3 期，1985 年。

12. 許瀚佚事，王仁舟著，日照今古，1986 年第 1、2 期合刊，1986 年。

13. 王筠許瀚兩家校批祁刻說文解字繫傳讀後記，郭子直著，陝西師大學報（哲社版），1989 年第 11 期，1989 年。

14. 日照王獻唐先生事略，王紹曾著，山東省立圖書館季刊，1991 年第 1 期，1991 年。

15. 許印林審訂趙氏十三磚硯拓本題跋墨跡，陳平、付幸、樓朋林著，考古與文物，1995 年第 4 期，1995 年。

16. 山左文獻學家許瀚之校讎學，丁原基著，國家圖書館館刊，85 年第 2 期，1996 年 12 月。

17. 許印林方志學研究，丁原基著，應用語文學報，第 3 期，2001 年 6 月。

18. 包山楚簡近似之字辨析，劉信芳著，考古與文物，1996 年第 2 期，1996 年。

19. 王獻唐日記的學術價值，丁原基著，國立中央圖書館館刊，2001 年第 1 期，2001 年。

20. 談《說文解字義證》許瀚校樣本的學術價值，崔國光著，文獻，2001 年第 4 期，2001 年。

21. 十九世紀山左學者馬國翰與許瀚之文獻學，丁原基著，國家圖書館館刊，94 年第 2 期，2005 年 12 月。

22. 略論章學誠及許瀚於目錄學觀點之異同——以《史籍考》修纂爲例，丁原基著，章學誠研究論叢——第四屆中國文獻學學術研討會論文集，臺北，臺灣學生書局，2005 年。

23. 《經傳釋詞》作者疑義，陳鴻森著，中華文史論叢，第 84 輯，2007 年 4 月。

24. 許印林之方志學述評，丁原基著，嵐山文史，第 4 輯，2007 年 7 月。

25. 許印林與陳碩甫交游研究，柳向春著，嵐山文史，第 4 輯，2007 年 7 月。

26. 《續修四庫全書總目提要》所收許瀚著述，李士彪著，嵐山文史，第 4 輯，2007 年 7 月。

27. 許瀚家世考，曹漢華著，嵐山文史，第 4 輯，2007 年 7 月。

28. 許瀚治學特點及思想發展淺議，秦洪河著，嵐山文史，第 4 輯，2007 年 7 月。

（三）學位論文

1. 王筠之金文學研究，沈寶春著，臺北，臺灣大學中國文學研究所博士論文，1990 年 6 月。

2. 清嚴可均說文學研究，陳韻珊著，臺北，臺灣大學中國文學研究所博士論文，1996 年 1 月。

3. 晚清金文學研究，吳濟仲著，臺北，國立臺灣師範大學國文研究所博士論文，2001 年 7 月。

4. 兩周祝嘏銘文研究，金信周著，臺北，國立臺灣師範大學國文研究所碩士論文，2002 年 11 月。

附錄一　收錄許瀚所考器銘之著作參照表

說　明：

1、此表係參許瀚《攀古小廬雜著》（《續修四庫全書》本、抄本）、《攀古小廬文補遺》、《印林文存》（抄本）、《攀古小廬遺集》（傅斯年圖書館藏）、《攀古小廬古器物銘》、《攀古小廬金文考釋》，吳榮光《筠清館金石錄》，阮元《積古齋鐘鼎彝器款識》，吳式芬《攗古錄金文》、《陶嘉書屋鐘鼎彝器款識目錄》，徐宗幹纂《濟州金石志》，楊鐸《函青閣金石記》，劉體智《小校經閣金文》；及近人王獻唐《顧黃書寮雜錄》、袁行雲《許瀚年譜》、丁原基《許瀚之文獻學研究》等整理。

2、首先列舉許瀚考訂器名，標注器名今日稱謂；次臚列收錄其考釋題跋之主要著作，較罕見者歸入「其他」一欄；末則註明許瀚著作中可考圖板出處者，如其明載「楚公鐸鐘」器為陳介祺藏，拓為釋達受（六舟）贈，輒依書錄之，若「邾公牼鐘」等逕見吳式芬著作者，則註明「吳式芬《攗古錄金文》」。

3、各書同器不同名者，以許瀚定名為主，於括號內標註異稱；若許瀚著作中器名未統一者，則以「／」分隔，同列之。

序號	許瀚考訂之器名	收錄許氏考釋題跋之著作				
		攀古小廬雜著（卷／頁）	攀古小廬古器物銘（∨）／金文考釋（○）	攈古錄金文（頁次）	其　他	圖版出處
1.	楚公鐘鐘（楚公冢鐘）	六／712	✓（284）			六舟贈拓 陳介祺藏器
2.	楚公家二鐘（楚公冢鐘）	六／712～713			抄本《攀古小廬雜著》	六舟贈拓
3.	周受鐘（通祿鐘）	六／713			抄本《攀古小廬雜著》	阮元《積古齋鐘鼎彝器款識》摹本
4.	兮中鐘（兮仲鐘）	六／713～714			抄本《攀古小廬雜著》《攀古小廬文補遺》：周兮仲大夾鐘跋	家藏拓本、《筠清館金石錄》拓本
5.	子璋鐘（子璋鐘）	六／714～716			抄本《攀古小廬雜著》：周龢鐘	楊鐸藏本、《筠清館金石錄》拓本
6.	許子鐘（鄦子𪏁𠂤鎛）	六／716			抄本《攀古小廬雜著》	薛尚功《歷代鐘鼎彝器款識法帖》
7.	叔氏寶林鐘（士父鐘）	六／717～718			抄本《攀古小廬雜著》《小校經閣金文》卷一：士父乍皇考叔氏鐘	自藏拓本
8.	虢叔大林鐘（虢叔旅鐘）	六／718～722	✓（281）	虢叔鐘 1101～1104	抄本《攀古小廬雜著》《陶嘉書屋鐘鼎彝器款識目錄》：虢叔旅鐘	自藏拓、方可中贈拓
9.	郲公䡖鐘（鼄公䡖鐘）			1001～1003		吳式芬《攈古錄金文》
10.	楚余義鐘（余贎逐兒鐘）			1063～1066	抄本《印林文存》	吳式芬《攈古錄金文》
11.	宗周鐘（㝬鐘）			1211～1215		吳式芬《攈古錄金文》
12.	䶅鐘			191		吳式芬《攈古錄金文》
13.	漢家官鐘	九／757	✓（152）／○			《攀古小廬古器物銘》
14.	陳矦午錞（十四年墬侯午敦）			940～941		吳式芬《攈古錄金文》
15.	新莽侯錡鉦	九／758～759	✓（210～212）			吳式芬贈拓
16.	兩子屖缶鼎	六／722			抄本《攀古小廬雜著》	陳介祺藏器
17.	明我鼎（明我作鼎）	六／722	✓（274）	197		吳式芬贈拓

18.	扶鼎／抉作旅鼎（扺作旅鼎）	六／722～723			193	《攀古小廬文補遺》《函青閣金石記》卷一《顧黃寮雜錄》頁168	楊鐸藏器
19.	中𦣞父鼎（中𦣞父齋）	六／723	✓（67）		282～284	抄本《攀古小廬雜著》《小校經閣金文》卷三：中師父乍季妣姒鼎	翁大年贈拓
20.	本鼎（本鼎）	六／723	✓（225）		284～285		錢有山贈拓
21.	太保鼎	六／723	✓（162～163）				自得拓
22.	父丁方鼎（𡗜父丁鼎／彥鼎）	六／723～724			彥鼎 582～583	抄本《攀古小廬雜著》	葉志詵藏拓
23.	明神鼎	六／724				抄本《攀古小廬雜著》：周神鼎 傅圖《攀古小廬襍著》：明神鼎	六舟輯拓
24.	邾束朋鼎	六／724	✓（278）				顧沅贈拓
25.	犀伯魚父鼎（犀伯魚父鼎）	六／724～725			649～651	抄本《攀古小廬雜著》《攀古小廬古器物釋文初艸》《小校經閣金文》卷二	陳介祺贈拓
26.	𩍂叔朕鼎（𢧸叔朕鼎）	六／725			□叔朕鼎 842～843		金巒坡得器
27.	季姒姒鼎（仲師父鼎）	六／725～727			仲師父鼎 927～932	抄本《攀古小廬雜著》《攀古小廬古器物釋文初艸》	陳介祺贈拓
28.	裔季鼎	六／727				抄本《攀古小廬雜著》	待考
29.	而陋鼎					抄本《攀古小廬雜著》	待考
30.	大耤鼎					抄本《攀古小廬雜著》	待考
31.	毛公鼎					抄本《攀古小廬雜著》 抄本《攀古小廬遺集》	待考
32.	漢武帝廟鼎	九／757～758	✓（304～305）				吳式芬贈拓
33.	仄鼎（矢鼎）				7		吳式芬《攈古錄金文》
34.	弟鼎				9		吳式芬《攈古錄金文》

35.	手執干鼎			47		吳式芬《攈古錄金文》
36.	手形足跡鼎			112		吳式芬《攈古錄金文》
37.	臧伯鼎（戜伯鼎）			195		吳式芬《攈古錄金文》
38.	揚長鼎			196		吳式芬《攈古錄金文》
39.	女史鼎			196		吳式芬《攈古錄金文》
40.	叔我鼎（叔我鼎）			叔戎鼎 198		吳式芬《攈古錄金文》
41.	叔靃鑊鼎			352		吳式芬《攈古錄金文》
42.	應公鼎（雁公鼎）			627		吳式芬《攈古錄金文》
43.	大鼎（大鼎）			1079～1080	抄本《金文稿》	吳式芬《攈古錄金文》
44.	焦山鼎				抄本《金文稿》	朱建卿贈拓
45.	司空旅鼎		✓（254）			朱建卿贈拓
46.	亞形中鼎		✓（272）			鍾衍培贈拓
47.	番中吳生鼎				《小校經閣金文》卷二	《小校經閣金文》
48.	梁二十七年鼎				《小校經閣金文》卷二	《小校經閣金文》
49.	戎者乍文考官白鼎（戜者鼎）				《小校經閣金文》卷二	《小校經閣金文》
50.	乍召白父辛鼎（伯龢鼎）				《小校經閣金文》卷三	《小校經閣金文》
51.	晉姬鬲	九／750～751		晉姬鬲 389～391	抄本《攀古小廬雜著》《攀古小廬古器物釋文初艸》	《筠清館金石錄》拓本
52.	友父鬲（龘友父鬲）	九／751		638～640		吳式芬《陶嘉書屋》收拓
53.	伯夏鬲	九／751～752	○	畢姬鬲 727		吳式芬《攈古錄金文》
54.	父己甗（父己甗）	九／750		176～177		葉志詵藏器
55.	伯貞丁甗（伯貞甗）	九／750		伯貞甗 392		陳介祺藏器 葉志詵拓本
56.	父丁甗		✓（308）			顧沅贈拓
57.	畾甗（雷甗）			336	抄本《攀古小廬雜著》	吳式芬《攈古錄金文》
58.	中隹父段（仲隹父段）	八／738		仲隹父敦 384	抄本《攀古小廬雜著》	張廷濟藏器

59.	兄敦（䣙敦）	八／738～739		兄敦 484～485	抄本《攀古小廬雜著》 《攀古小廬古器物釋文初艸》	翁大年贈拓
60.	呃敦（何敦蓋）	八／739	○	呃敦 568～569	抄本《攀古小廬雜著》	吳式芬《攈古錄金文》
61.	吳象父敦蓋（吳𢽁父敦）	八／739	○	周吳象父敦蓋 761～762		吳式芬《攈古錄金文》
62.	遣小子敦（遣小子𩰂敦）	八／739		遣小子敦 591～592		錢有山贈拓 文鼎藏器
63.	幽中敦（伯䛐敦）	八／740	✓（167～168）／○	䛐敦 658～659		顧沅贈拓
64.	杞白每敦（娵敦）	八／740～742	✓（292～303）	杞伯敦 667～678	抄本《攀古小廬雜著》 《攀古小廬遺集》冊27：〈周杞伯敦銘跋〉	袁振渭示拓
65.	晉姬敦（格伯作晉姬敦）	八／742		744	抄本《攀古小廬雜著》 《筠清館金石錄》卷二	陳介祺藏器
66.	太僕原父敦	八／743	○			待考
67.	穌公子癸父甲敦	八／743	○			待考
68.	䣜遣敦（䣜𣪘敦）	八／743				錢有山贈拓 祝恂藏器
69.	陳逆敦（陳逆𣪘）	八／743～744	○		抄本《攀古小廬雜著》：陳氏大宗敦 《小校經閣金文》卷八：陳逆乍往且大宗敦	葉志詵藏器
70.	商𠦪敦（魯士商𠦪敦）	八／744	✓（叔厭父敦）／○	魯士商𠦪敦 864～865		六舟示拓
71.	豐伯車父敦（豐伯車父𣪘）	八／7／44		豐伯車父敦 847～849	抄本《攀古小廬雜著》 《攀古小廬古器物釋文初艸》	孫翰卿藏器
72.	鑄叔皮父敦（鑄叔皮父𣪘）	八／744～745	✓（247）／○			朱建卿贈拓
73.	太保子商敦（大保敦）	八／745	○	太保敦 916～917		吳式芬《攈古錄金文》
74.	君夫敦蓋（君夫敦蓋）	八／745	○	君夫敦（蓋） 974～975		六舟輯拓
75.	孟姜敦（叔敦傳孫父敦）		✓（236）			錢有山贈拓

76.	叔命簋	九／747	✓ （206～207）	叔倉父簋 400		吳式芬贈拓
77.	甲午簋	九／747			抄本《攀古小廬雜著》 《攀古小廬古器物釋文初艸》	阮元《積古齋鐘鼎彝器款識》摹本
78.	格伯簋（格伯殷）	九／747～748				錢有山贈拓 方廷瑚藏器
79.	師虎簋（師虎殷）			虎敦 1216～1232	抄本《攀古小廬雜著》 《攀古小廬古器物釋文初艸》	吳式芬《攈古錄金文》
80.	頌敦（頌殷）			史頌敦 1036～1037	抄本《攀古小廬雜著》	吳式芬《攈古錄金文》
81.	師貝敦（師𤫊殷）			388	抄本《攀古小廬雜著》	吳式芬《攈古錄金文》
82.	𤳴敦（𣎑殷）			861		吳式芬《攈古錄金文》
83.	娟敦(函皇父殷）			936～937		吳式芬《攈古錄金文》
84.	酅矦敦（酅侯少子殷）			942～943		吳式芬《攈古錄金文》
85.	大豐敦			1069～1070	《許印林先生吉金考釋》	吳式芬《攈古錄金文》
86.	師舲敦（葢）			1129～1132		吳式芬《攈古錄金文》
87.	大敦（葢）			1169～1172		吳式芬《攈古錄金文》
88.	師寰敦			1204～1210	《小校經閣金文》卷七	吳式芬《攈古錄金文》
89.	丕箕敦				抄本《攀古小廬雜著》 《陶嘉書屋鐘鼎彝器款識目錄》：不嬰敦	吳廷康藏器
90.	彔釐王敦				抄本《攀古小廬雜著》	待考
91.	卯敦				抄本《攀古小廬雜著》 《許印林先生吉金考釋》	顧沄贈拓
92.	白要□敦				《小校經閣金文》卷七	《小校經閣金文》
93.	中業敦				《小校經閣金文》卷七	《小校經閣金文》
94.	中殷父敦				《小校經閣金文》卷八	《小校經閣金文》

95.	洗白寺敦				《小校經閣金文》卷八	《小校經閣金文》
96.	齊侯敦		✓（172～173）			葉志詵藏器
97.	伯其父簠	九／746		782	抄本《攀古小廬雜著》	阮元《積古齋鐘鼎彝器款識》、吳榮光《筠清舘金石文字》
98.	史尤簠	九／746	✓（208～209）／○	史尤簠蓋 783～784		吳式芬贈拓
99.	齊陳曼簠	九／746～747		785～787		葉志詵藏器
100.	叔家父簠			878～879		吳式芬《攈古錄金文》
101.	許子簠			903～905		吳式芬《攈古錄金文》
102.	邿太宰簠		✓（316）			顧沅贈拓
103.	父己尊	七／727			抄本《攀古小廬雜著》《攀古小廬古器物釋文初艸》	李東琪藏冊孫式曾贈拓
104.	嬴季尊	七／727～728				待考
105.	亞向尊	七／728				吳式芬《攈古錄金文》
106.	朕尊（小臣舻犀尊）	七／728		舻尊 844	《小校經閣金文》卷五：小臣舻夔尊	王厚之《鐘鼎款識》
107.	拍尊	七／728	周雝宮尊蓋✓	拍尊蓋 845～846		吳式芬示拓
108.	趞尊	七／729～731		1046～1055	抄本《攀古小廬雜著》	自得拓，葉志詵藏器
109.	伯旂尊			伯旂尊 371～372		吳式芬《攈古錄金文》
110.	黃尊			631		吳式芬《攈古錄金文》
111.	格仲尊			852		吳式芬《攈古錄金文》
112.	明尊		✓（268～269）		《小校經閣金文》卷五：明乍厥考尊	葉志詵藏器，翁大年贈拓
113.	巩尊				《陶嘉書屋鐘鼎彝器款識目錄》	待考
114.	己卣	七／731		己成卣 82～84	抄本《攀古小廬雜著》	吳式芬《攈古錄金文》
115.	商甸由父己卣	七／731	✓（251）／○			朱建卿贈拓
116.	矢伯隻卣	七／731～732		423～424	抄本《攀古小廬雜著》	拓不詳，器同陳介祺所藏
117.	兄日壬卣	七／732	✓（189～191）	日壬卣 381～382		吳氏芬藏器顧沅贈拓

118.	婦女卣			168		吳式芬《攈古錄金文》
119.	䴕卣			633		吳式芬《攈古錄金文》
120.	亞中僕卣				《小校經閣金文》卷四	《小校經閣金文》
121.	白口卣				《小校經閣金文》卷四	《小校經閣金文》
122.	宰德氏壺	七／732		宰德氏壺 435～436	抄本《攈古小廬雜著》《攈古小廬古器物釋文初艸》	李東琪藏冊 孫式曾贈拓
123.	仲伯壺	七／732～733	○	仲伯壺蓋 731～734		陳介祺藏（蓋）吳式芬藏（器）
124.	業姬壺				抄本《攈古小廬雜著》	待考
125.	安父彝	七／736	✓（192～193）／○			吳式芬藏器 王鴻寄拓
126.	君錫彝	七／736			抄本《攈古小廬雜著》《攈古小廬古器物釋文初艸》	李東琪藏冊 孫式曾贈拓
127.	集咎彝（乍父癸尊）	七／736	✓（咎父癸彝 179）／○	447		高均儒贈拓 郭止亭藏器
128.	祖癸彝	七／736～737			抄本《攈古小廬雜著》《攈古小廬古器物釋文初艸》	李東琪藏冊 孫式曾贈拓
129.	業姬彝	七／737			抄本《攈古小廬雜著》	張調藏器
130.	父戊彝	七／737	✓（276）	739		吳式芬贈拓
131.	吳彝	七／737	○			待考
132.	百丁彝			10		吳式芬《攈古錄金文》
133.	邶伯彝			北伯彝 208		吳式芬《攈古錄金文》
134.	太保彝			360～361		吳式芬《攈古錄金文》
135.	玧父辛彝			362～363		吳式芬《攈古錄金文》
136.	邰束彝			412		吳式芬《攈古錄金文》
137.	大保彝			413～414		吳式芬《攈古錄金文》
138.	盉彝			921～922		吳式芬《攈古錄金文》

139.	戊辰彝			923～924		吳式芬《攈古錄金文》
140.	父丁彝				抄本《攀古小廬雜著》	六舟拓本
141.	亞匡乍祖丁彝				抄本《攀古小廬雜著》《小校經閣金文》卷七:魯伯俞父乍姬年簠	《小校經閣金文》
142.	召伯彝跋				抄本《許印林遺書》	鍾衍培藏器楊鐸拓
143.	子爵	七／733		25	抄本《攀古小廬雜著》	葉志詵藏器
144.	祖甲爵	七／733		重屋爵75	抄本《攀古小廬雜著》	葉志詵藏器
145.	豕形立戈爵（家爵）	七／733	✓（271）	76		吳式芬贈拓
146.	橫戈子爵			77		吳式芬《攈古錄金文》
147.	鵃爵			亞鵃爵153		吳式芬《攈古錄金文》
148.	子棘（曹）父乙爵			311		吳式芬《攈古錄金文》
149.	盂爵			758	抄本《攀古小廬雜著》	吳式芬《攈古錄金文》
150.	父己爵	七／733	○			歸安姚氏藏
151.	父丁爵		✓（270）			翁大年贈
152.	子孫父乙角	七／734	✓（224）／○		《攀古小廬文補遺》《濟州金石志》	錢有山藏器
153.	宰虡角（宰桄角）9105	七／734	✓（155）／○	庚申父丁角912～915		阮元藏器
154.	魯侯角（魯侯爵）	七／734～735	✓（229）	504～505		錢有山贈拓
155.	丙申父癸角			629		吳式芬《攈古錄金文》
156.	婦門鱻觥（婦闐爵）	七／735	○	婦闐觥546～548		吳式芬《攈古錄金文》
157.	帝嬀觥				《小校經閣金文》卷一	《小校經閣金文》
158.	手執矢觚（桄弢觶）	七／735	✓（198）／○			薛尚功《歷代鐘鼎彝器款識法帖》
159.	鷹公觶（雁公觶）	七／733～734	✓（196）／○			薛尚功《歷代鐘鼎彝器款識法帖》
160.	商戚觶	七／734	○			吳雲藏拓

161.	商觶	七／734	✓（288）／○			葉志詵、錢有山藏拓
162.	父辛觶			124		吳式芬《攈古錄金文》
163.	明乙觶（觶）			94		吳式芬《攈古錄金文》
164.	祖丁觶（觶）			184～185		吳式芬《攈古錄金文》
165.	般乍兄丁彝				《小校經閣金文》卷六	《小校經閣金文》
166.	伯憲盉／召伯盉（伯憲盉）	九／748	○		《攈古小廬文補遺》《濟州金石志》	鍾衍培得器
167.	枏盉（甲盉）	九／749～750		枏盉531～533	抄本《攈古小廬雜著》《攈古小廬遺集》冊43：〈題吳冠英所藏枏盉拓本〉	吳儁拓本
168.	杞伯盨	九／748～749		679～681	《攈古小廬遺集》冊43：〈周杞伯盨銘釋文〉	吳式芬藏器
169.	齊國佐鐙（國差鐙）	九／753～755		1014～1027	抄本《攈古小廬雜著》《攈古小廬古器物釋文初艸》	吳式芬《攈古錄金文》
170.	般仲盤（般仲宋盤）	九／752	○		抄本《攈古小廬雜著》《攈古小廬古器物釋文初艸》	李東琪藏冊孫式曾贈拓
171.	齊大宰盤（齊大宰歸父盤）	九／752		歸父盤810～811	《小校經閣金文》卷九：齊大宰歸父盤	《小校經閣金文》
172.	叔多父盤	九／752～753	✓（320～323）	1073～1075		曹載奎藏器
173.	魯伯愈父盤			608	《小校經閣金文》卷九	《小校經閣金文》
174.	兮田盤（兮甲盤）			1233～1239		吳式芬《攈古錄金文》
175.	虢季子盤			1173～1197		吳式芬《攈古錄金文》
176.	父乙盤銘		✓（164～166）			王鴻贈拓
177.	奉冊匜			90	《小校經閣金文》卷九	吳式芬《攈古錄金文》
178.	克楚戈	九／756～757		師克戈496～497	抄本《攈古小廬雜著》	錢有山藏器，收入《濟甯金石志》
179.	陳戈	九／757	○	269		吳式芬《攈古錄金文》

180.	宋公差戈	九／757	○		丕陽戈 519	《攀古小廬文補遺》：佐戈	吳式芬《攟古錄金文》
181.	從戌戈				403		吳式芬《攟古錄金文》
182.	琱戈					抄本《許印林遺書》	吳式芬《攟古錄金文》
183.	陳窒節戈（陳窒散戈）					《小校經閣金文》卷十	《小校經閣金文》
184.	攻敔王劍					《小校經閣金文》卷十	《小校經閣金文》
185.	楚中信父劍		✓（238）				錢有山贈拓
186.	鑿首				39		吳式芬《攟古錄金文》
187.	書言府弩機	九／759	✓（169～171）／○				顧沅贈拓
188.	五鳳弩機		✓（246）				朱建卿贈拓
189.	漢弩機兩拓本		✓（324～326）				《攀古小廬古器物銘》
190.	周鐎	九／760～761	✓（201～205）			抄本《許印林遺書》	《攀古小廬古器物銘》
191.	距末（悍距末）	九／756	○		468		六舟贈拓
192.	恆星矛		✓（175～176）				袁振渭贈拓
193.	子句兵					《攀古小廬文補遺》《濟州金石志》	《濟州金石志》
194.	成山宮渠斜	九／758	✓（213～215）／○				吳式芬贈拓
195.	竟蜜雁足鐙	九／758					六舟贈拓
196.	臨虞宮鐙	九／758	✓（185）				陳介祺藏器
197.	萬歲宮鐙	九／758	✓（187）				陳介祺藏器
198.	信都食官行鐙					《許印林先生吉金考釋》	翁大年贈拓
199.	永和雙魚洗	九／759	✓（258）				朱善旂贈拓
200.	董氏雙魚洗	九／759	✓（260）				朱善旂贈拓
201.	大吉羊魚文洗	九／759	✓（262）				朱善旂贈拓
202.	宜子孫洗	九／760	✓（262～263）				朱建卿贈拓
203.	伏地洗	九／760	✓（177）／○				江曉塘贈拓
204.	吉羊洗	九／760					汪鐵樵藏器陳秋唐手拓
205.	富貴昌宜王侯泉文雙魚洗		✓（261）／○				朱善旂贈拓
206.	龍鋗	七／735～736	✓（256）／○		78		朱建卿贈拓、吳式芬《攟古錄金文》

207.	漢鋗	九／760～761			抄本《攀古小廬雜著》	文鼎藏器
208.	帳構銅	九／761～762	✓（181）／○			郭止亭藏器
209.	鐎斗柄刻字	九／762	✓（306）／○			吳式芬親見其器；拓本字不可辨識
210.	明豹字銅牌	九／762～763	○			翁大年贈拓
211.	漢六年五月丙午鈎				《小校經閣金文》卷十三	《小校經閣金文》
212.	塾屋供陶陵通具		✓（289～291）			王鴻贈拓
213.	北魏沐非龍造像	九／762			《許印林先生吉金考釋》	自拓
214.	大布黃千范跋	十一／781			抄本《攀古小廬雜著》	待考
215.	半兩泉聖		✓（244～245）／○			錢有山贈拓，方廷瑚藏器
216.	輶末金稱		✓（200）			朱善旂贈拓
217.	長宜子孫位至三公鏡		✓（264）／○			葉志詵贈拓
218.	日光鏡		✓（265）／○			朱建卿贈拓
219.	位至三公鏡		✓（267）／○			朱建卿贈拓
220.	長相思鏡		✓（240～242）／○			錢有山贈拓
221.	尙方鏡		✓（216）			自藏器
222.	上方鏡		✓（220）／○			吳式芬贈拓
223.	君宜官秩鏡				《顧黃書寮雜錄》頁32	自藏器
224.	君宜高官鏡		✓（218～219）／○			吳式芬贈拓
225.	漢龜年鏡				《顧黃書寮雜錄》頁33	錢有山藏器
226.	漢袁氏鏡				《濟州金石志》《小校經閣金文》卷十六	自藏器
227.	漢王氏鏡				《濟州金石志》	自藏器
228.	漢駱氏鏡				《顧黃書寮雜錄》頁32	何紹業贈拓
229.	方鏡／日本國鏡		✓（266）／○			朱建卿贈拓
230.	吳赤鳥鏡		✓（221～222）／○			吳式芬贈拓
231.	嫦娥奔月鏡		✓（222～223）／○			吳式芬贈拓
232.	唐秦王鏡		✓（268）／○			朱建卿贈拓

233.	玉篆鏡				《濟州金石志》	自藏器
234.	清華鏡				《濟州金石志》	自藏器
235.	元秉直鏡				《濟州金石志》	自藏器
236.	準提鏡				《濟州金石志》	自藏器
237.	準提背相畫像鏡				《濟州金石志》	自藏器
238.	廻文鏡				《濟州金石志》	楊漱芸藏器
239.	明萬曆丁亥四字鏡				《濟州金石志》	自藏器
240.	凸		○			待考
備註	其他單篇論著：〈冊、𧥓、𧷑三字存疑〉（抄本《攀古小廬雜著》）、〈勿濾說〉（抄本《攀古小廬雜著》）、〈馬四匹說〉（抄本《攀古小廬雜著》）、〈難識字隨記備檢〉（抄本《攀古小廬雜著》）、〈釋布附記〉（北京圖書館藏《攀古小廬雜著》）					

附錄二　許氏釋文及今釋對照表（節選）

說明

1、此表係據許瀚考釋之兩百四十件器銘中，節選出本論文嘗援引者，凡一百零三件。先列舉其考訂器名，同器異名者則以「／」分別並存，再以「（　）」標明該器於《殷周金文集成》名稱；次附器物圖版，以補原作墨釘未詳者；繼之臚列許氏考訂銘文釋文，並舉今通用釋文以資參照。

2、圖版來源據許瀚原書所示，惟部分缺漏或未見者，則以許氏爲他人考訂之作補缺，如吳式芬《攈古錄金文》，或收錄其考釋之書，如徐宗幹《濟州金石志》、劉體智《小校經閣金文》。

3、考訂銘文釋文一項，凡許氏未隸定者，逕以□標示；今見通用釋文一項，以□表該字不明，☑則多字不明，（　）表寬隸，／表分行符號。

4、許瀚考訂器銘於《集成》諸書未見者，概置表末，並加隸定。

序號	許氏考訂器名（集成名）	圖　版	許氏考訂銘文釋文	今　見　釋　文
1.	楚公鐘鐘（楚公𧥑鐘）00042		楚公家自鑄鐘／鐘孫=子=其永寶	楚公𧥑自鑄□（金楊）鐘，孫=子=其永寶。
2.	楚公家二鐘（楚公𧥑鐘）00043、00044		楚公家自乍寶大／鑄鍾孫子其永寶	楚公𧥑自乍寶大／𧥑（林）鐘，孫子其永寶。
3.	受鐘（通泉鐘）00064		受乍余通泉康虔屯右廣啓朕身嗣／于永命用寓光我家受	□（受）余通泉，康／虔屯右，廣啓／䐁（朕）身勖于永令用寓光我家受
4.	兮中鐘（兮仲鐘）00069	（00068）	兮中作大林鐘／其用萬年皇考／己伯用侃／喜㝬文人／子孫永／寶用喜　　兮中作大龢鐘其／用萬年皇考己／伯用侃喜／㝬文人子／孫永寶用享	兮中（仲）乍（作）大𧥑鐘，／其用追孝于皇考／己白（伯），用侃／喜前文人，子／孫永寶用喜（享）

| 5. | 子璋鐘
（子璋鐘）
00114 | | 隹正十月初吉／丁亥，群孫析子₌璋₌鐪其吉金，／自乍鮇鐘，用匽以歟，用樂／父陛，諸士其／᠄壽無期，子₌孫₌永保鼓之 | 隹（唯）正七月初吉丁亥，群孫㭪子璋／子璋鐪（擇）其吉金，／自乍（作）鮇鐘，／用匽（宴）㠯（以）喜，用樂／父㲋（兄）者（諸）士，其／䚋（眉）壽無基（期），子₌（子子）孫₌（孫孫）永保鼓之。 |
| 6. | 許子鐘
（郙子𥁋㠯鎛）
00153 | | 隹正月初吉丁亥，／郙子𥁋㠯鐪其吉／金自乍鈴／鐘，中縣䚋揚，／元鳴孔煌。穆₌鮇鐘，／用匽以喜，用樂嘉／賓、大夫及我朋友。／敨₌趩₌萬季／無諆，眉壽毋已，子₌孫₌／永保鼓之。 | 隹（唯）正月初吉丁亥，／郙（許）子𥁋㠯（師）鐪（擇）其吉金，／自乍（作）鈴／鐘，中（終）翰（翰）叔（且）鶲（揚），／元鳴孔煌。穆₌（穆穆）鮇鐘，／用匽（宴）㠯（以）喜，用樂嘉／賓、大夫及我倗（朋）友，／敨₌（敨敨）趩₌（趩趩），萬年／無諆（期），䚋（眉）壽母（毋）已，子₌（子子）孫₌（孫孫），／永保鼓之。 |

7.	叔氏寶林鐘 （士父鐘） 00145	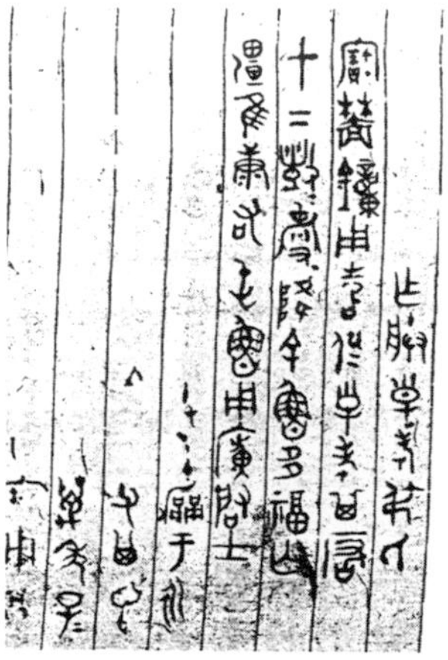  （《小》）	作朕皇考叔氏／寶林鐘用喜侃皇考其嚴／在上數₌熊降余魯多福亾／疆佳康右屯魯用廣啓土／朕身嗣于永／命口父其[illegible]／壽萬秊子₌／孫₌永寶用亯 □□□□乍朕皇考叔氏／寶棽鐘用喜侃皇考其嚴／在上數₌熊₌降余魯多福亡／彊佳康右屯魯用廣啓土	☐乍（作）舷（朕）皇考弔（叔）氏／寶䪫鐘，用喜侃皇考，其嚴／才（在）上，數₌（數數）㠯₌（㠯），降余魯多福亡／彊（疆），隹（唯）康右屯魯，用廣啓士／父身，勵于永／令，士父其眔□□萬年，子₌／（子子）孫₌（孫孫）永寶／，用亯（享）于宗。
8.	虢叔大林鐘 （虢叔旅鐘） 00238	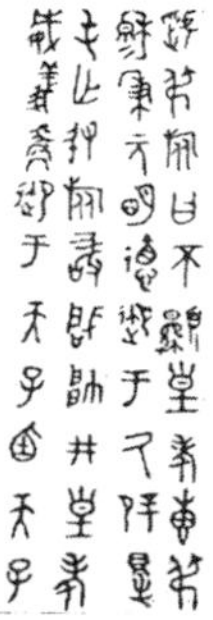 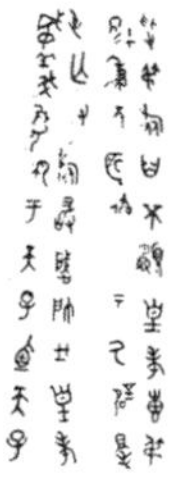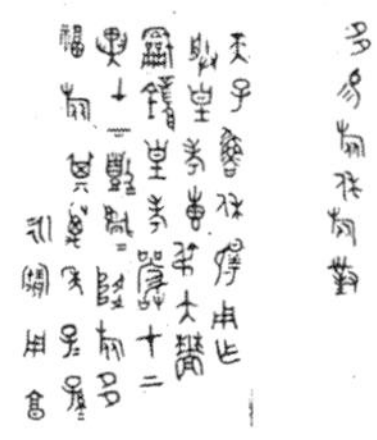	虢叔旅曰不顯皇考惠叔／穆秉元明德御于乃辟貢／純亾斁旅敢啓帥荊皇考／威儀獻御于天子卣（卣所）天子／多錫旅休旅對天／子魯休揚用作朕皇／考惠叔大棽龢鐘／皇考嚴在上翼在下／數₌熊₌降旅多福旅其／萬年子孫永寶用亯	虢弔（叔）旅曰：不（丕）顯皇考弔（叔），穆₌（穆穆）秉元明德，御于氒（厥）辟，得屯（純）亡敃，旅敢肇帥井（型）皇考威義（儀），□御于天子，迺天子多易（賜）旅休，旅對天子魯休揚，用乍（作）朕皇考弔（叔）大䪫龢鐘，皇考嚴才（在）上、異才（在）下，數₌㠯₌，降旅多福，旅其萬年子₌（子子）孫₌（孫孫）永寶用亯（享）。

9.	郘公牼鐘 （郘公牼鐘） 00151		佳王正月初吉陳在乙亥／郘公牼羼乃吉金元／鏐盧呂自作龢鐘／曰余畏龏威忌／鑄辝龢鐘二鍺／年分是寺／夫以喜諸士至于萬／以樂其身以宴大	佳（唯）王正月初吉，辰才乙亥，鑪（郘）公牼羼（擇）乎（厥）吉金，玄／鏐膚呂，自乍（作）龢鍾（鐘），／曰：余畢龏威忌，／鑄辝龢鍾（鐘）／二鍺（堵），／台（以）樂其身，台（以）匽（宴）大夫，台（以）喜者（諸）士，至于□〔土萬〕（萬）／年，分器是寺（持）。
10.	余義鐘 （余贎逴兒鐘） 00183		佳正九月／初吉丁亥／曾孫僕兒／父兄飲飲／訶舞孫用／之後民是／語／余迹斯／余之孫余／茲佲之元子／曰於㝫敬／哉余義楚／之良臣而／迹之字父／余兒右迹兒／得吉金鎛／鋁以鑄龢／鐘以追孝／洗祖樂我	佳（唯）正九月／初吉丁亥，／曾孫𢼸兒、余迹斯／于之孫，余／茲佲之元子，／曰：於㝫敬／哉，余義楚／之良臣，／□之字父，／余贎逴兒／得吉金鎛鋁，台（以）鑄龢／鐘，台（以）追孝／洗（先）祖，樂我／父兄，飲食／訶（歌）舞，孫_（孫孫）用／之，後民是／語。
11.	宗周鐘 （㝬鐘） 00260		考先王其嚴在上能_歔_降余多福_余□孫參壽佳剌割其萬年畯保三國	王肇遹省文武，堇彊（疆）／土，南或（國）艮子敢陷處／我土，王臺（敦）伐其至，戲（撲）／伐乎（厥）都，艮子迺遣閒／來逆卲（昭）王，南／尸（夷）東尸（夷）具見，廿／又六邦，佳（唯）皇上帝／百神，保余小

			王肇遹召文武墓彊 土南國服要敢臽虐 我土王臺伐其至戲 伐乃都服要迺遣閒 來迁昭王南 卩東卩具見廿 又六邦隹皇上帝 百神保余小子朕 猷有成亾競我隹 司配皇天王對作 宗周寶鐘倉=它熊= 雖用昭格不顯祖	子，朕（胺）/猷又（有）成亾競，我隹（唯）/司配皇天，王對乍（作）宗周寶鐘，倉=（倉倉）忽=（忽忽），雜=（雜雜）雖=（雖雖），/用卲各不（丕）顯且（祖）/考先=王=（先王，先王）其嚴才（在）上，/馭=（馭馭）數=（數數），降余多福=（福，福）余順孫，參壽隹（唯）利，/馘（胡）其萬年，眯（暱）/保四或（國）。
12.	陳猷午錞 （十四年塦侯午敦） 04646		隹十有三年 陳猷午以群 諸猷獻金作 皇妣孝大妃 祭器鑄錞以 蒸以嘗保有 齊邦永業□ 忒	隹（唯）十又四年，塦（陳）侯午台（以）群/者（諸）侯獻金，乍（作）皇妣孝大妃/祭器錞（敦）台（以）/蒸台（以）嘗，保又（有）/齊邦永世母/忘。
13.	新莽侯錡鉦 （騎）		侯騎鉦重九斤⊠兩新 迨達國地皇上戊二年 右=工痏造嗇夫放掾 衛守左丞況令家掌共 工大夫弘省	侯騎鉦重九斤⊠兩新迨達國地皇上戊二年右=工痏造嗇夫放掾衛守左丞況令家掌共工大夫弘省
14.	明我鼎 （明我作鼎） 01988		明作我鼎	明我/乍（作）貞（鼎）。

15.	扶鼎／抰作旅鼎（扐作旅鼎）01979		扶作旅鼎	扐作旅鼎
16.	中自父鼎（中自父齋）02046		中自父作齋	中自父作齋
17.	本鼎（本鼎）02081	《攄》	本肇作寶鼎	本肇作寶鼎
18.	太保鼎（大保方鼎）02158		遘作尊彝太保	□乍尊彝。大保。
19.	父丁方鼎（齊父丁鼎／彦鼎）02499		□卯尹商彦／貝三朋用作／父丁尊彝	□卯，尹商（賞）齊／貝三朋，用乍（作）／父丁尊彝。
20.	犀伯魚父鼎（犀伯魚父鼎）02534		犀白魚父作／旅鼎其萬年／子=孫永寶用	犀白（伯）魚父乍（作）／旅鼎，其萬年／子=（子子）孫=（孫孫）永寶用。

21.	鞒叔朕鼎 （弌叔朕鼎） 02690～02692		隹八月初吉 / 庚申□ / 叔朕 / 自作餗鼎其 / 萬年無彊子_ / 孫寶 用之	隹（唯）八月初吉 / 庚申，弌弔（叔）朕 / 自乍（作）餗鼎， 其 / 萬年無彊 （彊），子_（子子） / 孫_（孫孫）永寶 用之。
22.	季姒姒鼎 （仲師父鼎） 02744		中師父作季姒 / 姒寶尊鼎其 / 用享用孝于 皇 / 祖帝考用錫眉 / 壽無彊其子孫	中（仲）師父乍（作） 季姒 / 姒（姒）寶尊 鼎，其 / 用享用孝于 皇 / 且帝考，用易 （賜）眉 / 壽無彊 （彊），其子_（子子） 孫 / 萬年永寶用享。
23.	叔我鼎 （叔我鼎） 01930		叔我作用	弔（叔）我 / 乍（作） 用。
24.	應公鼎 （雁公鼎） 02554		應公作寶 / 尊彝日奄 / 以乃弟用 / 宿夕寅 享	雁（應）公乍（作） 寶 / 尊彝，日奄 / 自 （以）乃弟，用 / 凤 夕鼎享。
25.	大鼎 （大鼎） 02807		隹十又五年三月既霸 丁 / 亥王在襯脤宮大 以乃友守 / 王飼鎺王 呼善夫召 / 大以乃友 入孜王召走馬應 / 禽 服駒騄卅匹錫大拜 稽 / 首對揚天子不顯 休用作 / 朕烈考己伯 盂鼎大其 / 子_孫_邁 年永寶用	隹（唯）十又五年三 月既霸丁 / 亥，王才 （在）蠱侲宮，大自 （以）乎（厥）友守。 / 王卿（饗）醴，王 乎（呼）善（膳）大 （夫）駁召 / 大自 （以）乎（厥）友入 孜。王召走馬雁 / 令取誰（雛）鷗卅｛二 匹｝易（賜）大_（大， 大）拜稽 / 首，對揚 王天子不（丕）顯 休，用乍（作） / 朕 刺（烈）考白己（伯） 盂鼎，大其 / 子_（子 子）孫_（孫孫）萬 年永寶用。

26.	亞形中鼎 （亞憲鼎） 01424		亞形中懸夾二字反止字 亞中子戈立執屮	亞憲止
27.	番中吳生鼎		番中吳生 作尊彝用 言用孝子₌ 孫₌永寶用	番中吳生／作尊鼎用／言用孝子₌孫₌永寶用。
28.	戎者乍文考宮白鼎 （或者鼎） 02662		戎者乍旅鼎 用匄偁魯祉 用妥眉彔用 乍文考宮白 寶尊彝	或者乍（作）旅鼎，／用匄偁魯□（福）／，用妥（綏）髮彔（祿），用／乍（作）文考宮白（伯）／寶尊彝。
29.	乍召白父辛鼎 （嗇鼎） 02749		西十　　貝 楊佚休用作召 伯父辛寶尊彝 憲萬年子₌孫₌ 寶克貫太保	佳（唯）九月既生霸辛／酉，才（在）匽（燕）。侯易（錫）嗇貝、金，／揚侯休，用乍（作）鼺（召）／白（伯）父辛寶尊彝。／嗇萬年子₌（子子）孫₌（孫孫）／寶。光用大保。
30.	友父鬲 （鼄友父鬲） 00717		鼄昚父辭其子□娷寶鬲其眉壽永寶用	鼄（邾）昚（友）父脒（騰）其子₌□嬏（曹）寶鬲，其鬠（眉）壽，永寶用。

31.	伯夏鬲 （伯夏父鬲） 00720		伯頵父作畢姬尊鬲 / 其萬年子=孫=永寶用 享	白夏父乍畢姬 / 尊 鬲。其萬年子子孫孫 永寶用
32.	父己甗 （父己甗） 00815		父 卿 己	畳父己
33.	伯貞丁甗 （伯貞甗） 00870		伯貞作旅車甗	伯眞作旅甗
34.	父丁甗 （乍冊般甗 / 王宜人 甗） 00944		王宜及方㰱 / □戉王 商作 / 冊貝十□ / 用 作父丁尊獻	王宜人方無□。咸。 王商乍冊般貝。用乍 父己尊甗。來□。
35.	中隹父段 （仲隻父段） 03543		中隹父 / 作寶敦	仲隻父作寶段
36.	兄段 （跳段） 03701		兄作尊段其 / 壽考寶 用	跳乍（作）尊段，其 / 壽考寶用。
37.	呩段 （何段蓋） 03761		呩作寶敦其邁年子= 孫=永用	何作寶段期萬年子 子孫孫永用？

38.	吳象父吮𣪊蓋（吳彭父𣪊）03982		吳象父作皇／祖考庚／孟尊／敦其萬年子＝／孫＝永寶用	吳彭父乍（作）皇／且（祖）考庚孟尊𣪊／·其萬年子＝（子子）孫＝（孫孫）永寶用。
39.	遣小子𣪊（遣小子𩵋𣪊）03848		遣小子𩵋以／其友作招男／王姬鼎彝	遣小子𩵋以／其友乍（作）𡔝男／王姬鼎彝。
40.	幽中𣪊（伯𣪊）03943		白𦥑作文考幽中尊／敦誓其萬年寶用饗孝	伯𦥑作文考幽仲尊𣪊，／𦥑其萬年寶用饗孝。
41.	杞白每𣪊／娸敦（杞伯每𣪊）03897		杞白敏化作邾／娸寶敦子＝孫＝／永寶用享	杞伯每氏作邾／娸寶𣪊子子孫孫／永寶用享。
42.	晉姬𣪊（格伯作晉姬𣪊）03952		佳三月初吉格／白作晉姬寶敦／子＝孫＝其永寶用	佳（唯）三月初吉，格／白（伯）乍（作）晉姬寶𣪊，／子＝（子子）孫＝（孫孫）其永寶用。
43.	陳逆𣪊04096		冰月丁亥陳氏裔孫／逆作肇封祖大宗／𣪊以貫永命眉／壽子孫是保	冰月丁亥，陳氏裔孫／逆，乍（作）為坒（皇）祖大宗／𣪊，以匃兼（永）令（命）眉／壽，子孫是保。

44.	商歔敦／叔厭父敦 （魯士商歔毀） 04110		魯士商歔肇作朕／皇考叔厭父尊／敦商歔其萬年眉／壽子＝孫＝永寶用享	魯士商歔肇乍（作）朕／皇考弔（叔）厭父尊／毀，商歔其萬年眉／壽，子＝（子子）孫＝（孫孫）永寶用享。
45.	豐伯車父敦遞 （豐伯車父毀） 04107		豐伯車父作尊敦／用薪眉壽萬年／無疆子孫是尚子／孫之寶用考用享	豐白（伯）車父乍（作）尊毀，／用𧆩（祈）眉壽萬年／無疆（疆），子孫是尚，子／孫之寶，用孝用享。
46.	鑄叔皮父敦 （鑄叔皮父毀） 04127		佳一月初吉作鑄叔／皮父尊敦其弟子／用享孝于叔皮父／子＝孫＝寶小皇萬年永用	佳（唯）一月初吉，／乍（作）鑄弔（叔）／皮父尊毀，其妻子／用享考于弔（叔）皮父，／子＝（子子）孫＝（孫孫）寶皇，萬年永用。
47.	太保子𤔲毀 （大保毀） 04140		王伐彔子𤔲歔乃反王／降延命刊大保大保克／羌凵遣王道大保錫休／余土用茲彝對命	王伐彔子耴（聽），歔，𣏟（厥）反。王／降征令于大保，大保克／敬亡譴。王侃大保，易（賜）休／余土，用絲彝對令。

48.	君夫殷蓋 （君夫殷蓋） 04178		唯正月初吉乙亥王在／唐宮大室王命君夫／曰價求乃友君夫敢／對揚王休用作文父／丁霝彝子＝孫＝其永用之	唯正月初吉乙亥，王才（在）／康宮大室，王命君夫／曰：價求乃友。君夫敢／每揚王休，／用乍（作）文父／丁霝彝，子＝（子子）孫＝（孫孫）其永用之。
49.	孟姜殷 （叔倸孫父殷） 04108		叔倸孫父作孟／姜尊敦縮綽／眉壽永命彌／生萬年無疆子＝／孫永寶用享	叔孫父作孟／姜尊殷，縮綽／眉壽永命彌／厥生萬年無疆／子子／孫孫永寶用享
50.	甲午簋		唯甲午八月丙寅 帝盥清廟作禮簋 吉蠲明神神鑒 馨德俾帝萬年 永綏受命	唯甲午八月丙寅 帝盥清廟作禮簋 吉蠲明神神鑒 馨德俾帝萬年 永綏受命
51.	師虎簋 （師虎殷） 04316		隹元年六月既望甲戌王在楚／居□于太室井（井、邢）白（伯）內右師虎即／在中廷北嚮王乎（呼）內叟吳日冊／命虎王若曰虎戠（饎、懿）先王既命乃／祖考叟啻（適）官辭左右戲緐枌□（敬）夙夜勿／灋廢朕命泊錫女赤舄用叟事虎叡（敢）捧（拜）頴首／對揚天子丕魯休用作朕／剌烈考日＝庚尊殷子＝孫＝其永寶用	隹（唯）元年六月既望甲戌，王才（在）杜／㞢，各（格）于大室，井白（伯）內，右師虎即／立中廷，北鄉（嚮），王乎（呼）內史吳曰冊／令虎，王若曰：虎，戠（載）先王既令乃／祖考事啻官，嗣（司）左右戲緐荆（荆），今／余隹（唯）帥井（刑）先王令＝（令，令）女（汝）更乃祖考／啻官，嗣（司）左右戲緐荆（荆），敬夙夜，勿／灋（廢）朕令，易（賜）女（汝）赤舄，用事。虎敢拜／留首，對揚天子丕魯休，用作朕／剌考日庚尊，子＝（子子）孫＝（孫孫）其永寶用。

52.	頌敦（頌設）04332		佳三年五月既死霸甲戌／王在周康昭宮旦王各大／室即立宰弘古頌入門立／中廷尹氏受王令書王乎／史虢生冊令頌王曰頌令／女官嗣成周賔（貯）監嗣新宮／賔（貯）用宮御𢦚易女旋衣帶束／赤市朱黃衡𢨶旂攸勒用事／頌拜稽首受令冊以出／反入董寵（龍）頌敢對揚天子／丕顯魯休用作／朕皇考龏叔皇母龏／始寶尊設用追／孝於蘄匄康□屯又通彔永／命頌其萬年□壽無疆畯／臣天子霝冊終子孫孫永寶用	佳（唯）三年五月既死霸甲戌，／王才（在）周康卲宮，旦，王各（格）大／室，即立，宰引右頌／入門立／中廷，尹氏受王令書，王乎（呼）／史虢生冊令頌，王曰：頌，令／女（汝）官嗣（司）成周賈，監嗣（司）新宮（造）／賈用宮御，易（賜）女（汝）玄衣帶屯、／赤市朱黃、𢨶旂攸勒，用事。／頌拜𩒨首，受令冊，佩㠯（以）出，／反，入董章，頌敢對揚天子／不（丕）顯魯休，用乍（作）朕皇考龏／弔（叔）、皇母龏始寶尊設，用追／孝𥀋（旂）𢀰康虔屯右，通彔永／令，頌其萬年眉壽無疆（疆），眧／臣天子霝終，子＝（子子）孫＝（孫孫）永寶用。
53.	師貝敦（師𧥣設）03573	𧥣其作寶設	師貝其作寶敦	師𧥣其作寶設
54.	娟敦（函皇父設）04141		函皇作周娟般盉尊器敦具自豕鼎降十又設八兩罍兩鐘周娟其邁年子孫永寶用	函皇父乍（作）琱娟（妘）般、盉、尊／器、設具，自豕鼎降／十又／設八、兩罍、兩壺，琱娟其／邁（萬）年子＝（子子）孫＝（孫孫）永寶用。

55.	鄘疾敦 （鄘侯少子毀） 04152		佳五年正月丙午 鄘疾少子析乃孝孫 不巨龢趄吉金爰 作皇姚屈君中妃 祭器八　永寶用	佳（唯）五年正月丙 午，／鄘（筥）侯少 子斨乃孝孫／不 巨，龢（會）趄（聚） 吉金，嬌／乍（作） 皇姚□君中妃／祭 器八毀，永保用／ 享。
56.	師檢敦蓋 （師檢毀蓋） 04277		佳三年三月初吉甲戌 王／在周師□宮旦王 格大室／即位嗣馬□ 右師檢入門／立中廷 王呼作冊內史冊／命 師檢繼嗣徒乃錫赤市 ／朱黃旂檢拜稽首添 子其／萬年眉壽黃耇 畯在位檢／其蔑曆日 錫魯休檢敢對／揚天 子不顯休用做寶敦／ 檢其萬年永保臣天子	佳三年三月。初吉甲 戌。王。才周師彔 宮。旦。王各大室。 ／即立。□馬共右師 晨。入門。／立中廷。 王乎乍冊尹冊令／師 晨。疋□俗□邑人。 佳小臣。／膳夫。守。 〔友。〕官。犬。□ 奠人。善／夫。官。 守。友。易赤□。晨 拜／稽首。敢對揚天 子不顯休。令／用乍 朕文且辛公□鼎。晨 ／其〔百〕世。子子 孫孫其永寶用。
57.	卯敦 （卯毀蓋） 04327		佳王十有一月既生霸 ／丁亥艾季入右卯立 中廷艾／伯乎命卯曰 乃先祖考死治／艾公 家昔乃祖亦既命乃父 死／治旁人不盡孚我 家室用喪今／余非敢 夢先公又惟遠余戀囟 ／先公官今余惟命女 死治旁宮／旁人女母 敢不善錫女尊龍毀 宗彝一將寶錫女馬十 所牛十錫于乍／一田 錫于宮一田錫于陝一 田錫于裁一田卯拜□ ／手稽手敢對揚艾伯 休用做保尊／敦卯奇 萬年子＝孫＝永寶用	佳（唯）王十又一月 既生霸／丁亥，燹 （榮）季入右卯立中 廷，燹／伯乎（呼） 令卯曰：瓤乃先且 （祖）考死司／燹公 室，昔乃且（祖）亦 既令乃父死／司旁 人，不盡（淑）取我 家案用喪，今／余非 敢夢先公又蓳□，余 戀禹／先公官，今余 佳（唯）令女（汝） 死司旁宮／旁人，女 母（毋）敢不善，易 （賜）女瓚章四 （？）、毀、／宗彝一 造，寶；易（賜）女 馬十匹、牛十，易（賜） 于乍／一田，易（賜） 于宣一田，易（賜） 于隊一田，易（賜） 于瓤一田。卯拜／讎 手，敢對揚燹伯休， 用乍寶尊／毀，卯其 萬年子＝（子子）孫＝ （孫孫）永寶用。

58.	中殷父敦 （仲殷父段） 03965		（蓋） □□父鑄敦 用朝夕享孝宗 室其子＿孫永寶用 （器） 仲殷父鑄 敦用朝夕享 孝宗室其 子＿孫永寶用	中（仲）殷父鑄毀， 用／朝夕享孝宗 室，其／子＿（子子） 孫永寶用。 中（仲）殷父鑄 毀，用朝夕享／孝宗 室，其／子＿（子子） 孫永寶用。
59.	伯箕父簠 （伯其父簠） 04581		唯伯箕父慶 作旅瑚用錫 眉受萬年子＿ 孫永寶用之	唯白（伯）其父慶／ 乍（作）旅祜，用易 （賜）／眉壽萬年， 子＿（子子）／孫＿ （孫孫）永寶用之。
60.	史尤簠 （史免簠） 04579		史尤作旅匡／從王征 行用／盛稻梁其子＿ ／孫＿永寶用喜	史免乍（作）旅匡， ／從王征行，用／盛 𥝩（稻）粱（梁）， 其子＿（子子）／孫＿ （孫孫）永寶用享。
61.	齊陳曼簠 04596		齊陳曼不敢逸／康兆 勤經德作／皇考獻叔 餯盤／永保用匡	齊陳曼不敢逸／ 康。肇𦰏（勤）經德。 乍／皇考獻弔餯 盤。永保用匡。
62.	叔家父簠 04615		叔家父作中／姬匡用 盛稻／粱用速先嗣／ 諸跙用𣂈眉／考無彊 哲德不凶孫子之黯	弔家父乍仲姬□。／ 用盛稻／□。用速先 後者㠯。用眉考無 彊。□德不亡。孫子 之黯。
63.	許子簠 （鄦子妝簠） 04616		隹正月初吉丁亥／鄦 子妝𥴧其吉／金用鑄 其匿用／媵孟姜秦嬴 其／子＿孫＿永保用之	隹正月初吉丁亥。／ 鄦子妝擇其吉／ 金。用鑄其匿。／ 媵孟姜。秦嬴。其／ 子子孫孫。永保用 之。

64.	邾太宰簠 （鼄大宰簠） 04623	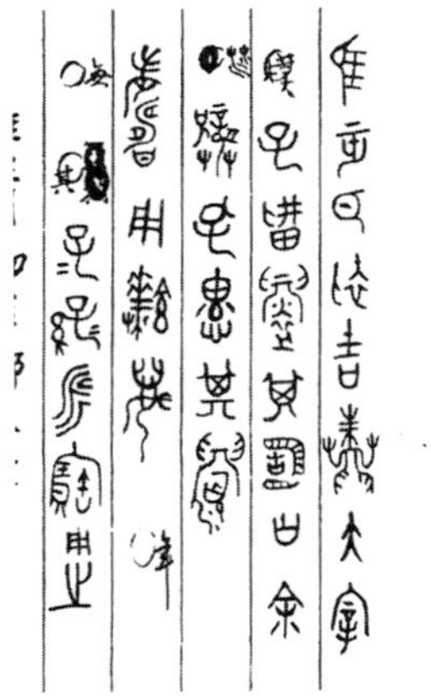	隹正月初吉邾大宰 樸子𨟻鑄其簠曰余 恪龏孔惠其眉 壽用𩛥萬年 無其子=孫=永寶用之	隹（唯）正月初吉，邾大／宰樸子𨟻鑄其／𨱅𠤳，曰：余諾㚖（恭）孔／惠，其眉壽，以𩛥萬／年無期，子=（子子）孫=（孫孫）永寶用之。
65.	父己尊 （父己尊） 05528		父己	父己
66.	朕尊 （小臣艅犀尊） 05990		丁子王相彝享／王錫小臣艅彝貝／隹王來征及方隹／王十祀有五三日	丁巳。王省夒□。／王易小臣俞夒貝。／唯王來正夷方。隹／王十祀。又五肜日。
67.	拍尊 （拍敦） 04644		隹正月吉／日乙丑拍作胯配平／姬亯宮祀／彝繼=母吐／用祀永葉／毋出	隹（唯）正月吉／日乙丑，拍／乍（作）朕配平／姬庸宮祀／彝，繼母（毋）坒，／用祀永世／母（毋）出。
68.	趩尊 （趩觶） 06516	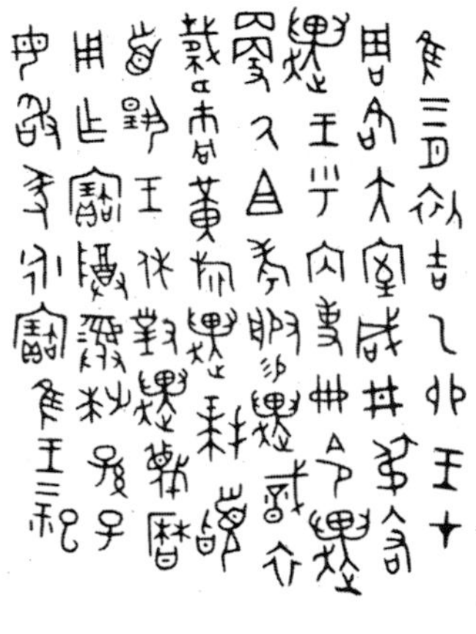	隹三月初吉乙卯王在／周各大室咸井叔入右／趩王乎內史冊令趩／□乃且考服錫趩戠衣／𦺇市冋黃旂趩拜䭫／首揚王休對趩蔑曆／用作寶𢀛彝孫子／毋叡𢊁永寶隹王二祀	隹（唯）三月初吉乙卯，王才（在）／周，各大室，咸，井弔（叔）入右／趩，王乎（呼）內史冊令趩／更厥祖考服，易（賜）趩戠衣、／韍市冋黃、旂。趩拜稽／首，揚王休，對趩蔑曆，／用乍（作）寶尊彝，□〔奉世〕（世）孫子／母（毋）敢𠚤（墜），永寶。隹（唯）王二祀。

69.	己卣 （己□卣） 04829、04830	（蓋） （器）	己□	己□
70.	闢出父己卣 （作父己卣） 05164		八出作父己彝	□（㞢）作父己彝
71.	矢伯隻卣 （矢伯隻作父 癸卣） 05291		矢伯隻／作父癸彝	矢白（伯）隻／乍 （作）父癸彝。
72.	兄日壬卣 （㝵作兄日壬 卣） 05339		抚作兄日壬／寶尊彝 舉	㝵（何）乍（作）兄 日壬／寶尊彝。丙。
73.	婦女卣 （婦□卣） 04845		婦女彝（馭）	帚□
74.	䜌卣 （小臣䜌卣） 05379		王錫小臣䜌錫／在鼎 用作祖乙尊／世手 （兩手擲中形）	王易小臣䜌（系）， 易（賜）／才（在） 鼎，用作祖乙尊。
75.	集咎彝／咎父 癸彝 （乍父癸尊） 05946		爵集木形／咎作父癸 ／寶尊彝	□乍（作）父癸寶尊 ／彝，孫=（孫孫） 子=（子子）永用。

76.	吳彝 （吳方彝蓋） 09898		隹二月初吉丁亥王在 周／成大室旦王格廟 宰朏右／作冊吳入門 立中廷北鄉／王乎史 戊冊命吳司旃眔／叔 金錫𤲮𢎥一卣元袞衣 赤／舃金車奉車畫轉 金甬馬三匹／攸勒吳 拜稽首敢對揚王／休 用作青尹寶尊彝吳其 ／之子孫永寶用唯王 二祀	隹（唯）二月初吉丁 亥，王才（在）周／ 成大室，且，王各 （格）廟，宰朏右／ 乍（作）冊吳入門， 立中廷，北鄉（嚮）， ／王乎（呼）史戊冊 令吳，司旃眔叔金 （淑旂），易（賜） □（柾）𢎥一卣、玄 袞衣、赤／舃、金 車、奉盂（軏）、朱虢 （鞹）𣂪、虎𣆪／熏 （纁）裏、奉較、畫 轉、金甬、馬四匹、 ／攸勒，吳拜稽首， 敢對揚王／休，用乍 （作）青尹寶尊彝， 吳其／世子孫永寶 用。隹（唯）王二祀。
77.	子爵 （团爵） 07321		团	团
78.	祖甲爵 07845、07846		祖甲	祖甲
79.	豕形立戈爵 （家戈爵） 08235		宀形室內豕形首向下 立戈形	家戈
80.	魯侯角 （魯侯爵） 09096		魯矦作婚𣪘庚丁／用 尊彝盟	魯侯作考爵𣪘庚考 ／用尊□盟
81.	宰虡角 （宰桄角） 09105		庚申王在東闈／王格 宰虡從／錫貝五朋用 作父丁／尊彝十六月 隹王／廿祀角又五	庚申王才□（東） □。／王各。宰桄 从。／易貝五朋。用 乍父丁／尊彝。才六 月。隹王／廿祀。翌 又五。
82.	婦門鑫觥 （婦閽爵） 09092		婦門鑫作 文母日癸 尊彝析子孫	婦閽乍（作）／文姑 日癸／尊彝〔鱟〕。

83.	鷹公觶 （雁公觶） 06174		鷹公	雁公
84.	伯憲盉 （伯盉盉） 09430		伯盉作召伯父辛寶尊彝	伯盉作召伯父辛寶尊彝
85.	柙盉 （甲盉） 09431		柙作寶尊彝／其萬年用饗賓	甲乍寶尊彝。／其萬年用饗賓。
86.	杞伯盨 （杞伯每盨盆） 10334		杞白每□作邾／婤寶盨其／子=孫=永寶用	杞白（伯）每亡乍（作）籩／婤（曹）寶盨，其／子=（子子）孫=（孫孫）永寶用。
87.	齊國佐甔 （國差甔） 10361		國差立事歲／咸丁亥工師／佂鑄西郭寶／甔四秉用實／旨酒矦氏受／福眉壽卑旨=／卑清矦氏毋／瘔毋瘔齊邦／寘靜安盇子=／孫永寶用之／文官十斗／一鈞三斤	國差立事歲，／咸，丁亥，攻師／何鑄西章寶／甔四秉，用實／旨酉，侯氏受／福眉壽，卑旨／卑瀞，侯氏母（毋）咎母（毋）□，齊邦／霝靜安寧，子=（子子）／孫=（孫孫）永保用之。
88.	般仲盤 （般仲宋盤） 10143		佳般中宋作／其盤其萬年／眉壽無彊子／孫=永寶用之	佳般仲宋乍／其盤。其萬年／□壽無彊。子子／孫孫永寶用之。
89.	宋公差戈 11289		宋公疑之所艁丕陽侯戈	宋公差之所／□〔貝告〕（造）不（邳）陽族戈。

90.	距末 （悍距末） 11945		愕 作距 末用 釐商 國	悍／乍（作）距／末 用／差（佐）商／ 國。
91.	叔虋鑄鼎		叔慶作宮伯隓	叔□作宮伯□
92.	司空旅鼎	（缺）	作司工旅鼎 萬年永寶用	缺圖版
93.	晉姬鬲		晉姬作曻齊鬲	晉姬作曻齊鬲
94.	宰德氏壺		宰德氏自／作卣壺	宰得氏自作（卣）壺
95.	君錫彝		君賜作寶尊彝	君錫作寶尊彝
96.	祖癸彝		鄧作祖癸旅尊彝冊冊	□作祖癸旅尊彝冊
97.	父戊彝		乙作父戊寶／尊彝用 匃壽／子孫其萬年／ 永保其日簀	□作父戊寶／尊彝 用□壽／子孫其萬 年／永寶其日□

98.	叔多父盤		獸叔多父作朕皇考季氏／寶盤用錫純祿受割福用／及孝婦嬾氏百子千孫其／使能多父眉壽考使利于／辟王卿事師尹朋友兄弟／諸子婚媾無不喜日天佑／父母多父其孝子作茲寶／盤子孫=永寶用	獸叔多父作朕皇考季氏／寶盤用易屯彔受害福用／及孝婦□氏百子千孫其／使能多父眉壽考使利于／辟王卿事師尹朋友兄弟／諸子婚媾無不喜日天佑／父母多父其孝子作茲寶／盤子孫=永寶用
99.	克楚戈		師克氏楚擇其黃鎦鑄	□□氏楚擇其黃□鑄
100.	從戌戈		永用乃從戌其	永用乃從戌其
101.	楚中信父劍		楚中信父作	楚□□父乍
102.	周劉		劉	□
103.	龍銷		龍形　陽	虎□

書　影

書影一　傅斯年圖書館藏《攀古小廬遺集》

周公中鐘　鼎枺大林鐘 附不全本　枺氏寶林鐘

交鐘　許子鐘　子璋鐘　父己尊

宰陳氏壺　屖伯戔父盨　季敶妝盨　挾妝

昌姬鬲　祖癸尊　君錫尊　伯其父簠

甲午簋　师害簠　陳氏大宗敦　兒敦

臺伯車父敦　杞伯敦　頌敦　盤仲匜

選自　國佐甔　共廿五篇

攀古小廬古器物銘擇文初艸

書影二　《山東文獻集成》所收許瀚手稿